해골기사님은 지금 이세계 모험 중
III
Skeleton Knight, going out to the parallel universe
Ennki Hakari 하카리 엔키
illust. KeG
유리아나는 천천히 자리에서 일어났다.
그리고 커다란 유리창 너머에 펼쳐진 안뜰——
그 위에 자욱이 낀 잿빛 구름의 틈새로
살짝 빠져나온 하늘을 올려다보았다.
「폭풍우가 찾아오겠네요…….」
유리아나

Skeleton Knight going out to the parallel universe,
character
치요메
고에몬

폰타
아리안
아크

Let's★
목욕
시간

해골기사님은 지금 이세계 모험 중

Skeleton Knight,

going out to the parallel universe

Skeleton Knight,

going out to the parallel universe

II

CONTENTS

Ennki Hakari illust.KeG

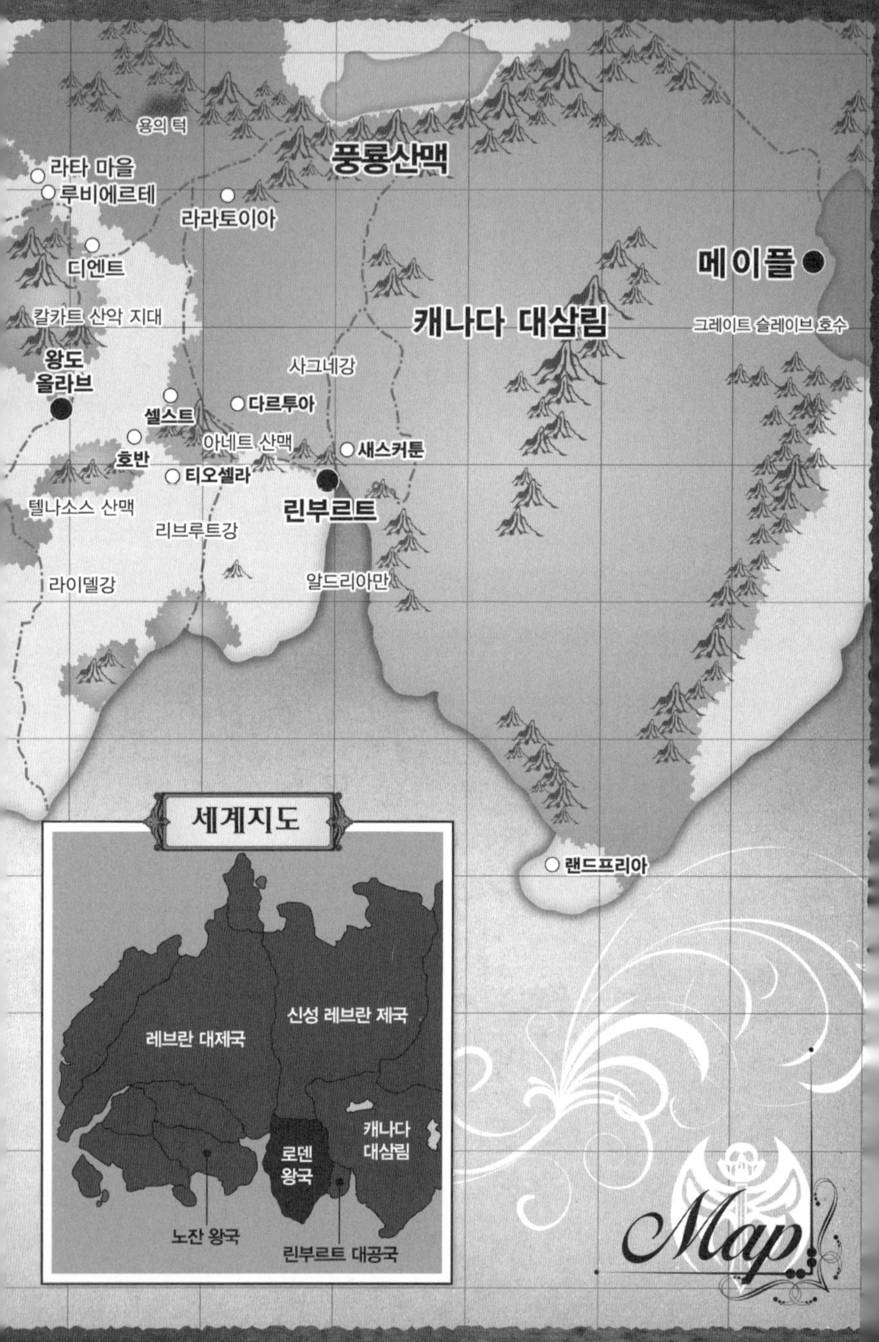

용의 턱
풍룡산맥
라타 마을
루비에르테
라라토이아
디엔트
메이플
칼카트 산악 지대
캐나다 대삼림
그레이트 슬레이브 호수
왕도
올라브
사그네강
셀스트
다르투아
아네트 산맥
새스커툰
호반
티오셀라
린부르트
텔나소스 산맥
리브루트강
라이델강
알드리아만

세계지도

레브란 대제국
신성 레브란 제국
로덴
왕국
캐나다
대삼림
노잔 왕국
린부르트 대공국
랜드프리아

Map

서장

이 북대륙에서 세 번째 국력을 자랑하는 로덴 왕국.

북부 국경은 인접한 동서 레브란 제국이 이분하고, 서부는 부르고만(灣)에 면한 해안선이 뻗어 있다. 남부는 남양해, 동부는 로덴으로부터 독립한 린부르트 대공국과 엘프가 사는 캐나다 대삼림이 펼쳐질 뿐이어서 비교적 외적이 적은 장소에 위치한 나라다.

북부에 인접한 두 레브란 제국. 동쪽의 신성 레브란 제국과 서쪽의 레브란 대제국은 원래 하나의 국가였지만, 훗날 분열하여 저마다 대륙의 패권을 쥐기 위해 서로 적대시하고 있다.

양국의 국력은 엇비슷하다. 여기에 로덴을 자신들의 진영으로 끌어들이면 세력의 균형은 크게 기울어진다. 그래서 대륙의 동서 패권다툼의 영향이 로덴 왕국 내에도 은밀히 그 그림자를 드리웠다.

부동항과 따뜻한 평야를 추구하여 남진하는 동쪽의 신성 레브란 제국은 로덴과 한편이 되어 서쪽의 레브란 대제국타도를 꾸민다. 반면 서쪽의 레브란 대제국은 옛 레브란 제국의 정통한 계보를 내세우며 로덴과 함께 동쪽의 신성 레브란 제국을 견제하기 위해 암약한다.

거기에 로덴 왕국의 차기 왕위계승다툼이 더해졌다. 제1왕자 섹트는 서쪽의 레브란 대제국을, 제2왕자 다카레스는 동쪽의 신성 레브란 제국을 뒷배로 삼아 서로를 견제했다.

그런 가운데 또 한 명의 왕위계승권자, 제2왕녀 유리아나는 양국과는 일정한 거리를 두었다. 유리아나 왕녀는 왕국의 동쪽과 서쪽에 위치한 린부르트 대공국과 노잔 왕국, 그리고 엘프가 다스리는 캐나다 대삼림과의 결속 강화를 호소하는 독자노선을 주장한다.

왕국 내의 귀족을 자기편으로 끌어들이는 치열한 권력투쟁 속에서 제2왕자의 파벌을 만들기 위한 지하자금이 누군가의 책략에 막히면서 왕국 내 세력도는 큰 변화가 일어났다.

로덴 왕국의 왕도가 자리 잡은 이 땅은 북쪽으로 칼카트 산악 지대의 봉우리들이 죽 늘어선다. 그리고 완만하게 경사진 기슭에는 기름진 평원이 펼쳐진다. 풍룡산맥에서 이어지는 풍부한 수량을 자랑하는 라이델강은 왕도의 동쪽을 흐르는데, 그 강물이 왕도의 수도(水道)와 수로를 채우고 남쪽의 남앙해로 흘러들어 간다.

그런 왕도 올라브 중심에 위치하는 왕성 내의 어두컴컴한 어떤 방에 우아하게 걸터앉은 인물이 있었다.

키가 크고 밝은 갈색 머리에 단정한 얼굴이다. 호화로운 옷으로 몸을 감싼 그는 이 방의 주인, 제1왕자 섹트 론달 카를론 로덴 사디에다.

의자에 살짝 팔꿈치를 걸치고 입가에 미소를 머금은 모습은 민중이 떠올리는 왕자다운 분위기를 풍겼다. 그러나 가늘게 뜬 푸른 눈동자는 영리하게 반짝이는 반면 자애로움은 전혀 보이지 않았다.

그와 대면하듯이 마주 앉은 이는 한 명의 중년 남자였는데, 나이는 마흔 남짓이었다. 깔끔하게 다듬은 흑발은 약간 숱이 적지만, 야성적인 얼굴에 사람 좋은 미소를 띤 남자다.

이 나라의 7공작가 중 하나인 브루티오스 공작가의 현 당주 코라이오 드 브루티오스다. 그는 제1왕자가 차기 왕위에 오르기를 바라는 이들 중 한 사람이기도 했다.

섹트는 그에게 자신의 파란 눈동자를 향하면서 조용히 입을 열었다.

“머지않아 여동생이 호반을 지나쳐 린부르트로 들어갈 움직임을 보이고 있다. 이 건을 자네 아들인 카에쿠스에게 처리하도록 맡기고 싶네. 호반에 잠복시킨 수하들은 물론 교회의 사교(司教)가 이끄는 마법사들도 붙여주지. 일을 마무리 지으면 교회 녀석들은 사교를 포함해서 조속히 처치하게.”

왕자의 위험한 발언을 들은 코라이오는 눈곱만큼도 동요

하지 않고 미소를 지은 채 고개를 숙였다. 그러나 곧 이번에는 고개를 갸웃거리고 눈앞의 왕자에게 물었다.

“제 어리석은 아들에게 중대한 임무를 맡겨 주셔서 진심으로 기쁩니다. 하지만 호반에 잠복시킨 자들을 쓰면 어쩔 수 없이 약간의 피해를 입게 됩니다. 자연히 호반에서의 계획에 지장이 생길지도 모릅니다.”

코라이오의 그 의견에 섹트는 엷은 웃음을 지었다.

“현재 상황에서도 호반의 계획은 늦어지고 있다. 그 일은 앞에서는 민중이 이끌고 뒤에서는 우리가 받쳐 주는 형태가 정말 중요하지. 여동생을 먼저 제거할 수 있다면 계획이 조금 늦어져도 문제는 없다.”

그 대답에 코라이오는 다시 고개를 숙이더니 전부 잘 알아들었다는 뜻을 말했다.

“알겠습니다. 그럼 카에쿠스에게는 호반으로 미리 가 있도록 전해두지요.”

섹트 왕자는 만족스럽다는 듯이 고개를 끄덕인 후 코라이오를 물러나게 했다.

그런 섬뜩한 대화를 나누는 이들이 있는 왕성의 한 곳에서 별로 멀지 않은 궁정의 어느 방. 안뜰을 내다볼 수 있는

창가 테이블에 얌전히 앉아 고귀한 분위기를 두른 여성이 뒤에는 한 명의 시녀만 거느린 채 두 사람을 상대하는 중이었다.

청초하고 차분한 느낌의 드레스로 몸을 감싸고 귀부인 같은 자태로 앉아 있으나 아직 소녀처럼 앳된 모습이 남아 있는 여성——그녀가 이 나라의 제2왕녀, 유리아나 메롤 메리사 로덴 올라브이다.

길게 늘어뜨린 짙은 노란색 금발은 머리끝이 약간 곱슬졌고, 단정하면서 하얀 얼굴에는 사랑스러운 갈색 눈동자가 자리 잡았다. 그러나 그 커다란 눈동자에 강한 의지를 띤 빛이 깃든 사실을 누구나 알 수 있었다.

"조만간 다카레스 오라버니가 섹트 오라버니와 함께 호반령(領)으로 향한다는 얘기를 들었습니다. 공식적인 목적은 야회 출석 및 왕도주변령 시찰이라고 합니다."

유리아나 왕녀의 조용한 말에 맞은편의 중년 남자가 진중하게 고개를 끄덕이며 맞장구를 쳤다. 갈색 머리와 수염을 짧게 깎아 손질한 거구의 장군복 차림 남자는 각진 얼굴에 위엄을 띠고 있었다.

그는 왕녀의 파벌에 속하는 유일한 공작가, 프리바트란 가의 당주이자 왕군의 삼장군 중 한 명인 칼튼 드 프리바트란 장군이다.

"이번 호반 시찰은 위험한 냄새를 풍기는군요. 지난번 사건의 범인에 대해 궁정에서는 억측이 난무합니다. 그 일은 엘프족의 습격으로 꾸민 속임수이고, 섹트 전하의 파벌이나 저희 진영의 짓이라는 말까지 나왔습니다."

지난번 사건이란 제2왕자 파벌이었던 디엔트 후작 암살 사건을 뜻한다.

로덴 왕국에서는 엘프족의 포획 및 매매를 금지한다. 그러나 디엔트 후작은 엘프족을 뒷거래한다는 의심을 받아 왔고, 이를 유리아나 왕녀가 은밀히 조사하던 와중에 그런 일이 벌어진 것이다.

처음에는 엘프족을 목격했다는 증언이 나왔지만, 어느새 목격자들은 모습을 감추었다. 그 때문에 억측으로 떠도는 여러 가지 범인상 가운데 하나가 되어 버렸다. 그리고 여전히 범인과 목적은 밝혀지지 않은 채 그 상황이 더욱 억측을 부르는 결과를 낳았다.

"노예상회를 동시습격한 일도 그렇지만, 디엔트 후작이 모아둔 자산이 몽땅 사라진 게 괜한 억측에 박차를 가하네요."

유리아나 왕녀는 어깨를 크게 으쓱하며 한숨을 내뱉었다.

그때 입을 열고 대화에 끼어든 이는 칼튼 장군의 옆에 앉은 청년이었다.

"사라진 자산의 행방 중 일부는 디엔트 영내에서 발견되었다고 합니다. 고가의 실내 장식이라는데, 영민이 소지하고 있었던 모양입니다. 듣자하니 떨어진 물건을 주웠다는 군요. 그 밖에도 몇 개는 거리의 시장에 흘러들어 간 정황이 엿보입니다. 디엔트 가는 되찾으려는 생각이지만, 일단 암시장으로 들어가면 쉽게 찾을 수는 없겠지요."

약간 간소한 느낌의 군복을 말끔하게 차려입은 젊은 남자는 칼튼 장군을 닮았지만 장군보다 얼굴선이 조금 가늘었다. 다만 어디까지나 칼튼 장군과 비교했을 때의 이야기다.

그의 이름은 렌들 드 프리바트란. 프리바트란 공작가의 적자로 칼튼 장군의 아들이자, 그가 맡는 군의 일개 대대를 이끄는 대대장의 지위에 있는 청년이다.

"이러나저러나 디엔트 후작가가 다시 일어서는 데에는 잠시 시간이 걸리겠지요. 커다란 자금원 하나가 기울어진 다카레스 전하의 진영은 이 동요를 억누르기 위해 뭔가 손을 쓸 겁니다……. 섹트 전하 쪽도 브루티오스 공작이 아무래도 심상치 않은 움직임을 보인다고 합니다."

칼튼 장군은 멋진 턱수염을 어루만지면서 미간을 찌푸렸다. 그는 양 진영의 불온한 움직임에 대해 우려를 나타냈다.

무겁게 고개를 끄덕인 유리아나는 자리에서 천천히 일어났다. 그리고 커다란 유리창 너머에 펼쳐진 안뜰――그 위에 자욱이 낀 잿빛 구름의 틈새로 살짝 빠져나온 하늘을 올려다보았다.

"폭풍우가 찾아오겠네요……. 예정을 앞당겨서 린부르트

방문을 서두르는 편이 좋을지도 모르겠어요. 그때는 페르나도 동행하도록 해."

유리아나 왕녀는 뒤쪽에 서 있던, 어릴 적부터 알고 지낸 사이이기도 한 시녀 페르나에게 시선을 돌리며 이후의 예정을 알렸다.

페르나라고 불린 시녀는 길게 째진 눈을 조금 가늘게 뜨고 미소 짓더니, 아름답게 땋아 올린 머리를 숙여 유리아나 왕녀의 뜻을 따랐다.

"알겠습니다, 유리아나 님."

"……그렇군요. 호위병을 50명까지 줄이면 린부르트까지 들어가는 데에 닷새쯤 걸릴 겁니다. 호위의 지휘는 여기 렌들에게 맡기고, 제 정예 부하를 붙여드리죠."

칼튼 장군이 큼직한 손으로 아들의 어깨를 두드렸다. 그러자 시녀 페르나에게 한눈을 팔고 있던 렌들은 퍼뜩 제정신을 차렸다. 그는 허겁지겁 자리에서 일어나 왕녀를 향해 한쪽 무릎을 꿇고 머리를 숙였다.

"공주님의 안전은 제 목숨을 바쳐서라도 지키겠습니다!"

"고마워요, 렌들 경. 힐크교의 사교도 수상한 움직임을 보인다고 합니다. 눈치채지 않도록 준비해 주세요."

유리아나 왕녀의 그 말에 이번에는 두 남자가 다시 머리를 숙였다.

제1장 엘프의 마을로

올려다보아야 할 듯한 높이와 두꺼운 나무줄기의 거목. 그런 거대한 나무들이 주변 일대에 늘어선 어두컴컴한 숲 속. 이끼로 뒤덮인 지면을 뚫고 뻗어 나온 뿌리에 걸려 넘어지지 않도록 주의하면서 나아갔다.

머리 위에 우거진 가지와 나뭇잎 사이로 엿보이는 동쪽 하늘이 벌써 밝아지기 시작했다. 그러나 울창하고 무성한 나무들의 잎이 가려서, 숲의 바닥인 지면에 닿는 햇빛은 아주 조금밖에 없다.

걸을 때마다 등에 짊어진 커다란 금화 자루 세 개가 짤랑거렸다. 그 리듬은 나뭇잎이 바람에 스치는 소리와 함께 숲 속에서 한데 어우러졌다.

이곳은 이세계의 숲, 엘프족이 집을 짓고 사는 광대한 캐나다 대삼림의 한복판이다.

잠들기 직전에 플레이하던 캐릭터의 모습으로 떨어진 이세계에서, 영문도 모른 채 갈팡질팡할 때 어쩌다 보니 엘프족을 구해 주었다.

그 일은 눈곱만큼도 후회하지 않는다. 아마도 일본인은 엘프족과 수인족이 어려움에 처한다면 인간을 내버려 두고서라도 구해줄 민족일 터다.

앞에서 걷는 엘프족 여성은 다크엘프라고 불리는 좀처럼 보기 드문 종족이다. 수정 같이 매끄러운 옅은 자주색 피부, 뒤에서 하나로 묶은 눈처럼 하얗고 긴 머리, 엘프족의 귀보다는 짧게 솟은 뾰족한 귀. 키가 큰데다 문양이 새겨진 법의 비슷한 의복 위에 가죽제 코르셋형 방어구를 걸쳤지만, 그 안의 넘치도록 육감적인 몸은 남자의 시선을 무의식적으로 모으기에 충분한 매력을 내뿜었다.

그녀의 이름은 아리안 그레니스 메이플.

이 캐나다 대삼림의 중앙도시, 삼도(森都) 메이플에 소속된 전사 중 한 명이다. 그녀는 허리에 찬 가느다란 검을 이용한 검기(劍技)와 엘프족답게 정령마법을 특기로 삼는다.

그런 그녀가 걸을 때마다 커다란 가슴이 위아래로 흔들렸고, 다리를 움직일 때마다 엉덩이가 실룩거렸다. 뒤에서 따라가는 아크는 하멜른의 피리 부는 사나이에게 이끌리는 어린아이처럼 시선을 못 박고 뒤쫓았다. 그러자 갑자기 그녀가 멈춰 서서 독특한 황금색으로 빛나는 두 눈으로 한 번 노려보았다.

아무래도 아크의 시선을 눈치챈 듯했다———.

아크는 아리안의 매서운 시선을 시치미를 뗀 얼굴로 피하고 자신의 모습에 눈길을 돌렸다.

이 이세계에 왔을 때 얻은 몸은 잠들기 직전까지 플레이했던 게임의 플레이어 캐릭터였다.

세세한 부분까지 문양을 장식하고 백색과 청색을 바탕으로 채색한 백은의 전신 갑주는 신화 속의 기사가 걸칠 법한 화려한 갑옷이다. 바람에 펄럭이는 칠흑의 망토는 어두운 밤을 떠올리게 하고, 별하늘을 잘라낸 것처럼 광택이 난다. 등에는 정교한 디자인이 새겨진 커다란 둥근 방패와 장엄한 존재감을 내뿜는 거대한 검을 메고 있다.

그리고 가장 놀라운 점은 이 갑옷의 알맹이가 전신 해골 모습의 몸이었다는 사실이다.

그 때문에 갑옷 속의 자신의 몸에는 눈이 없다. 다만 그 대신 눈구멍 깊숙한 곳에는 파란 도깨비불 같은 등불이 흔들리고 있을 뿐이다.

그래도 아리안은 아크의 시선을 느끼는 모양이다. 정말 여성의 감이란 무섭다.

아크가 머릿속으로 그런 쓸데없는 생각을 하고 있자 뒤에서 두 명의 여성이 말을 걸었다.

"마력을 꽤 썼어요. 정령마법은 더는 무리예요. 뭔가 무기를 빌려줄래요?"

"지쳤어요오~. 어디서 일단 쉬어요오……."

저마다 잿빛과 검은 외투를 몸에 걸치고 뒤따라오는 두 명의 여성. 녹색이 섞인 금발에 특징적인 긴 귀가 머리카락 사이로 엿보인다. 다크엘프인 아리안과는 달리 피부가 하얗고 늘씬한 체형에 머리가 길고 날카로운 눈매를 가진 여성의 이름은 세나.

그리고 세나와는 반대로 짧게 자른 머리에 눈이 약간 처진 여성은 우나.

둘 다 바로 얼마 전까지 인간족의 디엔트 영주에게 사로잡혀 있던 엘프족 여성이다. 구출했을 때 입은 옷은 지나치게 선정적이어서, 지금은 아크와 아리안이 건네준 외투를 걸쳤다.

아크는 디엔트 영주의 저택에서 탈출할 때 훔쳐온 금화더미를 전부 세 개의 커다란 자루에 넣어 자신이 짊어졌다. 그래서 어쩔 수 없이 앞뒤의 그녀들에게 숲 속에서 마주치는 마수의 위협으로부터 호위를 받는 상태다.

"슬슬 라이델강으로 내려갈 수 있는 강기슭이 나와요. 일단 그곳에서 쉬도록 하죠. 그런 다음 상류로 조금만 더 올라가면 목적지에요."

선두를 걷는 아리안이 돌아보면서 알려준 대로, 잠시 후 앞쪽의 강기슭에 비교적 내려가기 쉬운 장소가 보였다.

강폭도 넓고 우거진 나무들이 없어져서 시야가 트였다.

하늘 높이 오른 태양의 햇빛도 밝아져서 아침해가 숲의

나무들을 비추었고, 나뭇잎 사이로 쏟아지는 햇살을 점점 늘렸다.

아크는 금화가 가득 찬 커다란 자루를 내려놓고 적당한 바위를 찾아 앉았다. 역시 이만한 개수의 금화가 있으면 금괴와 다름없는 무게여서 나름대로 들고 다니는 데에 고생한다.

다른 세 명도 저마다 강기슭에 앉아 한숨을 돌렸다.

기분 좋은 장소다.

여울에서 졸졸 흐르는 물소리가 들렸다. 그곳에 부는 바람이 나무들을 흔들었고 나뭇잎을 스쳤다. 지저귀는 새소리에 섞여 이따금 짐승이나 마수의 울음소리도 들려왔지만, 대체로 평온한 시간이 흐르는 장소였다.

투구 위에 달라붙어 있던 폰타도 이곳은 안전하다고 판단했는지, 강기슭으로 내려가서 물을 마신 뒤 앞발을 강물에 담그며 놀았다.

폰타는 몸길이 60cm 정도의 여우를 닮은 동물이다. 꼬리가 몸의 절반이나 차지하고, 그 꼬리는 민들레의 솜털 비슷하다. 반면에 머리는 여우 그대로다. 다만 앞다리와 뒷다리에는 비막이 달려 있어서 그 점만은 날다람쥐 같은 인상을 준다. 부드러워 보이는 모피는 옅은 초록색 털이 등 전체를 뒤덮는데 배의 털은 하얗다.

엘프족이 말하기를 정령수라고 불리는 희귀한 동물이고, 통칭 솜털 여우로 불리는 듯하다. 정령수는 좀처럼 사람을 따르지 않는다고 하지만, 먹이를 주면 의외로 얌전히 따르는 폰타를 봐서는 그 말에 살짝 의문을 품을 수밖에 없다.

폰타가 노는 강기슭에서 라이델강 상류로 시선을 향하자, 너비 1m에 몸길이 2m를 못 미치는 거대한 잠자리 몇 마리가 길게 늘어뜨린 꼬리를 수면에 담그고 날아가는 모습이 보였다. 때때로 꼬리를 쳐올린 거대 잠자리들이 꼬리 끝을 문 물고기를 수면 위로 내던져 공중에서 능숙하게 물었다.

게임에서는 물론 현실에서도 본 적이 없는 거대한 곤충이다.

"저건 드래곤플라이에요. 산란기가 아니니까 다가가지만 않으면 덤벼들 일은 없어요."

아크의 시선이 향한 곳을 알아차렸는지, 아리안이 잠자리의 정체를 가르쳐 주었다. 산란기라면 덤벼드는 모양이지만…….

이 숲은 마나가 짙고, 다종다양한 마수가 서식하는 듯하다. 실제로 여기까지 오는 동안 상당히 빈번하게 마수와 마주쳐서 습격을 받았다.

앞뒤에 있던 세 명이 어렵지 않게 물리치기는 했지만, 그 영향으로 세나는 마력을 꽤 소모해 버린 듯했다.

"세나 씨, 이 검을 써요. 난 아직 마력이 여유 있으니까요."

아리안은 마력이 바닥난 세나에게 허리에 찬 검을 뽑아서 건네주었다.

아크는 그 모습을 바라보자 퍼뜩 어떤 생각이 떠올랐다. 그는 금화를 넣은 커다란 자루 하나를 끌어당겨서 뒤지기 시작했다. 그러자 금화에 파묻힌 한 자루의 검이 고개를 내밀었다.

세나와 우나를 구하기 위해 잠입한 디엔트의 영주관에서 발견한 검. 명품급의 검으로 손잡이에는 사자 머리를 도드라지게 새겼는데, 눈에는 붉은색 보석이 박혀 있었다.

명칭은 『사자왕의 검』.

짐 속에 처넣은 검을 여태껏 까맣게 잊고 있었다.

“아리안 양, 괜찮다면 이걸 쓰시오.”

아크는 이제 완전히 몸에 밴 뇌내 망상으로 설정한 기사 같은 말투로 말하며 아리안에게 사자왕의 검을 내밀었다. 아리안은 그 검을 받고 황금색 눈을 약간 크게 떴다.

“그래도 되겠어요? 아주 좋은 검이에요, 이거.”

“상관없소. 디엔트의 영주관에서 먼지를 뒤집어 쓰던 물건이니. 게다가 나는 이게 있으니까…….”

아크는 그렇게 말하고 등에 멘 신화급 무기 『칼라드볼그(성뢰의 검)』를 가리켜 보였다. 1m를 가볍게 넘는 검신을 지닌 양손검이다.

아리안은 잠깐 어이없다는 표정을 지었지만, 딱히 별다른 말은 하지 않았다. 그녀는 손에 든 검을 뽑아서 손잡이와 상태를 확인한 후 혼자 고개를 끄덕이고 검집에 넣었다.

“고마워요, 아크. 잘 쓸게요.”

아리안은 두툼한 입술에 미소를 띠고 검을 허리에 찼다.

“그만 휴식을 끝내고, 강 상류로 향할게요. 아크, 부탁할 수 있을까요?”

“알았소. 짐을 들고 나를 붙잡으시오. 상류까지 전이마법으로 단숨에 이동하지.”

아리안의 말을 들은 아크는 바닥에 내려놓은 커다란 금화 자루 세 개를 짊어지면서 일어났다. 물가에서 놀던 폰타도 일행이 떠난다는 사실을 알아차린 듯하다. 녀석은 비막을 펼쳐서 스스로 만들어낸 정령마법의 바람에 재빨리 올라타고 활공했다. 그러고는 평소의 정위치인 투구 위에 일직선으로 날아와 내려앉았다.

아크는 다들 자신의 몸을 붙잡았는지 살펴본 후 강 상류로 시선을 돌렸다.

강은 꾸불거리면서 흘렀는데, 상류의 맞은편 기슭에는 큰 바위가 비죽 튀어나와 있었다.

차원보법
“【디멘션 무브】.”

마법사의 보조마법 스킬인 단거리이동 마법을 쓰자 주변 풍경이 순식간에 바뀌었다. 조금 전에 목표로 설정한 강의 상류에 보이던 큰 바위 위로 전이하는 중이었다.

“하아, 편리한 마법이네요오~. 아까 그 숲에서도 이 마법을 썼으면 좋지 않았나요오~?”

쇼트헤어인 엘프, 우나가 주위를 둘러보면서 중얼거렸다.

방금까지 서 있던 강기슭은 지금 위치에서는 한참 먼 강의 하류쪽에 보였다.

"숲처럼 시야가 별로 넓지 않은 장소에서는 전이할 수 있는 범위가 제한되오."

【디멘션 무브】는 이동하는 데에 더할 나위 없이 편리한 마법이지만, 자신이 눈으로 확인 가능한 범위밖에 전이하지 못한다. 덤불이 많은 숲은 전이한 지점의 발밑이 늪이나 낭떠러지라면 발을 헛디딘다. 그러므로 훤히 트이지 않은 장소에서 너무 자주 쓰는 것은 금물이다.

"그런가요오. 그래도 역시 편하네요오~."

우나는 몇 번이나 느긋한 맞장구를 치면서 감탄해 마지않았다.

"이 정도 마법이라면 마력 소모도 심하겠네요."

세나는 아크가 쓰는 마력을 걱정해 주는 눈치였지만, 어차피 기본직업인 마법사의 보조마법이므로 연발한다고 한들 폐해는 없다. 뒤에서 펄럭이는 검은 망토, 『밤하늘의 외투』의 장비효과 중에는 일정시간마다 마력을 회복시키는 기능도 있어서 마력이 바닥나는 일도 없다.

아크는 두 명의 여성 엘프로부터 받는 호기심과 감탄의 시선을 가볍게 흘리면서 계속 전이를 되풀이하여 강의 상류로 향했다.

이윽고 일행은 강의 분기점까지 이르렀다.

북쪽에 우뚝 솟은 풍룡산맥(風龍山脈)에서 흘러드는 이 강은 이곳에서 두 갈래로 나뉜다.

자신들이 거슬러 올라온 강을 라이델강이라 부르고, 다른 한쪽의 강은 리브루트강으로 부르는 모양이다.

강폭도 제법 넓고, 짙은 수면을 보건대 수심도 상당할 듯하다. 수량(水量)이 많은데다 물의 흐름도 빨라서 보통은 맞은편 기슭으로 건너려면 훨씬 상류로 거슬러 올라가야 한다.

네 명이 여기까지 온 이유는 이곳이 엘프 마을의 하나인 『라라토이아』로 향하는 도표(道標)라고 할 만한 기점이라는 사실과 이 장소에서 합류할 예정인 이들이 있기 때문이다.

각자 주변을 둘러보고 있자, 라이델강을 따라 펼쳐진 숲의 나무 그늘이 갑자기 흔들렸다. 곧 숲 안쪽에서 다수의 인영이 모습을 드러냈다.

황갈색 외투를 걸친 엘프족 남자 한 명이 주위를 살피면서 걸어왔다. 그의 곁에 있던 엘프족의 특징을 지닌 네 명의 소녀는 아크를 발견하고 달려왔다.

디엔트의 인신매매 집단의 거점에 함께 뛰어든 엘프족 전사 단카와 그곳에 사로잡혀 있던 소녀들이다.

아크는 자신을 향해 똑바로 뛰어오는 소녀들을 맞이하기 위해 한쪽 무릎을 꿇었다.

그러자 투구 위의 폰타가 땅바닥에 내려서더니 얌전히 앉았다. 그런 폰타를 엘프 소녀들이 새된 목소리를 지르면서 순식간에 둘러쌌다.

"큐웅!"

폰타는 네 명의 소녀에게 번갈아 안기며 기쁘다는 듯이 그 커다란 솜털 꼬리를 살랑살랑 흔들었다.

……아무래도 인기는 폰타가 모조리 독차지한 듯싶었다.

"의외로 빨랐군……. 설마하니 이 갑옷 남자도 데려갈 셈이냐?"

엘프족의 전사 단카는 잘 들리는 낮은 목소리로 아리안에게 물었다. 그러면서 무릎을 꿇고 쉬는 척하는 아크를 흘끗 바라보았다.

"이번 일은 그 사람에게 잔뜩 신세를 졌으니까요……. 그리고 사정도 좀 있어서, 라라토이아의 장로님을 뵙게 할 생각입니다."

"……아버지에게 너무 폐를 끼치지 마라."

아리안의 대답에 잠시 눈을 감은 단카는 그 말만 하고 입을 다물었다.

"알고 있습니다."

아리안은 하얀 머리카락을 바람에 나부끼면서 가볍게 고개를 숙였다.

"그럼 시간도 없으니 서두르도록 하죠. 아크, 강을 건너게 해줄 수 있어요?"

아크는 갑옷의 어깨를 두드리며 묻는 아리안에게 살짝 고개를 끄덕이고 일어났다.

강을 건넌다고 해도 맞은편 기슭에 【디멘션 무브】를 써서 전이할 뿐이다. 아무리 그래도 모든 인원을 한꺼번에 옮기기란 무리이지만, 세 번에 걸쳐 옮기더라도 별로 시간은 걸리지 않는다.

아크가 소녀 네 명을 전부 자신의 어깨에 앉히고 맞은편 기슭으로 전이하자, 다들 신이 나서 떠들어댔다. 폰타에게 귀여움으로는 지지만, 야성미라면 승부를 겨룰 만하다.

일행은 딱히 별다른 일없이 강을 다 건너고 더욱 숲 속 깊은 곳으로 헤치고 들어갔다.

또다시 커다란 금화 자루를 짊어진 여정이었다. 그러나 아크 이외의 전원이 엘프족이고 크든 작든 정령마법을 쓸 수 있어서, 도중에 나타나는 마수는 전혀 위험하지 않았다.

다만 아까처럼 강을 따라 곧장 올라왔을 때와는 다르게 숲 속을 이리저리 돌아다니며 미로 같이 나아갔을 뿐이다.

방향감각이 조금 둔한 아크는 이미 자신이 어디에 있는지 파악하기 어려워져서 잠자코 그들의 뒤를 따라가는 수밖에 없었다. 그들을 놓치면 숲 속에서 확실하게 미아가 될 테지만, 장거리 전이마법 【게이트(전이문)】이 있으므로 최악의 경우에는 도시 근처로 돌아갈 수 있다는 사실이 유일한 구원이다.

한편 폰타는 아크의 그런 불안한 심정을 눈곱만큼도 느끼지 않았다. 정령마법으로 바람을 일으켜 그 바람을 타고 높이 날아오르거나 나무 위에 열린 과일 따위를 발견하고는 따 와서 자랑스럽게 보여 주었다. 머리를 쓰다듬어 주면 기분 좋다는 듯이 귀를 늘어뜨렸다.

일행은 어린아이들을 포함한 집단이라고는 해도 역시 엘프족다웠다. 이들은 중간 중간 잠깐 쉬면서도 옆에서 보기에는 상당히 빠른 속도로 숲 속을 나아갔다.

하늘이 붉게 물들기 시작하고 숲의 그림자가 짙어지는 시간에 겨우 목적지에 이르렀다.

숲을 벗어나 활짝 트인 눈앞에 홀연히 모습을 나타낸 마을은 인간족의 마을과는 너무나 분위기가 달랐다.

마을을 에워싸는 벽은 한 그루의 나무에서 만들어진 각재(角材)를 나란히 세워놓았는데, 높이가 30m 이상은 될 법했다.

그 나무기둥들은 매끄러운 곡선을 그렸고, 윗부분은 뒤로 젖혀져 있어서 목제의 물결이 밀려오는 듯한 형상이었다. 각재 나무기둥은 위로 올라갈수록 점점 녹색 이끼로 뒤덮였고, 그 나무벽 아래에는 침입자를 막듯이 가시를 지닌 담쟁이덩굴이 무수하게 있었다. 그것들이 가지런하고 빈틈없이 늘어서서 압도적인 질량을 자랑하는 거대한 벽을 형성했다.

벽은 엄청나게 드넓은 범위를 에워싸는지, 좌우로 시선을 돌려도 숲과의 경계는 한참 멀리 뻗어 나갔다. 그 때문에 전체적으로 녹색의 거대한 벽이 시야를 가로막는 모습이다.

두 사람이 지나다닐 정도의 폭인 정면의 아치형 문은 별로 높지도 않았다. 문에는 검게 윤이 나는 금속덩어리로 만들어진 듯한 내리닫이 격자문을 설치했는데, 어지간한 충격으로는 꿈쩍도 하지 않을 듯싶었다.

망을 보기 위한 문 위의 가로로 납작한 원통형의 망루는 지붕이 둥그스름한 모양을 띠었다. 그래서 거대한 수목 옆에 자라난 버섯처럼 보이기도 한다.

네 명의 소녀는 아치형 문이 시야에 들어오자, 기쁘다는 듯이 그곳을 향해 달려갔다.

망루에는 두 명의 엘프족 보초병이 서 있었다. 그들은 일행을 눈으로 확인하고 손가락을 가리켰다. 옆의 동료에게 뭔가 말을 거는 모습이 밑에서도 보였다.

"하아, 겨우 도착했네요."

"정말 지쳤어요오~."

세나와 우나도 숲을 빠져나와 비로소 자신들의 영역에 돌아온 사실이 반가운지, 조금 안도한 표정을 지으며 한숨을 내쉬었다.

"개문!! 아리안 그레니스 메이플! 단카 닐 메이플! 인간족에게 사로잡힌 자들의 구출임무를 마치고 귀환! 장로님에게 전언을 바랍니다!"

아리안은 관문 앞에 서서 망루를 향해 큰소리로 이름과 목적을 알리고 상대의 대답을 조용히 기다렸다.

이윽고 보초병 남자가 아리안에게 답하자, 정면의 금속덩어리 같은 내리닫이 격자문이 삐걱거리면서 올라갔다. 곧이어 안쪽에 있던 또 하나의 내리닫이 격자문도 올라가기 시작했다.

"난 장로님의 허가를 받아올 테니, 아크는 잠시 여기서 기다려요."

그 말을 남긴 아리안은 밖으로 나온 문지기 엘프족 남자 두 명과 교대하듯이 단카, 세나와 우나, 소녀 네 명을 데리고 들어갔다.

일행이 안으로 사라지자, 문지기 두 명은 정면의 문을 가로막고 섰다. 한 명은 아크를 살짝 노려보았지만, 다른 한 명은 시선을 투구 위의 솜털 여우(폰타)에게 고정시키고 두 눈을 크게 떴다.

아크는 어깨에 짊어진 커다란 금화 자루를 관문에서 조금 떨어진 장소에 내려놓고 앉아 아리안이 돌아오기를 기다렸다.

그리고 폰타는 진지한 표정으로 자신의 솜털 꼬리 끝을 붙잡으려는 새로운 시도에 도전하는 중이다. 살금살금 꼬리를 노리다가 기세 좋게 몸을 비틀어서 덤벼들고 또 덤벼든다.

아크의 친가에서 기르던 고양이도 비슷한 행동을 했지만, 어릴 적에 종종 해 본 '자신만의 규칙' 같은 것일까?

아크가 쓸데없는 생각을 하면서 전적이 전혀 오르지 않는 폰타의 헛된 싸움을 지켜보자, 주변이 꽤 어둑어둑해졌다.

체감상으로는 그 이후 30분쯤 지났을까.

관문 위의 망루에서는 주황색으로 빛나는 조명기구가 켜져서 주변의 어둠을 몰아냈다. 인간족의 도시에서는 본 적이 없는, 어딘지 전등을 떠올리게 하는 빛이다.

아니, 디엔트의 영주관에도 비슷한 느낌의 물건이 있었나…….

마침내 정면의 관문 안쪽에서 주황색 빛을 받으며 아리안이 나타났다.

"아크! 장로님의 허가를 받았어요! 이리 와요!"

그 목소리를 들은 아크는 자리에서 일어나 커다란 금화 자루를 짊어지고 관문으로 향했다. 폰타도 뒤처질까봐 아크를 쫄쫄 쫓아갔다.

아크는 아리안을 따라서 내리닫이 격자문 밑을 지나서 안으로 들어갔다.

방벽(防壁)의 두께는 5m 정도다. 인공물이 틀림없는 방벽이었지만, 가까이서 나무 기둥을 보면 왠지 버젓한 수목처럼 지면에 뿌리를 뻗고 살아있는 것 같았다.

그 살아 숨 쉬는 듯한 방벽에 설치된 관문 안쪽, 또 하나의 내리닫이 격자문을 거쳐 라라토이아로 발걸음을 내딛었다.

그곳은 조금 신기한 인상이 드는 마을이었다.

방벽 안은 작물을 위한 밭이나 가축을 풀어 두는 목초지 등이 드넓게 펼쳐졌고, 목조집이 듬성듬성 여기저기 눈에 띄었다. 가옥은 인간족의 도시와는 달리 버섯 모양이다. 그 바깥 둘레는 약간 높은 나무 바닥이었고, 처마도 그 위까지 뻗어 나갔다. 가옥과 지붕을 떠받치는 바깥 둘레의 기둥에는 독특한 문양을 새겨서 독자적인 민족문화가 엿보였다.

한가로운 풍경이면서 보도(步道)에는 아름다운 돌을 깔았고, 같은 간격으로 가로등까지 설치하여 발밑이 전혀 불안하지 않았다.

멀리 보이는 경치에도 빛의 길이 뻗어 있어, 땅거미가 지는 하늘 아래에서 환상적인 풍경을 연출했다.

이런 모습들을 보건대 생활문화 수준은 인간족보다 뛰어난 듯싶다.

아리안을 선두로 길을 걷는 동안 관문 바로 옆에 있던 대기소부터 동행한 두 명의 전사도 말없이 쫓아왔다. 감시역이리라.

관문을 지나고 한동안 걷자, 비로소 목적지에 도착한 모양이다.

정면에는 거대한 나무, 아니 거목과 일체화된 건물이 보였다.

커다란 저택 한 채만 한 폭의 줄기를 지닌 거목이 정면에 우뚝 솟아 있었다. 자연물과 인공물이 융합하여 만들어진 나무 저택은 어떻게 만들어졌는지 알 수 없었다.

다만 나무줄기에 열린 창문 몇 군데에서는 방의 빛이 새어나오는지, 전광 장식으로 아름답게 연출하는 것처럼 땅거미 속에 그 위용과 환상을 어렴풋이 띄웠다.

어딘가의 이야기에 나올 법한 요정의 집 같은 분위기다.

"여기가 장로님의 집이에요. 들어가요."

아리안은 그렇게 말하고 정면의 커다란 목제 두쪽문을 열더니 아크를 재촉했다. 폰타는 아크가 발걸음을 옮기기도 전에 저택 안으로 잽싸게 미끄러지듯 들어갔다.

맛있는 냄새라도 맡은 걸까?

아크가 폰타를 뒤쫓아 나무 저택의 정면현관을 거쳐 들어가자, 내부는 통층 구조의 홀처럼 되어 있었다. 저택 중심에는 거대한 기둥이 세로로 관통했고, 홀의 바깥 둘레에 건널 복도를 놓아서 각 방의 문이 3층까지 있는 게 보였다. 좌우의 계단에서 그 건널 복도로 올라갈 수 있는 듯했다.

저택에는 수정으로 만들어진 듯한 램프를 몇 개나 설치해서 따뜻한 빛이 방 안을 비추었다. 인간족의 도시에서 주로 쓰이는 기름 램프와는 빛의 양이 달랐다.

홀 중앙에는 두 명의 엘프족이 있었는데, 아리안도 그 옆에 섰다.

한 명은 엘프족 남자였다. 겉보기의 나이는 20대 후반에서 30대 정도로밖에 보이지 않았고, 녹색이 섞인 금발은 약간 길었다. 남자는 한쪽 눈썹을 능숙하게 올리며 아크를 자세히 관찰했다. 엘프족 특유의 문양을 넣은 신관복 비슷한 옷차림이었다.

다른 한 명은 여성이었다. 이쪽은 아리안과 마찬가지로 다크엘프족인 듯했다. 옅은 자주색 피부를 지닌 그 여성은 세 가닥으로 땋은 하얗고 긴 머리를 뒤로 늘어뜨린 모습이었다. 넉넉한 민족의상 원피스를 입었지만, 아리안보다 큰 두 개의 언덕이 탄력적이라는 사실을 한눈에 알 수 있었다.

"자네가 아크인가? 잘 와 주었네. 나는 딜런 터그 라라토이아, 이 마을의 수장을 맡고 있지. 딸아이가 몹시 신세를 진 모양이더군."

엘프족의 남자는 자기소개를 하고 오른손을 내밀었다.

그의 말을 들은 아크는 남자 옆에 있던 아리안을 무심코 쳐다보았다. 반면에 그녀는 어깨를 살짝 으쓱했을 뿐이다.

아리안은 메이플에 소속이라고는 했지만, 이곳이 출신지라는 말은 하지 않았다.

아크는 눈앞에 있는 아리안의 부친이라는 남자의 오른손을 잡고 악수를 했다. 그리고 옆에 선 또 한 명의 여성에게 시선을 돌리자, 그 여성은 부드러운 미소를 띠었다.

"아리안의 엄마입니다. 그레니스 알루나 라라토이아예요. 백일흔 살입니다."

아리안의 모친임을 밝히는 여성의 말에 아크가 다시 아리안에게 시선을 돌리자, 그녀는 질렸다는 표정으로 고개를 가로저었다. 아무래도 실제 나이와 다른 듯싶지만, 인간의 입장에서는 백 살을 넘으면 조금 많든 적든 큰 차이는 없다.

어떤 반응을 보여야 좋을지 난감한 자기소개였지만, 아크는 어떻게든 목소리를 쥐어짜냈다.

"처음 뵙겠소, 수장. 그리고 수장 부인. 내 이름은 아크, 떠돌이 용병이오."

"뭐, 서서 얘기하기도 좀 그렇군. 2층에서 식사라도 하며 대화를 나누지."

라라토이아의 장로인 딜런이 아크를 재촉했다. 아크는 그 말에 고개를 끄덕이고 딜런을 따라 2층으로 올라갔다.

2층의 어느 넓은 방, 식당이라 여겨지는 그곳은 커다란 목제 테이블에 의자가 놓여 있었고, 안쪽에는 주방이 보였다. 방에는 주방에서 흘러나오는 구수한 냄새가 맴돌았다.

폰타는 재빨리 테이블 위로 뛰어올라서 예의바르게 앉아 주위를 둘러보았다. 아크도 장로인 딜런이 권하는 자리에 앉아 발밑에 짐을 내려놓았다.

아리안의 모친인 그레니스는 스튜를 데운다고 주방으로

향했다.

아리안도 자리에 앉자, 아크의 맞은편에 있던 딜런이 가볍게 고개를 숙였다.

"딸아이한테 어찌된 일인지 얼추 얘기는 들었네. 엘프족을 대표해서 인사하지, 고맙네. 설마 전이마법을 다루는 자가 있었다니. 예상 밖의 전력이었네만, 이번에 딸아이가 영주를 없애 버린 건 더욱 뜻밖의 사건이었지……."

딜런은 뒷머리를 긁적이면서 쓴웃음을 지었다.

아리안은 불만스러운 표정으로 시선을 돌렸다.

"조약을 맺었는데 로덴 귀족이 그걸 무시했어요. 더구나 그 일에 직접 관여했고요. 죽어도 불만을 내뱉을 입장은 아니잖아요!?"

"그래도 경솔했다고밖에 할 수 없구나……. 이번에는 인신매매범들의 거점을 친다는 얘기였는데, 어째서 영주관까지 한바탕 들쑤신 거냐?"

아리안은 딜런의 쓴소리에 여전히 납득이 가지 않는다는 얼굴로 외면하며 입을 다물었다.

딜런의 물음에 아크는 그곳에서 마주친 닌자소녀의 이야기를 간추려서 들려주었다.

"……산야(山野)의 민족이네. 인간족은 수인(獸人)이라 부르던가? 산야의 민족은 인간족에게 일방적으로 노예사냥을 당하는 민족이니 그랬을 걸세."

아크의 이야기를 잠자코 귀 기울여 듣던 딜런은 그렇게 말하고 턱을 어루만졌다.

역시 이전에 걱정했던 대로 수인 종족은 박해를 받는 모양이다.

인신매매범들의 거점에서 마주친 고양이 귀를 가진 닌자 소녀는 동포들의 행방을 찾는 이들 가운데 한 명이었으리라. 아크의 그 짐작에 수긍하듯이 딜런은 닌자소녀의 정체를 언급했다.

"그 소녀는 아마 산야의 노예 민족을 구해주며 돌아다닌다는 '해방자'라 불리는 이들 중 하나겠지. 잘은 모르지만 그들은 600년 전쯤에 레브란 제국에서 밀정을 생업으로 하던 집단의 후예라는 말을 들은 적이 있네……. 그들의 정보망은 넓어서, 숲에 틀어박힌 우리하고는 다르지…… 역시 그렇군."

팔짱을 낀 딜런은 혼자 이해했다는 표정을 지었지만, 금세 어깨를 늘어뜨렸다.

"어쨌든 이번 일은 평범하게 작전이 성공했다면 중앙에는 속삭임 새로 연락을 넣기만 해도 괜찮았을 텐데……. 사태가 이렇게 커졌으니 중앙의 대장로회에 출석해서 직접 자초지종을 말해야겠지. 전이진(轉移陳)에 사용할 마석만 낭비하겠군."

딜런 장로는 이마를 누르며 다시 어깨를 늘어뜨리고 한숨을 내뱉었다.

한숨짓는 장로의 모습을 본 아크는 자신의 작은 짐에 생각이 미쳤다.

"오오, 그럼 마침 좋은 물건이 있소……."

아크는 옆에 둔 커다란 금화 자루에 쑤셔 넣은 자신의 짐 자루를 끌어냈다. 그리고 그 안에서 갓난아이 주먹 정도 크기의 돌을 꺼내 딜런에게 내밀었다. 방의 불이 비추는 그 돌은 보석의 원석처럼 약간 자주색으로 빛났다.

라타 마을 부근에서 약초를 채집할 때 쓰러뜨린 자이언트 바질리스크의 마석(魔石)이다.

"이건……. 받아도 괜찮나? 이만한 순도의 마석이라면 마도구의 연료로는 상당한 물건이네."

딜런은 손안에 있는 마석을 확인하면서 놀란 표정으로 물었다.

이 세계에서 마석은 마도구의 연료로 쓰이는 듯했지만, 마도구를 지니지 않은 아크에게는 그저 아름다운 돌일 뿐이어서 별로 아까운 마음은 없었다.

"떠돌이 몸으로 이런 마석을 쓸 기회는 좀처럼 없는 법이오. 그리고 이게 인신매매범들의 거점에서 손에 넣은 엘프족의 매매계약서요."

아크는 둘둘 말려서 끈으로 묶인 양피지 7장도 같이 꺼내어 딜런에게 건네주었다.

딜런은 손에 든 마석을 옆으로 치우고, 양피지의 끈을 풀어 7장의 매매계약서 내용을 대충 훑어보았다.

“7장 중 5장에 동일인물의 이름이 적혀 있네. 드라소스 드 발리시몬, 처음 듣는 이름이군. 나머지는 룬데스 드 랜드발트, 프리슈 드 호반. 마지막에 말한 호반은 아네트 산맥과 텔나소스 산맥 사이를 지나는 가도 위에 있는 도시 이름으로 기억하네만…….”

딜런은 못마땅한 얼굴로 잠시 매매계약서를 노려보았지만 금세 고개를 들었다.

“일단 내일은 메이플로 가는 걸 메이플 측에 알리겠네. 이번 일을 보고할 겸 이 매매계약서를 갖고 가도록 하지. 로덴 왕국과는 정식 교류가 없으니, 다시 아리안에게 정보 수집과 구출임무를 부탁할지도 모르지만 말일세…….”

딜런은 쓴웃음을 지었다. 그러나 아리안은 별로 신경 쓰지도 않았고, 오히려 당연하다는 표정을 보였다.

아크는 이들이 엘프족의 중핵으로 가는 김에 처분해 주었으면 싶은 것을 딜런에게 제안했다.

“이런 부탁을 하기는 좀 그렇지만, 여기 있는 금화도 갖고 가 주지 않겠소?”

“그건 자네가 들고 나온 게 아닌가?”

딜런은 놀란 표정으로 물었지만, 솔직히 아크는 거추장스러워서 어쩔 수 없었다. 굳이 더 말하자면 원래는 인간들이 엘프족을 팔아서 번 돈이다. 자신의 몫은 이미 따로 챙겨두었다. 게다가 상대방도 뒤가 구린 돈을 당당하게 돌려달라는 요구는 못 하리라.

애당초 금화를 훔친 범인이 누구인지조차 모를 가능성도 있다.

아크가 그런 취지를 딜런에게 말하자, 그는 살짝 미간을 찌푸렸지만 받아들여 준 듯하다. 이제 말 그대로 어깨의 짐을 내렸다.

떠돌이에게는 카드나 수표라면 몰라도 금화의 끔찍한 무게를 실감하게 해 주는 돈은 그다지 대량으로 들고 다닐 만한 수단이 아니다.

영주관에서는 신이 나서 금화를 쓸어 담았다. 그러나 끝없이 펼쳐진 숲 속을 무거운 금화 자루를 짊어진 채 돌아다니다 보니 아주 성가신 짐이라는 인식으로 바뀌었다.

아크의 그런 심정을 알 리 없는 딜런은 입가에 미소를 흘리며 고개를 숙였다.

"고맙네. 아마도 이건 린부르트 대공국에게 밀을 사는 데 쓰일 걸세. 어쨌든 캐나다 전역은 대부분 숲으로 뒤덮여서 밀을 재배하는 게 여간 어렵지 않다네. 당분간 우리 집에 머물게. 라라토이아의 출입은 내 권한으로 허가해 두지."

"지루한 얘기는 끝났어요? 그럼 식사하죠. 오늘 저녁은

화이트 스튜랍니다.”

아크는 엘프족 마을 라라토이아의 출입 허가를 받고 딜런과 악수를 나누었다. 그러자 아리안의 모친인 그레니스가 기다렸다는 듯이 화이트 스튜를 담은 접시를 테이블에 늘어놓았다.

등바구니에는 하얗고 부드러운 빵이 있었고, 저마다 자리 앞에는 샐러드도 보였다.

폰타는 스튜를 담은 전용 접시를 내려놓자마자 잽싸게 입을 대려고 했지만, 스튜가 뜨거웠는지 외마디 울음소리를 낸 다음에는 접시 앞에 얌전히 앉아 식기를 기다렸다.

아크가 맛있어 보이는 스튜 접시를 두고 머뭇거리며 고민하자, 맞은편에 앉은 딜런이 앞서 말을 꺼냈다.

“딸아이한테 자네 몸에 관한 얘기는 들었네. 나하고 그레니스라면 괜찮네.”

딜런은 그렇게 말하며 아크를 재촉했다.

아무래도 아리안이 아크의 사정을 어느 정도 미리 말해준 모양이다.

아크는 잠시 생각한 후 투구를 살짝 벗어 테이블 옆에 내렸다.

역시 듣는 것과 보는 것은 크게 다른지, 둘 다 약간 놀란 듯이 눈을 휘둥그레 떴다. 그러나 딜런과 그레니스는 별다른 말은 하지 않고 스튜를 권했다.

바로 앞에는 눈구멍 깊숙이 파란 등불을 품은 해골 갑옷이 앉아 있건만 대단한 담력이다.

아크는 스푼을 손에 쥐고 스튜를 한 숟가락 떴다. 고기와 채소가 부드러워질 때까지 푹 삶은 스튜를 입에 넣어 목구멍으로 삼켰다. 버터향을 풍기는 우유맛이 입 안에 퍼짐과 동시에 고기가 사르르 녹았다.

인간족의 도시에서 먹은 딱딱하고 신맛이 나는 빵과는 달리 하얗고 부드러운 엘프족의 빵은 달콤한 과일향을 풍겼다. 아크가 잘 아는 빵과 몹시 비슷했다.

아리안의 모친은 상당히 요리 솜씨가 좋은지, 아크의 손은 좀처럼 멈추지 않았다.

"음식을 먹는 스켈레톤이라니, 직접 봐도 당장은 믿기 어렵군."

아크의 식사 모습을 바라보던 딜런은 흥미진진하다는 듯이 중얼거리며 턱을 어루만졌다. 아크도 그 말에는 완전히 동의했다. 자신의 4차원 주머니 같은 위장은 대체 어디로 이어진 건지…….

"입맛에 맞아서 다행이에요. 더 있으니까 사양하지 말아요."

"큥!"

그레니스의 말에 제일 먼저 반응한 이는 아크가 아니라 그 옆에 있던 폰타였다. 양이 적었던 스튜는 어느새 식었는지, 폰타는 벌써 깨끗하게 다 비우고 한 그릇 더 주기를 바라는 듯했다. 접시가 반짝반짝 빛났다.

아크도 남아 있던 스튜를 4차원 위장에 집어넣더니, 아리안과 동시에 접시를 그레니스에게 내밀었다.

"한 그릇 더요."

"한 그릇 더 부탁하고 싶소."

아크는 겉모습이 해골이라 해도 줄곧 알맹이는 인간이라고 여겨 왔지만, 어째서인지 정말 오래간만에 인간으로서 식사를 한 느낌이 들었다.

엘프족의 마을, 라라토이아에서의 첫날밤은 그렇게 깊어 갔다.

다음 날, 아리안은 아버지이자 라라토이아 마을의 장로이기도 한 딜런을 따라서 마을 중앙에 위치한 거목의 사원에 와 있었다.

아직 해가 뜨지 얼마 지나지 않아서, 마을에 부는 바람은 여전히 차갑고 쌀쌀했다.

먼 풍경은 아침 안개가 끼어 뿌옇게 보였다. 눈앞에 가지와 나뭇잎을 뻗은 거목 이외의 존재를 어슴푸레하게 만드는 경치는 어딘가 신비로운 분위기도 풍기는 듯했다.

사원 뒤에는 이 마을의 중심을 지나는 작은 시냇물이 동서를 나누듯이 흘렀고, 졸졸거리는 시냇물 소리와 물고기를 먹으러 찾아온 새의 지저귐만 주변에 울렸다.

거목의 사원 주위에는 나무로 만든 간이 울타리가 있었지만, 딱히 담장으로 기능하는 것 같지는 않았다. 기껏해야 허리 높이 정도인 그 울타리는 사원의 경계선 역할을 할 뿐이었다.

사원 입구의 문에는 전사 두 명이 보초로 서 있었다. 빈틈없는 가죽 갑옷을 걸치고 허리에 검을 찬 엘프족 전사 한 명은 장로인 딜런을 보더니 살짝 고개를 숙였다.

"장로님, 기다리고 있었습니다. 메이플로 가는 전이진은 준비를 마쳤습니다."

그 말에 딜런은 수고했다는 인사를 하고, 그 전사와 두세 마디 잡담을 나눈 후 사원으로 발걸음을 옮겼다. 아리안도 딜런에게 처지지 않도록 따라서 사원에 들어갔다.

아리안의 뒤에는 어제 아크로부터 건네받은 금화로 가득한 자루를 안은 남자 몇 명도 함께 사원 입구를 거쳐 쫓아왔다.

사원 내부는 저택만큼 넓지는 않았지만, 그보다 높은 통풍창이 거목을 관통했다. 주위는 굵은 기둥에 둘러싸여서 이 통층 구조의 공간을 유지하는 형태였다.

사원 안에 설치된 마도구인 수정형 램프의 불빛이 중앙의 약간 솟은 원형무대 같은 장소를 비추었다.

그 원형무대 위에 그려진 복잡하고 기괴한 마법진은 자체적으로 희미하게 빛을 내뿜었다.

이곳이 엘프족의 마을, 라라토이아에 있는 전이진의 사원이다.

캐나다 대삼림을 만든 초대 족장이 중심부인 메이플과 주요 마을에 설치한 전이진. 800년 전에 설치된 전이진들은 대대로 마을 장로들이 관리하고, 지금도 중앙의 메이플과 각 마을을 잇는 중요한 시설이다.

딜런이 그 전이진의 바로 앞까지 다가가자, 옆에 마련된 이 사원의 관리인이 지내는 방에서 작은 엘프족 남자가 모습을 드러냈다.

겉모습은 40대로만 보이는 남자이지만, 엘프족은 기대수명인 400세 가까운 나이라도 인간족과는 달리 더 이상의 노화를 겪지 않는다.

"딜런 장로님, 이미 전이진의 준비는 끝났습니다. 하지만 이번에는 예정에 없는 전이여서 그만한 마나 피오(마석 연료)가 부족합니다. 그런 까닭에……."

전이진의 관리인인 작은 몸집의 남자가 약간 난처한 표정으로 말꼬리를 흐렸다. 그러나 딜런은 말하지 않아도 잘 안다는 듯이 느긋하게 고개를 끄덕이더니, 어젯밤 아크로부터 받은 마석을 품에서 꺼내 관리인에게 건넸다.

"이걸 마나 피오로 쓰게. 귀찮게 해서 미안하네."

마석을 건네받은 관리인은 살짝 고개를 숙이고 물러났다.

그 모습을 지켜본 딜런은 중앙에 있는 마법진 위로 걸어가서 아리안을 불렀다.

"가자, 아리안."

딜런과 아리안을 뒤따라왔던 남자들은 마법진 위에 금화 자루를 내려놓고 사원 구석으로 비켜났다.

아리안이 자신을 부르는 소리에 빠른 걸음으로 딜런의 곁에 서자, 발밑의 마법진이 눈부시게 빛나기 시작했다. 사원에 황홀한 빛이 넘쳐흐르고 아리안은 한순간 부유감을 맛보았다. 그 후 빛이 가라앉자 그곳은 언뜻 봐서는 조금 전에 서 있던 장소와 다를 바 없는 비슷한 풍경이었다.

그러나 발밑의 전이마법진은 아까보다 컸고, 또 사원 자체도 상당히 거대해서 주위에는 다른 마법진이 몇 개나 더 그려진 원형무대가 보였다. 방금까지는 없었던 경비원들이 여기저기 보초를 섰고, 사원 내부도 많은 장식으로 꾸며 놓았다.

삼도 메이플의 전이 사원에 도착한 것이다.

메이플 사원의 관리인과 가볍게 인사를 나눈 딜런은 내방 목적을 말한 다음 마법진 위의 금화 자루를 중앙원(中央院)으로 옮겨주도록 부탁했다. 그러고 나서 딜런과 아리안은 사원을 나섰다.

사원 바깥은 거대한 도시였다.

라라토이아의 마을에서는 거목의 건조물이 드문드문 세워졌지만, 그보다 거대한 거목이 곳곳에 늘어섰다. 거목 아래를 누비고 나아가듯 길이 가로세로 뻗었고, 사방에 엘프족의 모습이 넘쳐날 만큼 보였다.

해 뜰 무렵의 서늘한 공기를 품은 푸른 하늘이 거목의 건조물들에 의해 가려졌다. 아직 낮게 떠 있는 태양은 거목의 계곡에 햇빛을 넉넉히 보내지 않았다.

그러나 큰길에는 상점이 즐비했다. 기세 좋게 손님을 끌어들이는 장사꾼들과 물품을 들여다보는 손님들로 뒤섞여서 인간족의 도시보다 훨씬 활기를 띠었다.

엘프족 전반적으로는 여전히 물물교환이 주류였지만, 이곳 삼도 메이플에서는 금화 거래가 일반적이었다.

아리안도 오래간만에 들른 삼도의 공기를 확인하려는 듯이 심호흡을 하고 크게 기지개를 켰다.

삼도 메이플은 10만 명 이상이 사는 대도시다. 인간족에게는 마수들이 날뛰는 캐나다 대삼림의 오지에 자리 잡은 도시라고는 도저히 믿기 힘든 경치이리라.

그러나 이 삼도 메이플은 지어지고 800년 동안 단 한 번도 인간족을 불러들이지 않았다. 교역관계를 맺은 린부르트 대공국의 인간조차 이곳의 풍경을 본 이는 없다.

그 이유는 인간족에게 알려져서는 입장이 곤란한 여러 가지 비밀이 집약되어 있기 때문이다. 마침 그 이유 중 하나가 아리안의 눈앞을 지나갔다.

키는 작고 130cm 정도일까, 다만 어린아이는 아니다. 다크엘프족 남자보다 듬직한 굵은 팔과 전체적으로 탄탄한 몸, 허리 부근까지 길게 기른 수염, 약간 뾰족한 귀.

방금 아리안 앞을 가로질러간 자는 드워프족 남자다.

일찍이 뛰어난 야금기술 탓에 인간족에게 종종 노려졌고, 인간족의 세계에서는 표면상 멸족했다고 여겨지는 종족. 자세히 지켜보면 많은 엘프족 사이에 띄엄띄엄 섞여서 도시를 돌아다니는 그들의 모습을 확인할 수 있다.

이 삼도 메이플은 엘프족의 정령마법과 드워프족의 야금기술로 형성된 마법도시다. 이 거대한 도시를 짓는 계기를 만든 이가 초대 족장이었다.

그리고 그 초대 족장이 인간족을 이곳 삼도 메이플로 불러들이는 일을 굳게 금지한 것이다.

그러나 그 밖의 바깥 마을은 인간족의 출입을 장로의 재량에 맡겼다. 인간족과 교역하는 최전선의 마을이라거나 비교적 인간족의 도시에 마을이 가깝기 때문이었다. 그런데도 엘프족의 마을에 발을 들여놓은 인간족의 수는 적었다.

그 이외의 대부분 마을도 인간족이 사는 장소로부터 멀리 떨어진 숲의 오지에 있어서 좀처럼 인간족과 마주치지 않았다. 그런 까닭에 다른 마을에도 인간족이 드나드는 일은 거의 없었다.

라라토이아에 들어간 아크의 경우는 우연히 장로의 딸 아리안이 중개를 해서 가능했던 만큼 상당히 예외에 속했다.

아리안은 메이플의 변함없는 풍경을 한동안 바라본 다음 앞에서 손짓하는 아버지, 딜런을 향해 달려갔다.

딜런은 거목의 건조물 계곡에 있는 대로의 인파를 거침없이 헤치면서 나아갔다.

얼마 지나지 않아 거목의 건조물들에 가려진 시야가 갑자기 탁 트였다. 그 광대한 공간 한복판에는 그동안의 어떤 건조물보다 훨씬 큰, 거대한 수목의 탑을 떠올리게 하는 건조물이 눈앞에 우뚝 솟아 있었다.

가까이 다가갈수록 올려다보는 목이 아플 정도로 높아졌다.

정면의 넓은 현관입구에는 무장한 경비원들이 몇 명이나 서서, 출입하는 인물들에게 항상 눈을 희번덕거렸다. 입구 정면의 접수처로 가서 엘프족 여성에게 용건을 전하자 금세 여성 안내원이 나왔다.

그 안내원을 따라 안에 있는 원통형 방이 여러 개 늘어선 장소로 향했다. 안내원은 그중 하나의 방으로 딜런과 아리안을 데려갔다.

원통형 방의 중심에는 받침대 같은 구조물 위에 수정구슬이 반쯤 묻혀 있었다. 안내하는 여성이 천천히 그 수정구슬을 만지자 희미하게 빛을 뿜어냈다.

그러자 원통형 방의 바닥이 아무런 예고도 없이 떠올랐다. 둥근 바닥은 어떤 소리도 내지 않고 원통 내의 통층을 미끄러지듯이 죽 올라갔다.

이윽고 목적지인 층에 도착했는지 바닥의 동작이 멈추었다. 그곳은 거대한 수목의 탑 바깥 둘레에 설치된 건널 복도가 이어졌다. 복도를 따라 늘어선 커다란 창문을 통해 이 도시를 한눈에 내려다볼 수 있었다.

마침 동쪽을 향하는지 메이플의 모습이 발밑에 보였고, 정면에는 어마어마한 호수의 수평선이 펼쳐졌다. 북쪽을 보든 남쪽을 보든 호수의 끝은 전혀 나타나지 않았다.

초대 족장이 그레이트 슬레이브라고 이름 붙인 그 커다란 호수는 이 도시의 귀중한 수원이자 풍부한 물고기의 보고이기도 하다.

아침 해를 반사해 반짝반짝 빛나는 그레이트 슬레이브 호수의 풍경을 바라보면서 건널 복도를 나아가자 머지않아 목적지에 이르렀다.

정면에는 식물에 담쟁이덩굴이 얽힌 의장을 선명하게 그려 넣은 커다란 두쪽문이 있었다.

그 커다란 두쪽문 앞에 멈춰선 여성 안내원은 한쪽 문을 조심스럽게 열고 내방객의 도착을 알렸다. 그 후 그녀는 옆으로 비켜 딜런과 아리안에게 어서 들어가도록 재촉했다.

딜런과 아리안은 고개를 끄덕이고 그 문을 통해 안으로 발걸음을 옮겼다.

내부는 그다지 화려한 장식이 없는 차분한 분위기의 큰 방이었다. 방의 중앙에는 큼지막한 테이블이 놓여 있었는데, 그 주위를 열한 명의 남녀가 저마다 자리를 차지하고 앉았다.

자리에 앉은 이들은 대부분 엘프족이었지만, 그중에는 다크엘프족과 드워프족의 모습도 보였다.

이곳 삼도 메이플과 캐나다 대삼림의 모든 마을을 다스리는 중앙원의 최고 간부인 대장로 열 명과 그들을 아우르는 지위에 있는 제3대 족장이다.

현 족장의 이름은 브리안 보이드 에반젤린 메이플. 그는 초대 족장인 에반젤린의 계보를 잇는 인물이다. 엘프족으로서는 보기 드물게 대대로 초대 족장의 이름을 이어받는다.

"라라토이아의 딜런 장로, 이번에는 지난번 인신매매 사건의 인질구출 작전에 대한 결과 보고인가? 자네가 직접 출석한 이유를 말해 보게."

방의 가장 안쪽 자리에 앉은 인물이 딜런에게 조용히 물었다.

40대 정도로 보이는 얌전한 인상의 남자는 녹색이 섞인 긴 금발을 복잡한 색의 무늬를 입힌 끈으로 묶고 있었다. 그가 바로 광대한 캐나다 대삼림에 사는 엘프족들의 정점인

제3대 족장 브리안이었다.

브리안 족장의 물음에 딜런은 평소에는 별로 볼 수 없는 긴장된 얼굴로 입을 열었다. 그 모습에 아리안은 조금 신기하다는 눈길을 보냈지만, 대화내용이 영주의 암살사건으로 옮겨가자 표정을 약간 흐리고 시선을 떨어뜨렸다.

딜런의 보고가 끝난 후 방 안에 떠들썩하던 분위기는 사라졌고 적막으로 가득 찬 공기로 바뀌었다. 누군가가 몸을 움직이면서 내는 소리가 유달리 크게 들렸다.

"뭐, 어쨌든 인질을 구출했고 새롭게 행방불명된 엘프 둘도 무사히 확보했다지만."

대장로 한 명이 그렇게 말을 꺼내자, 둑을 터뜨린 것처럼 의견이 잇달아 오고갔다.

"문제는 그 둘을 구할 때 벌인 영주의 암살 건이군요. 이건 좀 어리석은 짓이 아니었는지요?"

"허나 400년 전에 맺은 조약을 스스로 깼소이다. 그걸 생각하면 이번 사건은 저쪽이 항의할 수 있는 입장이 아니라고 여겨지오만……."

"잠깐잠깐. 이번 인신매매 사건에 영주가 관여한 사실은 변명할 여지없는 전쟁의 빌미를 주지 않는가! 녀석들은 600년 전에도 우리를 상대로 전쟁을 일으켰고, 그 때문에 나라가 분열되었는데 그런 과거를 벌써 잊었다는 건가!?"

"우리에게 600년 전이란 부모 세대의 일이지만, 그들 인간족에게는 역사서 속의 얘기니 말입니다……. 그들과 진정으로 우호관계를 쌓는 건 무리겠지요."

"흥, 풍요의 마결석 방출량을 줄인다고 하면 저쪽은 아무 말도 못할 테지……."

대장로들이 저마다 자신의 주장이니 의견을 큰소리로 외쳐서 실내는 몹시 시끌벅적했다.

그 모습을 바라보던 딜런과 안쪽에 앉은 브리안 족장은 동시에 크게 한숨을 내쉬었다.

그런 가운데 대장로 한 명이 이후의 대응에 관하여 입을 열었다.

"이번 사건의 경위를 일단 로덴 왕국에 해명하는 서한을 보내는 건 어떨까요?"

그러나 그 의견에 이의를 제기한 이는 커다란 몸집의 다크엘프 남자였다.

"굳이 이쪽에서 해명하러 갈 이유는 없소! 서한 따위를 보내면 이번 작전에 참여한 자들이 그들 나라에 소환될 가능성도 있단 말이오. 우리가 저자세로 나가지 않아도 되네!"

옅은 자주색 피부, 듬직하고 단단해 보이는 몸, 커다란 흉터가 있는 얼굴. 아리안은 그 말에 고개를 들고 한층 더 위압감을 풍기는 대장로에게 시선을 돌렸다.

아리안을 두둔하는 발언을 내뱉은 이는 그녀가 잘 아는 인물이었다.

모친인 그레니스의 부친, 요컨대 아리안의 조부로 이름은 펑거스 프란 메이플이다. 십대장로의 한 명이자 다크엘프족을 이끄는 인물이며 옆에서 이야기를 듣는 딜런의 장인이기도 하다.

펑거스의 말에 대장로 한 명이 미간을 찌푸린 채 쓴소리를 했다.

"귀하의 그 말은 이번 사건에 관련된 혈연을 감싸는 주장이지 않소? 그런——."

쓴소리를 하던 대장로는 그쯤에서 허둥지둥 말을 끊고 집어삼키더니 입을 꾹 다물었다. 맞은편에서 팔짱을 낀 펑거스가 마수도 이럴까 싶을 만큼 무섭게 노려보았기 때문이다.

맹수 같은 압박감이 실내를 온통 뒤덮었을 때 브리안 족장이 가볍게 헛기침을 하고서 펑거스에게 주의를 주었다.

"펑거스, 이 자리에서 다른 이를 위협하는 행동은 무례한 짓일세."

주변에 자욱이 낀 압박감은 그 한마디를 듣자마자 안개처럼 흩어졌고, 펑거스는 고분고분하게 족장을 향해 고개를 숙였다.

문제의 당사자인 아리안은 조부 펑거스에게 감사해하면서도 친족의 비호까지 받도록 사태를 악화시킨 사실에 오히려 자괴감이 들어 도로 시선을 떨어뜨리고 말았다.

잠시 펑거스의 분노로 인한 침묵이 이어진 후 대장로 한 명이 다시 입을 열었다.

“펑거스 대장로의 말도 사리에 맞는 부분이 있소. 이번에 그들은 우리와의 조약을 파기하고, 동포들을 사로잡아 팔아치운 폭거를 저질렀으니 말이오.”

그 회의의 초반에 나온 의견과 별다른 차이가 없는 견해였다. 실내는 조금 전과 마찬가지로 공론에 빠져들었다.

결국 점심시간을 끼고 의견을 더 주고받아 어떻게든 매듭을 지었지만, 결론은 그다지 의미가 있다고는 말하기 어려웠다.

“일단 조용히 지켜보겠다는 건가…….”

아리안의 옆에 선 딜런은 둥근 바닥이 소리도 없이 원통형 방을 미끄러져 내려가는 와중에 방금 내려진 결론을 중얼거렸다.

로덴 왕국과는 600년 전에 전쟁을 치르고 나서 거의 교류가 없었다.

당시 엘프족과의 교전에 끝까지 반대한 티시엔트 공작가가 로덴 왕국으로부터 떨어져 나와 린부르트 대공국을 세웠다.

그 이래 인간족과의 교류다운 교류는 린부르트 대공국을 통해서만 이루어졌다.

당시의 전쟁으로 로덴 왕국은 왕군과 영주제후군을 거의

잃고 멸망 직전까지 이르렀다. 지금도 여전히 운 좋게 나라가 남아 있는 이유는 그 무렵 레브란 제국이 왕위계승을 둘러싸고 동서로 분열되어 격렬한 전쟁을 벌인 까닭에 왕국의 재건을 위한 유예를 얻은 것에 불과하다.

그 후 400년 전, 로덴 국왕이 엘프족에게 정식으로 전쟁행위에 대한 사죄를 했다. 또한 성의를 보여주는 형태로 엘프족 포획에 관한 금지조약을 맺은 것이다.

이번 영주 암살사건은 확실히 지나친 행위였는지도 모르지만, 왕국측도 잘못이 있어서 딱히 강하게 나오지는 못하리라는 견해였다.

언젠가 정식 사자들이 찾아올 경우를 대비하여 그 준비만큼은 해 두자는 식으로 마지막에는 그럭저럭 타결을 보았다.

"이번 일은 정말 죄송해요, 아버지."

회의를 시작하고 나서 여태껏 줄곧 침묵을 지킨 아리안이 불쑥 사죄의 말을 입에 담았다.

이 사건의 도화선에 불을 붙인 아리안은 풀이 죽은 표정으로 시선을 내리깔았다. 딜런은 모친을 닮아 아름다운 딸의 백발 머리를 살짝 쓰다듬으면서 쓴웃음을 지었다.

"넌 아직 젊으니까 괜찮을 거다. 더구나 이 일은 완전히 끝난 게 아니란다."

딜런은 품에서 엘프족 매매계약서를 꺼내어 보여 주었다. 조금 전의 회의에서 매매계약서에 이름이 적힌 자를 조사하라는 명령을 받아 딜런이 다시 그 임무를 맡게 된 것이다.

"반성은 한 모양이니 계속해서 이 조사를 부탁할 생각이다. 조력자였던 아크에게는 이쪽에서 정식으로 의뢰를 해 보마. 그건 그렇고 예상보다 너무 지체되었어. 모처럼 메이플까지 왔는데 이빈을 만날 시간이 꽤 줄어들었구나."

딜런은 약간 지친 얼굴로 어깨를 으쓱여 보였다. 이빈이란 그의 또 다른 딸로 아리안의 언니다.

"언니한테 무슨 볼일이라도 있어요?"

아리안은 의아하게 여기면서도 요 근래 만나지 못한 언니의 억척스러운 얼굴을 떠올렸다.

"어라, 네게는 말하지 않았던가? 내년쯤에 결혼한다고 하더구나. 난 상대방 얼굴도 본 적이 없어서 별로 실감이 안 나지만 말이다……."

딜런의 그 한마디에 아리안은 턱이 빠질 정도로 깜짝 놀랐다.

"네!? 진짜요!? 그 전투광에다 평생 결혼할 마음은 없다고 말한 언니가요!? 상대는 제가 아는 전사예요?"

"아니, 들은 얘기로는 농사일을 하는 남자라더라."

아리안은 믿기지 않는다는 표정을 지을 수밖에 없었다.

어느 누구보다 호전적이고 그 실력은 아리안보다 위다. 또한 정예를 자랑하는 메이플 전사 중에서도 굴지의 실력을 지닌다. 아리안은 강한 상대에게만 관심을 보였던 자신의 언니가 완전히 다른 인물로 변해 버린 듯한 소식에 멍하니 있을 뿐이었다.

그런 이야기를 들으면서 중앙원을 나서자, 하늘은 어느덧 해뜰 무렵의 푸른 하늘에서 땅거미가 지는 색으로 바뀌어 있었다.

거목의 건조물 창문에서 새어나오는 마도구 불빛과 발밑에 있는 가로등이 땅거미를 몰아내는 도시의 모습이 떠올랐다.

"오늘은 이미 늦었으니 이빈의 집에서 하룻밤 묵고 돌아가도록 할까. 너도 오랜만에 이빈을 볼 테니 하고 싶은 말도 많겠지? 나도 결혼식 준비로 여러 가지 묻고 싶은 게 있단다."

딜런은 뒤에서 아직도 멍하니 걷는 아리안에게 시선을 돌려 재촉하고는, 이빈의 집이 위치한 방향으로 발걸음을 옮겼다.

이윽고 중앙원에서 조금 떨어진 길모퉁이의 한 구획, 그곳에 우뚝 솟은 거목의 건물 현관입구로 들어갔다.

이곳은 중앙원 같은 특수한 건물과 달리 각 층마다 개인의 주거구획이 늘어섰는데, 삼도 메이플에서는 일반적인 집합주택의 하나였다.

1층에 몇 기 놓인 원통형 방에 들어가서 중앙의 수정구슬을 만지고 목적지 층수를 지정했다. 딜런과 아리안은 둥근 바닥이 조용히 미끄러지듯 위로 올라가는 것을 몸으로 느끼면서 기다렸다.

발밑의 바닥이 원통 내부를 통과하며 내는 공기의 미약한 통과음을 들으며, 두 사람은 이윽고 목적지 층에 다다랐다. 그러자 맑은 종소리가 울리며 밖으로 이어지는 입구문이 열렸다.

두 사람은 도착한 층의 각 주거 입구문이 즐비한 복도를 지나갔다. 입구문에는 저마다 번호를 달았는데, 딜런은 그 중에서 이빈이 사는 집의 문을 두드렸다.

그러자 안에서 요란한 소리가 들리나 싶더니, 문이 바깥을 향해 벌컥 열렸다.

딜런은 몸을 돌려 그 문을 아슬아슬하게 옆으로 피했다. 그러나 뒤에서 그 모습을 지켜보던 아리안은 갑자기 뛰쳐나온 인물의 몸통 박치기 같은 포옹을 막을 틈도 없이 쓰러졌다.

"늦었잖아아~!! 모처럼 우리 아리안이 온다고 해서 임무도 내팽개치고 아침부터 줄곧 기다렸는데에~!!"

아리안의 가슴에 얼굴을 파묻고 마구 비비적거리는 이는 이 집의 주인이자 그녀의 언니인 이빈 그레니스 메이플이었다.

아리안과 마찬가지로 이빈은 다크엘프족의 특징을 지녔다. 옅은 자주색 피부와 황금색 눈동자, 그리고 어깻죽지에 내려오는 길이로 가지런히 자른 하얀 머리는 세미 쇼트였다. 아리안보다 키는 조금 큰 편이었지만, 커다랗게 부푼 가슴이나 탱탱한 엉덩이는 남자들이 좋아할 만한 매력을 뿜어냈다.

그처럼 매력적인 자태를 가진 이빈이었지만, 지금은 여동생 아리안을 '우리 아리안' 이라고 부르며 어리광을 부리는 작은 동물 같이 뺨을 비벼댔다.

"오랜만이야, 이빈 언니."

아리안이 살짝 부드러운 미소를 짓고 인사하자, 앞가슴에 뺨을 대고 비비던 이빈이 왠지 불만스러운 표정으로 볼을 불룩 부풀렸다.

"우리 아리안은 바보야!! 항상 딱딱하게 '이빈 언니' 가 아니라 그냥 '언니' 로만 부르랬잖아!?"

이빈은 커다란 황금색 눈동자를 글썽이면서 여동생에게 투정을 했다. 아리안은 소리를 죽여 키득키득 웃음을 흘리고 이빈을 안아 일으켰다.

"나 참, 알았어. 일단 집에 들어갈게――언니."

"우후후후―☆"

이빈은 아리안의 그 대답에 만족했는지 만면에 미소를 띠었다.

전투행위와 여동생인 아리안을 무엇보다 좋아하고, 다른 일에는 별로 관심을 보이지 않았던 이빈이다. 그런데 뜬금없이 결혼한다는 이야기를 듣고 아리안은 방금까지만 해도 자신이 모르는 사이에 언니가 변해 버린 듯한 불안한 느낌을 받았다. 다행히 오래간만에 만난 이빈은 평소와 다름없었다. 아리안은 자신이 잘 아는 언니라는 사실에 안도했다.

아버지인 딜런은 그런 둘의 대화를 곁에서 바라보며 쓴웃음을 지었다. 그는 어깨를 크게 으쓱하고는 이빈에게 시선을 돌렸다.

"이빈 넌 여전하구나."

그 말에 이빈은 이제야 알아차렸다는 듯이 고개를 들어 아버지의 얼굴을 올려다보았다.

"어머, 아버지도 왔었어요?"

이빈의 물음에 딜런은 땅이 꺼져라 한숨을 내뱉고 고개를 가로저었다.

마음이 들뜬 이빈은 아버지와 여동생의 차를 대접할 준비를 했다. 그동안 아리안은 언니의 방을 둘러보면서 아까 아버지에게 들은 결혼에 관해 물었다.

"언니가 이번에 결혼한다는 얘기를 들었는데 그거 진짜야?"

"정말이야. 아, 왜? 우리 아리안이 소중한 언니를 모르는 남자한테 빼앗기는 듯해서 질투하는 걸까아~? 우후후후."

이빈은 아리안의 궁금증을 사랑스러운 여동생의 질투라고 여겼는지, 이상한 미소를 띠면서 조금씩 다가왔다.

"어떤 남자야?"

"그게 있잖아아~. 착실하고 지나치게 고지식해서 너무 이상한 남자야아~."

이빈은 그렇게 말하고 웃으면서도 어딘가 다정한 눈빛을 보였다.

그 모습을 본 아리안은 늘 변함없다고 믿은 언니가 자신이 모르는 곳에서 살짝 변해 버린 사실에 약간 쓸쓸함과 당혹감을 느꼈다.

그런 생각을 하는 가운데 자신의 마음속에서도 어느 날 문득 연애감정이 생겨나는 걸까, 하고 걷잡을 수 없는 잡념이 떠올랐다.

"우후후후. 역시 신경 쓰이니이?"

"벼, 별로……."

이빈의 추궁에 아리안은 입을 삐죽 내밀고 시선을 돌렸다.

"우리 아리안은 주위에 좋아하는 남자는 없어어?"

갑자기 이빈이 아리안의 얼굴을 들여다보면서 수상한 미소를 머금었다.

이빈의 그 질문에 아리안의 머릿속에는 갑옷을 걸친 해골의 얼굴이 언뜻 스쳐 지났다. 당황한 아리안은 자신의 그런 생각을 떨쳐 버리고 헛기침을 했다.

"따, 딱히 나한텐 그런 남자는 없어!"

자신의 마음속에 나타난 초조함을 숨기듯이 거친 말투로

부정한 아리안의 얼굴은 살짝 붉어졌다.

그런 여동생의 반응을 민감하게 알아차린 이빈이 다짜고짜 아리안에게 달려들어 안겼다.

“아, 안 돼! 우리 아리안과 결혼할 남자는 나보다 강하고 의지할 수 있어야 해. 안 그러면 언니가 절대로 허락하지 않을 테니까아!”

“자, 잠깐 언니!? 나더러 결혼하지 말라는 거야!?”

이빈의 주장에 아리안은 큰소리로 따졌다. 언니 이빈은 메이플 소속의 전사 중 한 명이고, 그 능력은 캐나다 대삼림 안에서도 굴지의 실력자로 손꼽힌다.

그런 언니에게 실력과 함께 인정받을 만한 인재는 그리 간단히 찾아지는 법이 아니다.

“소중한 여동생의 상대니까, 언니한테 알리는 게 마땅한 절차잖아아~!?”

“잠깐만, 언니는 내가 모르는 사이에 멋대로 결혼을 결정했으면서 그래!?”

“난 언니니까 괜찮아아~!”

“뭐야, 그 억지스러운 대답은!?”

두 딸이 떠들썩하게 평화로운 말다툼을 하는 그 집의 구석에서 아버지인 딜런은 대화에 끼어들지도 못한 채 차를 홀짝홀짝 마시며 크게 한숨을 흘렸다.

삼도 메이플에 다가오는 밤의 장막은 그처럼 시시각각 그 어둠이 깊어 갔다.

아침. 새의 지저귐과 아래층에서 풍겨오는 아침식사의 희미한 냄새에 귀와 코가 먼저 반응했다.

그에 이끌려 눈이 뜨였고, 방 주위의 상황이 시야에 들어왔다.

감을 눈꺼풀도 뜰 눈도 없는데, 아침의 기상은 정말 기분이 좋았다.

아크가 머리를 들어 방을 둘러보자, 침대 옆에 백색과 청색을 바탕으로 채색한 백은의 전신 갑주가 가지런히 놓여 있었다.

어제는 이 세계에 온 이후 처음으로 갑옷을 전부 벗고, 침대에서 이불을 뒤집어쓴 채 잔 것이다. 온몸이 해골인 까닭에 딱히 이불을 덮을 필요성은 없을지도 모르지만, 그 점은 기분의 문제다.

오늘은 아리안과 장로 딜런이 캐나다 대삼림의 중앙도시인 삼도 메이플에 갈 예정이었고, 자신은 그동안 라라토이아의 마을에서 신세를 지기로 되어 있었다.

좀처럼 사람이 드나들지 않는 엘프족의 마을이다, 흥미는 끝이 없었다.

그렇다면 얼른 준비를 해야 한다.
아크가 침대에서 상반신을 일으키려 하자, 가슴 언저리에 묘한 위화감이 느껴졌다. 이불을 걷어서 봤더니 놀랍게도 그곳에는 어느새 폰타가 숨어들어 있었다. 더구나 자신의 갈비뼈 속에 말이다.
"으악!"
너무 깜짝 놀라서 얼떨결에 비명이 새어나왔다.
아크는 갈비뼈 속에서 꿈나라로 여행을 떠난 폰타를 어떻게든 끌어낸 다음 침대 옆에 재웠다.
자신의 갈비뼈에서 생물을 끄집어냈다…… 이거 참, 도저히 필설로는 표현하기 어려운 감각이다――.
아크는 침대에서 일어나 가볍게 온몸의 뼈를 뚝뚝 소리를 내고 맨손 체조를 했다. 힘줄도 근육도 없는 몸으로는 유연함도 무의미하다는 생각은 들었지만 이것도 기분의 문제이리라.
옆에 둔 갑옷을 걸치고 마지막으로 투구도 썼다.
장로 가족에게는 자신의 신체 비밀에 관하여 알려주었지만, 그렇다고 해서 라라토이아의 주민 모두에게 그 사실을 밝힐 필요도 없었다.
어젯밤에는 딜런 장로도 아는 이들이 적을수록 좋다는 말을 했다.
딜런 장로의 가족 이외에 이 일을 아는 인물은 디엔트의 영주로부터 구해준 세나와 우나뿐이다.

엘프족의 마을에 인간족이 들어오는 일은 거의 없다고 들었다. 따라서 그 인간족의 소문이 오르내리면 눈 깜짝할 사이 이 마을에 퍼지리라.

피할 수 있는 괜한 말썽은 피하는 게 가장 좋다.

어제 우나에게 빌려준 검은 외투는 이미 돌려받아 근처에 두었지만, 마을 안에서는 갑옷 차림이든 검은 외투 차림이든 눈에 띈다는 점은 마찬가지다.

마을에서 머무는 동안은 쓸데없이 뒤집어쓰지 않아도 되리라. 아크는 손에 든 검은 외투를 도로 짐자루에 넣었다.

준비를 마친 아크가 방에서 나가려고 하자, 어느새 일어난 폰타가 방문 앞에 얌전한 자세로 앉아 솜털 꼬리를 흔들었다.

아무래도 폰타도 아래층에서 풍겨 오는 냄새에 끌려 일어난 모양이다.

아크가 방문을 살짝 열어 주었더니 폰타는 그곳에 머리를 쑤셔 넣고 능숙하게 문틈을 비틀어 열었다. 그러고는 미끄러지듯 빠져나가서 재빠르게 아래층으로 뛰어 내려갔다.

엘프족에게 들은 이야기로는 정령수는 별로 식사를 하지 않아도 오래 살 수 있는 까닭에 사람 앞에서는 적극적으로 음식을 안 먹는다고 한다.

다만 사람이 사는 마을에 내려가거나 숲을 나서면 정령수도 식사할 기회가 많아지는 듯하지만, 어느 곳이든 장소를 가리지 않고 식욕이 왕성한 폰타의 경우는 그런 사례에 들어맞지 않는 모양이다.

어젯밤 저녁식사를 맛있게 먹은 2층의 식당으로 내려가자, 거기에는 벌써 아침식사에 몰두하는 폰타와 그 모습을 허리를 굽혀 내려다보는 아리안의 모친 그레니스가 있었다.

그레니스는 어제와 똑같이 엘프족의 민족의상 원피스를 입고 그 위에는 에이프런을 걸친 차림으로 아크에게 고개를 돌렸다.

"어머, 좋은 아침이에요. 어제는 느긋하게 잘 잤어요? 해골인 당신이 잠을 자다니…… 왠지 굉장하네요."

그레니스는 아크의 잠든 모습을 떠올렸는지, 재미있다는 듯이 미소를 흘렸다.

확실히 이불을 덮고 자는 해골을 상상하면 아무렇게나 버려둔 백골시체로 보일 테지만, 본인을 앞에 두고 망설임 없이 말하다니 상당히 대담한 여자다.

아리안과는 달리 너글너글한 인상인데.

"일찍 일어났구료, 그레니스 부인."

"큥!"

아크가 그레니스에게 인사를 하자 폰타도 아침인사를 하는지 고개를 들어 한 번 짖고 나서 다시 접시에 머리를 처박았다.

"지금 아침식사를 준비할 테니 거기 앉아서 기다려요."

아크가 폰타를 쓰다듬은 후 일어섰고, 그레니스는 에이프런 차림으로 안쪽의 주방에 들어갔다.

"감사하오. 그런데 딜런 장로와 아리안 양의 모습이 안 보이는데 벌써 나간 건가?"

아크는 주위를 둘러보면서 주방에 있는 그레니스에게 물었다.

"네, 오늘 해 뜰 무렵에 메이플로 떠났어요."

주방에서 나온 그레니스는 아침식사를 얹은 쟁반을 들고 오며 간단히 대답했다. 그레니스는 갖고 온 쟁반을 아크의 앞에 놓은 다음 맞은편 자리에 앉았다.

투구를 벗어 옆으로 치운 아크는 가볍게 합장하고 눈앞의 아침식사에 시선을 내렸다.

쟁반에는 살짝 구운 토스트가 있었는데, 그 위에 구운 자국이 난 드라이 소시지를 둥글게 썰어 하얀 소스를 함께 곁들였다. 그 밖에는 달걀 프라이와 채소 수프도 보였다.

토스트를 한입 베어 먹자 사각 하는 기분 좋은 소리와 구수한 냄새 속에 달콤한 향이 났다. 드라이 소시지는 조금 비렸지만, 허브와 향신료의 맛을 살려 몹시 별미였다. 더욱이 거기에 뿌린 하얗고 끈적한 소스의 그리운 맛에 아크는 무심코 감탄사를 내뱉었다.

"마요네즈인가……."

"어머, 잘 아네요? 초대 족장님이 고안하신 소스예요. 인간족의 도시는 아직 린부르트 주변에만 알려졌다고 생각했는데……."

그레니스는 의외라는 표정으로 고개를 갸웃거렸다.

아무래도 마요네즈라는 이름도 그대로 쓰이는 듯싶다. 마요네즈 자체는 별로 제작 방법이 어렵지 않아서 약간의 지식만으로도 만들 수 있다.

800년 전에 삼도 메이플을 지은 초대 족장님이라는 인물은 어쩌면 아크 자신과 비슷한 존재였는지도 모른다. 장수하는 엘프족이니 혹시 여전히 살아있지 않을까?

"그 초대 족장님이라는 분은 지금도 살아계시오?"

달걀 프라이를 입에 넣으면서 아크는 맞은편에 앉은 그레니스에게 일말의 기대를 품고 물었다.

"후후후. 아무리 수명이 긴 엘프족이라도 그만큼 오래 살지는 못해요. 엘프족의 수명은 대체로 400년 정도니까요."

그런데도 수명이 400년이나 되는 건가……. 이런 시대에서 인간의 수명은 기껏해야 50년이면 길지 않을까? 아니, 권력자는 회복마법 등을 써서 좀 더 오래 살려나.

초대 족장을 아크 자신과 비슷한 사정을 지닌 자라고 여겼지만, 이미 고인이라면 진상을 확인할 길은 없었다. 확인할 방법이 없는 일을 언제까지고 생각해도 아무 도움이 되지 않으리라.

오늘은 식사 후 엘프족 마을인 라라토이아를 둘러볼 예정이다.

장로 딜런의 허가를 받았기 때문에 하루 종일 느긋하게 돌아다닐 셈이다. 그레니스가 안내를 겸해서 동행하지만, 한편으로는 감시역도 맡는 것이리라. 엘프족과 인간족의 관계를 고려하면 불가피한 조치라고 보는 까닭에 딱히 신경 쓰지 않았다.

딜런이 또 이야기를 나누고 싶다는 뜻을 전했기에 잠시 이 마을에서 신세를 져도 나쁘지는 않을 터다.

어쨌든 어제 저녁식사도 그랬지만, 오늘 아침식사도 아주 맛있었다.

인간족의 서민이 먹는 식사는 기본적으로 거의 싱거운 맛이다. 콩, 잡곡죽, 감자 등이 주식이다. 마수의 고기가 많아서인지 고기 요리는 종류도 풍부하지만 향신료는 적은 편이다.

아마 향신료는 가격이 높고 여간해서는 서민이 입에 대지 못하는 물품이리라.

아크도 요리는 웬만큼 할 수 있다. 따라서 앞으로 자취할 거점을 만들 때 향신료를 듬뿍 넣은 요리를 내오는 엘프족과 우호적인 관계를 맺으면, 그 연줄을 이용하여 자신의 식사환경을 개선하는 일도 꿈은 아니다.

게다가 무엇보다 맛있는 음식을 먹을 수 있는 곳에서 하룻밤 묵는다는 점은 그 사실만으로도 고마운 일이다.

아크가 마지막 남은 드라이 소시지를 입에 넣으려 하자, 테이블 옆에 엎드려 가만히 자신을 올려다보는 폰타와 시선이 맞았다.

포크로 찍은 소시지를 좌우로 움직일 때마다 폰타의 머리는 실에 묶인 마리오네트처럼 이리저리 왔다 갔다 했다.

아크가 결국 포기하고 폰타에게 소시지를 건넸더니 기쁜 듯이 달려들어서 씹어 먹었다.

정면에 있던 그레니스는 그 모습을 흐뭇하게 바라보며 웃었다. 해골의 얼굴색은 바뀌지 않지만, 아크는 가볍게 헛기침을 하고 분위기를 얼버무렸다.

"잘 먹었소, 그레니스 부인."

아크는 감사 인사를 하고 다시 투구를 쓰며 자리에서 일어났다. 소시지를 다 먹은 폰타가 마법으로 바람을 일으켜 정위치인 투구 위에 달라붙었다.

아크는 그대로 거목 저택의 1층으로 내려가 정면의 현관을 나오고 나서 한 번 뒤돌아보았다.

어제는 주변이 꽤 어두워져서 전체 모습을 파악하기 어려웠지만, 지금은 아침 햇빛을 받은 인공물과 자연물의 불가사의한 융합건조물이 눈앞에 뚜렷이 드러났다.

인간족의 건물은 비교적 유럽의 역사지역 같은 분위기를

많이 풍겼지만, 이곳 장로의 집은 동화나 소설에 나올 법한 요정의 집 같은 분위기를 풍겼다.

다만 이런 형식의 건물은 이 마을에서는 별로 보이지 않았다. 멀리 이와 비슷한 건물이 몇 개 보일 뿐이고, 대부분 버섯 형태의 목조집이 늘어서 있다. 그 가옥들도 인간족의 도시에서 보는 건물들과는 매우 다른 양식이다.

아크가 잠시 거목 저택을 관찰하고 있자, 에이프런을 벗은 그레니스가 저택에서 나오는 게 눈에 띄었다.

"인간족에게는 신기한 건물인가요?"

질리지 않고 건물을 둘러보는 아크에게 그레니스는 살짝 미소를 지으면서 물었다.

"으음, 어떻게 지었는지조차 도무지 짐작을 못 하겠소."

"그렇군요. 확실히 정령마법을 쓰지 않으면 무리일지도 모르겠네요."

그레니스는 미소를 짓고 뒤쪽에 있는 거목 저택을 올려다보았다.

아무래도 이 건축물은 정령마법의 힘으로 지어진 듯하다. 그다지 그 수가 보이지 않는 이유는 역시 건조할 때 드는 비용이 많이 들기 때문일까.

"이 저택의 나무구멍에는 이따금 폰타하고 똑같은 솜털 여우가 찾아오기도 해요. 솜털 여우는 본래 바람을 타고 무리를 지어 옮겨 다니는 생활을 하는데……."

그레니스는 그렇게 중얼거리며 아크의 투구 위에서 이상하다는 듯이 고개를 갸웃거리는 폰타에게 시선을 던졌다. 아크가 상처를 회복마법으로 고쳐주고 길들인 이후부터 줄곧 그 자리가 마음에 든 모양이다.

아크는 폰타도 다른 동료를 찾으면 그때는 자신의 곁에서 떠나가리라 여겼다. 약간 쓸쓸한 기분도 들었지만 어쩔 수 없는 일이다.

적어도 폰타가 동료를 발견하고 자신을 떠날 때까지는 바라는 대로 하게 놔두어야 한다.

곰곰이 그런 생각을 하면서 아크는 투구 위에 앉은 폰타의 털을 살짝 어루만졌다.

그레니스가 마을을 안내해준다고 했기 때문에 아크는 그녀의 뒤를 따라갔다.

길을 걷는 도중에 스쳐 지나가는 엘프족들이 아크를 기이한 시선으로 쳐다보았지만, 이는 인간족의 도시에서도 크게 다르지 않았다.

라라토이아는 매우 드넓은 면적을 높은 벽으로 둘러싼 마을 같았다. 저 멀리 시야 앞쪽에는 이 마을에 들어왔을 때 본 윗부분이 물결 형태인 거대한 녹색 나무벽이 죽 이어졌다.

방벽 안쪽에는 가축을 풀어두는 광대한 목초지와 깨끗하게 정비된 수로가 종횡으로 빙 둘러친 밭이 보였는데, 그곳에는 여러 가지 작물을 심었다.

지금도 눈앞에는 이상한 담쟁이덩굴이 얽힌 시렁이 있었고, 그 위에 수세미외 같은 열매가 몇 개나 매달렸다.

"그레니스 부인, 이건 무엇이오?"

수세미외를 닮은 반투명한 열매의 속은 액체로 가득 찼다. 중심에는 심지에 갇힌 씨앗이 수경재배 식물처럼 떠 있었다. 손가락으로 쿡 찔러 보자 표면은 말랑말랑했고, 감촉은 물을 넣은 비닐봉지 같았다.

"수박이에요. 알맹이는 물이지만 바깥쪽 껍질을 쓴답니다. 물을 뺀 다음 껍질 속에 저민 고기랑 허브, 향신료를 섞은 요리를 채워서 훈제하죠."

"호오, 그럼 오늘 아침에 먹은 드라이 소시지는 이걸로 만들었소?"

"네, 마수의 고기는 너무 비린 게 많으니까 주로 가공해서 먹어요. 이 수박을 이용한 조리법도 초대 족장님이 고안하셨다고 해요. 옛날에 수박은 숲에서 수분을 보충하는 정도로만 썼다고 하던데 말이죠."

초대 족장이라는 인물은 아주 음식 탐구에 열심이었던 듯싶다.

그 덕분에 아크 자신도 이 엘프족 마을에서 식량의 은혜를 받는다고 생각하자 몹시 감사하는 마음이 들었다.

수박 시렁에서 수확작업을 하던 엘프족 남성에게 인사를

하고 나서 주위를 둘러보았다. 주변의 밭에서도 많은 엘프족이 농사일을 하는 모습을 보면 이곳도 인간족의 마을과 그렇게 다르지 않다.

다만 눈에 띄는 엘프족의 수를 보건대 마을이라기보다는 도시에 가까운지도 모른다.

"이 마을은 비교적 큰 편이오? 엘프족의 수도 꽤 많은 듯 싶은데."

"안전을 위해 지난번 사건으로 여기보다 앞에 위치했던 작은 마을을 폐쇄했어요. 그러고 나서 큰 마을로 흡수한 거죠. 이곳도 4000명쯤은 넘을 걸요?"

숲 속에 4000명이 산다고 한다면 엄청난 수다. 그런 생각을 하고 있자, 마침 맞은편에서 여자아이 한 명이 달려왔다. 낯이 익은 그 소녀는 이번 구출작전에서 구해준 아이들 가운데 하나였다.

소녀는 발밑까지 뛰어와서 멈춰서더니 아크를 올려다보았다. 녹색이 섞인 보슬보슬한 금발 가랑머리가 귀엽게 흔들렸다.

"갑옷 아저씨! 폰타한테 이거 줘도 괜찮아요?"

소녀는 손에 든 것을 아크에게 내밀며 물었다. 소녀가 보여준 것은 빨갛고 둥근 과일이었는데, 어떻게 보아도 사과였다.

폰타는 그 달콤한 향에 이끌려 아크의 투구 위에서 훌쩍 뛰어내렸다. 그러더니 소녀의 곁에서 코를 벌름거리고 냄새를 맡았다.

"오오, 상관없다."

소녀는 환하게 인사한 후 사과를 폰타에게 통째로 건네주었다. 폰타는 사과를 어디에서부터 깨물지 고민하며 그 주위를 빙글빙글 돌았다.

그 모습을 재미있다는 듯이 바라보던 소녀의 뒤에서 두 명의 젊은 남녀가 다가와 아크에게 깊숙이 고개를 숙였다.

"이번에 딸아이를 위해 힘써 주셔서 진심으로 감사드립니다."

소녀의 부친인 청년은 아크를 똑바로 응시하며 입을 열었다. 옆에 있던 모친인 여성은 제대로 인사를 못하고 눈물을 글썽이면서도 몇 번이나 고개를 숙였다.

"뭘, 대단한 일은 아니네. 난 아리안 양에게 고용된 몸, 그렇게 어려워하지 말게."

그러나 그 부부는 고개를 가로젓고 또 새삼스레 감사하다는 말을 꺼냈다. 그 광경을 주변에서 농사일을 하던 엘프족들이 신기하다는 듯이 쳐다보았다.

그 후에도 마을을 둘러보며 돌아다니던 중 사로잡혔던 소녀의 부모라는 이들이 굳이 발걸음을 옮겨 찾아와 감사하다는 인사를 하고 고개를 숙였다.

아크로서는 아리안의 의뢰를 받고 했던 일이라서 등이 근질거리는 기분이었다. 아니, 자신의 경우에는 등뼈와 어깨뼈가 가렵다고 해야 할까.

폰타는 다른 이들이 먹이를 주거나 놀아 주어서 만족했는지, 어느새 아크의 투구 위에 달라붙어서 잠들었다. 그 탓에 아크는 폰타가 떨어지지 않도록 바른 자세를 지키느라 고생이었다.

라라토이아를 여기저기 구경하고 장로의 저택으로 돌아왔을 때는 정오가 지났다. 아크의 투구 위에서 잠들었던 폰타는 지금은 그레니스의 품에 안겨 새근새근 숨소리를 내며 자고 있었다.

그레니스가 폰타의 머리털을 훑으면서 아크에게 시선을 돌리더니 천천히 입을 열었다.

"저기, 아크. 나하고 잠깐 겨뤄 보지 않을래요?"

"겨뤄 본다니?"

갑작스러운 그 제안을 듣고 아크는 처음에 무슨 말인지 몰라서 고개를 갸웃거렸다. 그러자 그레니스는 잠들어 있는 폰타를 근처 나무 위에 올려놓았다. 그리고 저택 옆의 헛간에서 목검 두 자루를 꺼내어 그중 하나를 아크에게 내밀었다.

잠자코 목검을 받은 아크는 난처한 얼굴로 그레니스를 보았다.

"나하고 그레니스 부인이 겨룬다는 말이오?"

아크는 손에 든 목검을 내려다보면서 상대하려는 듯이 선 그레니스에게 물었다.

그레니스는 아크의 곤혹스러운 심정을 알아차렸는지, 입가에 미소를 띠며 목검을 한 번 휘두르고 자세를 잡았다.

"걱정 말아요. 아리안의 검기는 봤죠? 그 아이한테 검을 가르쳐준 건 나예요. 별로 뒤처지진 않을 걸요?"

그렇게 말하면서 그레니스는 한 손으로 목검을 한두 번 휘둘러 보였다. 목검 끝이 공기를 가르는 듯한 날카로운 소리를 내고 귀에 닿았다.

확실히 수학여행에서 목도를 휘두르며 노는 학생과는 분위기가 전혀 다르다. 휘두를 때의 동작이나 흔들리지 않는 검 끝을 보면 한눈에 알 수 있다.

아크는 자신이 일방적으로 힘을 쓰는 입장이 아니라는 사실에 안도했다. 그러면서도 이 대련이 무엇을 의도하는지는 모른 채, 주뼛주뼛 목검을 상대의 눈높이에 고정하고 그레니스에게 시선을 돌렸다.

그레니스가 아크를 보고 엷은 미소를 지었다.

그레니스는 뭔가 물어보려고 입을 여는 아크에게 기선을 잡듯이 갑자기 거리를 단숨에 좁히고 망설임 없이 목검을 휘둘렀다.

한눈을 판 아크는 너무 빨리 파고드는 움직임에 놀라서

무심코 한걸음 물러나 그레니스의 첫 공격을 크게 피해 버렸다. 그레니스는 그대로 미끄러지듯 거리를 더욱 좁히더니, 아크의 나머지 한쪽 다리를 치고 기어오르는 것처럼 몸통을 대각선으로 베었다.

마지막에는 목에 목검 끝을 들이밀었다.

"크읏!?"

그레니스는 굳어서 움직이지 못하는 아크에게 얼굴을 맞대고 황금색 눈동자를 가늘게 떴다.

"눈썰미는 좋은 듯한데 기습을 당할 때 보이는 반응은 풋내기에요. 눈에 보이면 간결하게 피해요."

아크는 등줄기에 어렴풋이 오한을 들게 할 정도로 깊은 미소를 띤 그레니스에게 아무 말도 못하고 고개만 끄덕였다.

확실히 아무리 뛰어난 마법이나 무구, 신체능력을 지녔어도 알맹이는 지금까지 평범하게 살아온 인간이었던 것이다. 검기라는 말을 들으니, 긴 수명 속에서 수련을 거듭해 왔을 그레니스에게 전혀 상대할 수 없다는 사실을 새삼스레 뼈저리게 깨달은 심정이다.

"자, 막아요, 막아. 계속 갈 거예요."

재빠르게 물러난 그레니스가 처음에 보여준 미소를 띠면서 다시 목검을 바로 잡았다.

"부, 부탁드리겠소!"

무서워! 조금 전만 해도 부드러운 인상의 여성이라는 인식이었지만, 왠지 터무니없이 무시무시한 자를 상대했을 때처럼 소름이 돋았다. 아크는 해골의 신체로 변하고 나서 오래도록 뭔가를 두려워하지 않았기 때문에 그게 더 땀을 흘리게 만들었다.

그러나 이 세계에서 살아가려면 검을 다루는 데에 익숙해져야 하는 현실은 피할 수 없다. 이곳에서 숙련자인 그레니스로부터 가르침을 받는다면 그야말로 바라마지 않는 일이다.

아크는 그렇게 스스로를 타이르며 목검을 잡고 그레니스를 응시했다.

이미 그레니스는 아크가 자세를 취하기를 기다렸는지, 또 미끄러지듯 거리를 좁혀 왔다. 아크도 그레니스가 휘두르는 검 끝을 똑똑히 보고 군더더기 없는 움직임으로 피하게끔 의식했다.

그러나 이번에는 검의 페인트에 속아 반응하자, 곧장 사각에서 마구 얻어맞았다.

내심 '무서워!!' 하고 소리치고 싶었지만 그럴 여유도 없었다.

정오가 지났을 무렵에 시작된 그레니스와의 대련이라는 기합이 끝을 맞이한 때는 어느덧 하늘이 땅거미로 물드는 시간대였다.

이 몸은 체력적인 문제는 없을 테지만, 설마 정신적으로

지치리라고는 생각지도 못했다.

"그, 그런데 그레니스 부인. 새삼스러운 질문이지만, 어째서 나와 대련을……?"

겨우 한숨을 내뱉은 아크는 제일 먼저 떠올렸던 의문점을 물었다.

"다크엘프족은 신체능력이 뛰어난 일족이에요. 그래서 어떻게든 상대를 파악하려는 경우에는 실력을 보고 싶어 하죠."

그렇게 말한 그레니스는 방울을 굴리는 듯한 목소리로 웃었다.

아무래도 겉보기보다 상당히 단순무식한 종족인 모양이다.

"더구나 역시 소중한 딸아이 곁에 있는 남성이 얼마나 믿음직스러운지 부모로서도 알아두고 싶었어요. 어머, 슬슬 저녁식사 준비를 해야겠네요."

그레니스는 목검을 헛간에 넣고 허둥지둥 저택으로 돌아갔다.

아크는 그 뒷모습을 지켜보고 그레니스가 용병을 대하듯이 한 말인지, 아니면 딸 주변에 있는 남자를 대하듯이 한 말인지 몰라서 고개를 갸웃거렸다.

그리고 자신의 갑옷 알맹이를 떠올리며 그런 기회가 찾아올까 하는 생각을 품었다. 지친 몸을 이끈 아크는 여전히 나무 위에 잠든 폰타를 주워서 데리고 들어갔다.

저녁식사 후 아크는 어젯밤에도 신세를 진 방으로 돌아가, 갑옷을 전부 벗고 침대 옆의 바닥에 놓았다.

엘프족이 만든 수정 램프 마도구는 기름 램프와는 달리 방 안을 구석구석까지 비추어서 밝고 쾌적하다.

폰타는 그 빛을 가로막듯이 자신의 커다란 솜털꼬리를 얼굴에 덮고 몸을 둥글게 말은 자세로 벌써 침대 옆에서 푹 잠들었다. 저녁을 실컷 먹고 행복한 얼굴이었다.

아크가 수정 램프 마도구에 손을 댔더니, 빛은 소리도 없이 꺼졌고 방은 어둠에 잠겼다.

그 어둠에 눈이 적응하자, 창밖에서 비치는 희미한 달빛을 받아 방 안의 윤곽이 흐릿하게 떠올랐다.

아크는 폰타를 깨우지 않도록 침대에 조용히 앉았다. 그리고 옆에 열어 놓은 유리창문을 통해 밤의 마을 풍경을 내려다보았다. 거목의 저택인 까닭에 바로 옆의 하늘은 가지와 나뭇잎이 검은 어둠을 펼쳤고, 창문에서 들어오는 달빛은 어쩐지 더욱 불안했다.

아크는 그 어슴푸레한 달빛 속에 솟아오른 자신의 신체 일부인 팔뼈를 바라보았다.

————정말 이 몸은 저주에 걸렸을까?

정말 저주에 걸린 몸이라면 미리 생각했던 방법을 시험해 보아야 하지 않을까?

엘프족을 포박하고자 마력을 쓰지 못하도록 주술을 건 목걸이, 이른바 『마나바이트컬러(식마의 목걸이)』를 부수기 위해 사용한 해제 주술의 마법.

중급직인 사교가 갖는 【안티커스(항주식)】. 저주라면 이 마법을 자신의 몸에 거는 순간 주술이 풀릴지도 모른다.

상급직 교황이 갖는 【홀리퓨리파이(신성정화)】도 주술을 풀 수 있지만, 동시에 언데드(불사자)에게 심각한 대미지를 입히는 광범위 마법이다.

아무리 언데드의 특징이 없다고 하더라도, 남의 눈에는 언데드로만 보이는 이 몸에 그 마법을 시험할 마음은 들지 않는다.

자신에게 마법을 건다는 행위는 의외로 용기가 필요하다. 어쨌든 정체 모를 힘을 스스로에게 쓰는 것이다. 그러나 잘 생각해 보면 전이마법도 자신을 다른 장소로 이동시키는 마법이다. 그 말은 마법을 자신의 육체에——아니, 해골의 몸이지만 그 신체에 거는 짓이나 마찬가지다. 그야말로 뭔가 잘못하면 '돌 속에 있다' 라는 사태가 되어도 이상하지 않다.

일단 끝부분만 시험해 볼까.

왼손을 오른손으로 덮은 아크는 목표를 왼손 집게손가락으로 정했다.

"【안티커스】."

아크가 조용히 마법을 외자 복잡한 문양을 그린 빛의 마법진이 공중에 생겨났다. 그리고 목표인 손가락 끝에 빨려 들어가듯 사라졌다.

곧이어 왼손 집게손가락뼈의 제1관절에 사람의 손가락마디가 보였다.

"오옷! ……어?"

너무 어이없이 나타난 예상밖의 성과에 무심코 감탄사가 새어나왔지만, 금세 의문을 품는 목소리로 뒤바뀌었다.

왼손 집게손가락 제1관절에 나타난 사람의 손가락마디는 몇 초 뒤 사라졌고, 한때의 꿈인 듯이 눈앞에는 달빛을 받는 손뼈만 남아 있을 뿐이었다.

이번에는 좀 더 범위를 넓혀 왼팔의 팔뚝에 【안티커스】를 걸어보자, 마법진이 왼팔로 빨려 들어가는 것과 동시에 멀쩡한 사람의 팔뚝이 나타났다.

모습을 드러낸 팔뼈의 팔뚝은 몹시 근육질이고 피부색은 갈색인지, 햇볕에 그을린 살갗으로도 보이지만 너무 흐릿한 달빛 속에서는 확실하게 알 수 없었다. 자신의 원래 몸과 비교해서 어느 정도 근육량이 늘어난 이유는 레벨 때문일까?

"!?"

그러나 희미하게 어떤 위화감을 동반하는 감촉이 전해지더니, 다시 곧바로 그 육체는 없어지고 뼈만 남은 팔로 돌아왔다.

뼈로 되돌아온 왼팔을 어루만지면서 주먹을 쥐었다 폈다 반복하고 상태를 확인했지만, 조금 전의 위화감은 이미 느껴지지 않았다.

그 후 몇 번이나 왼팔에 【안티커스】를 걸었는데, 똑같이 금방 팔뼈로 돌아가 버렸다. 여러 번 마법을 시험하는 동안 팔이 살을 가진 육체로 돌아올 때 느낀 위화감도 더는 들지 않았다. 그저 육체의 팔이 뼈로 돌아가기만을 되풀이할 뿐이었다.

이번 일로 알게 된 사실은 이 몸이 저주의 영향을 받는 게 확실해졌다는 점이다.

저주를 일시적으로는 풀 수 있지만, 곧 본래대로 되돌아가는 이유는 영속적인 저주 때문일까?

아크는 침대에 전신해골인 몸을 내던졌다.

답이 나오지 않는 의문을 문자 그대로 텅 빈 머리로 생각해도 소용없다. 괜한 고민은 안 하느니만 못하다. 그럴 바에야 정말 쉬는 게 나으리라.

아크는 폰타가 또 몰래 갈비뼈로 기어들어오는 일을 막고자, 모포로 몸을 둘둘 감아서 침대에 누웠다.

옆에서 보면 실패작 미라 같겠구나, 라는 엉뚱한 생각을 하면서 눈을 감았다.

다음 날 딜런 장로와 아리안이 메이플에서 돌아왔을 때는 해 질 녘이 지나서였다.

오늘 아리안은 숲에서 본 가죽 방어구와 법의를 몸에 걸치지 않았다. 어깻죽지가 크게 드러난 상의에 케이프형 겉옷을 두른 듯한 엘프족의 민족의상 차림이었다. 다크엘프 특유의 수정 같이 매끄러운 옅은 자주색 피부와 그녀의 풍만한 가슴골을 아낌없이 내보였다.

아직 아크는 아무 말도 하지 않았는데, 어째서인지 아리안이 한 번 노려보았다.

여태껏 보지 못한 아리안의 옷차림을 즐기고 싶은 기분은 들지만, 오늘은 다른 일로 머릿속의 용량을 나누어야 한다.

장로로부터 새로이 할 이야기가 있다는 말을 듣고 아리안과 함께 2층의 식당으로 향했다. 이곳은 주방만 떼어 놓고 식당과 거실을 일체화시킨 리빙 다이닝처럼 활용하는 듯했다.

그레니스는 저녁식사를 준비한다고 주방에 틀어박혔다. 곧이어 콧노래를 흥얼거리면서 요리하는 소리가 들려오기 시작했다.

아크는 맞은편의 딜런 장로가 권하는 자리에 앉았다. 뒤따라서 아리안은 딜런 장로 옆에 조용히 자리를 잡았다.

폰타는 아크의 무릎 위로 올라타서 앞발과 턱을 테이블에 얹고 느긋하게 있었다.

"아리안한테는 미리 말했지만, 대장로회는 매매계약서에

적힌 인물들의 정보 수집과 팔려간 동포들의 위치파악 또는 보호를 지시했네. 우리는 마을 밖 인간족의 세상 물정에는 몹시 어두운데다, 너무 많은 수의 전사를 파견할 수도 없다네. 그래서 아크 자네에게 계속 아리안을 도와달라고 부탁할 생각이었지."

딜런 장로는 진지한 표정으로 시선을 피하지 않은 채 이후의 일을 말했다.

아크 자신도 인간족의 세상 물정을 잘 모르기는 마찬가지이지만, 엘프족이 여럿이서 인간족의 도시에 숨어들기 어려운 점은 이해할 수 있다.

딜런 옆의 아리안도 진지한 얼굴로 아크에게 시선을 고정시켰다. 이왕에 벌인 일이니 흔쾌히 의뢰를 받아들일 테지만…….

아크가 잠시 고민하면서 눈을 감고 있자, 딜런이 의뢰 보수를 제안했다.

"자네에게 우리가 지불할 보수는 별로 없네. 자네는 빼앗아 온 금화를 대부분 이쪽에 건네줬을 정도니까 말일세……."

딜런은 일단 말을 끊고 약간 쓴웃음을 지어 보였다.

"그래서 한 가지 정보를 주려는데 어떤가? 실은 모든 저주를 푼다는 소문을 가진 샘이 있네. 거기라면 혹시 자네 몸에 걸린 저주도 풀릴지 모르네. 보증은 할 수 없지만……."

"그런 샘이 있었나요?"

딜런 장로의 이야기에 딸인 아리안이 먼저 의아해하는 표정으로 고개를 갸웃거렸다. 딜런은 딸에게 어깨를 으쓱여 보였다.

"로드 크라운 옆의 샘이라서 나름대로 신빙성이 높을 게다. ……다만 매우 위험한 장소를 지나가야 하니까, 보통은 목숨을 보장하기 힘들지……."

"로드 크라운이라면 이곳 오지에 있다는……. 아니, 무리겠네요."

아리안은 뭔가를 말하려 했지만, 혼자 납득했다는 듯이 얼버무렸다.

아마 엘프족이 사는 오지에 인간족을 너무 깊숙이 들이면 여러모로 곤란하리라. 이 마을에 있을 수 있는 이유도 딜런 장로의 재량에 따른 부분이 클 터다.

그보다 신경 쓰이는 일은…….

"그 로드 크라운라는 게 뭐요?"

아크는 처음 듣는 명칭에 솔직하게 의문을 품고 물었다. 그러자 딜런 장로는 살짝 헛기침을 하고 나서 그 로드 크라운에 대해 설명해주었다.

로드 크라운이란 드래곤 로드라 불리는 용족 최상위종의 거처 주변에 드물게 자라는 거목이라고 했다. 드래곤 로드가 지닌 막대한 마력의 영향을 오랜 세월에 걸쳐 받은 수목이 정령을 깃들게 해서 변질된 듯하다.

"정령이 깃든 로드 크라운은 나무나 나뭇잎에 여러 가지 효력을 준다고 알려져 있지. 그리고 땅속 깊이 뻗은 뿌리에 의해 그 주위의 지형까지 영향을 끼친다네. 따라서 인간족 사이에서는 로드 크라운의 가지나 나뭇잎은 상당한 금액으로 거래된다는 얘기도 들었지."

"다만 로드 크라운의 효력은 거기 깃든 정령에 따라 다양해요. 더구나 그 근처는 드래곤 로드가 거처로 삼았을 가능성이 높아서 정령을 화나게 하면 그냥 지나칠 수는 없을 거예요……."

딜런 장로의 설명에 이어 아리안이 살짝 한숨을 내쉬면서 덧붙여 말했다.

가는 길이 위험하다는 이야기였지만, 목적지도 상당히 위험한 듯했다. 아무리 이 몸이 고성능이라도 단독으로 용족의 최상위종에게 맞서는 상황은 피하고 싶다.

자신의 몸은 여전히 수수께끼를 간직한 채다———.

아크는 이 마을로 오기 전에 아리안 일행에게 자신의 해골 신체는 저주를 받아 변해 버렸다고 설명했지만, 사실 이 몸은 캐릭터 에디트 때 해골 캐릭터로 변경했을 뿐 저주를 푼다는 이야기는 어디까지나 뇌내 망상의 일부분으로서 자신 나름의 설정이었다.

그러나 어젯밤의 해제 주술을 이용한 마법 실험에 의해

그 설정이 진실임을 우연히 증명하는 꼴이 되었다.

그럼 엘프를 도우면서 자신의 신체를, 이 경우에는 치료한다고 해야 하나——그 방법을 찾는다는 목적은 나쁘지 않을지도 모른다.

이 몸이 살을 가진 육체를 되찾을 수 있다면 시험할 가치는 높을 터다.

그러기 위해서는 먼저 물어봐야 할 점이 있다.

"흐음, 그 드래곤 로드의 거처에 발을 들여놓아도 무사한가?"

저주를 풀기 위해서라고는 해도 이길지 어떨지도 모르는 드래곤 로드의 거처에 어슬렁어슬렁 발걸음을 옮겨서 잡아먹힌다면 멍청한 짓이다. 뼈만 남은 몸이라서 잡아먹지는 않을 테지만…….

그러나 이 문제는 쓸데없는 걱정이었던 모양이다.

"괜찮아요. 인간족이 불쑥 나타나면 역시 곤란하겠지만, 엘프족인 우리가 미리 말을 전하고 가면 드나드는 정도는 허가해줄 거예요."

이야기를 들어보건대 드래곤 로드는 인간족의 말을 알아듣고 의사소통도 가능한 듯하다.

이 캐나다 대삼림에도 수호룡이라는 입장에서 머물러 사는 드래곤 로드가 있다고 한다.

용족의 최상위종이다. 그 능력은 결코 낮지 않으리라.

엘프족은 소수민족이라는 말을 듣지만, 보유한 전력은 한 국가에 맞먹는다.

"아크가 그 샘에 갈 때는 나도 동행할 테니 걱정 말아요."

"어떤가, 아크? 자네의 힘을 좀 더 엘프족에게 빌려주지 않겠나?"

라라토이아의 장로인 딜런은 인간족인 아크에게 성의를 다해 머리를 숙였다. 딜런의 옆에 있던 아리안도 그 풍만한 가슴을 앞으로 기울이고 장로 딜런을 따라 머리를 숙였다.

"나도 부탁할게요, 아크."

"으음, 알겠소."

달리 할 일도 없는 떠돌이 생활이다. 누군가를 도와주면서 이 세계를 여행하는 경험도 괜찮다——결코 아리안의 매력에 홀린 탓은 아니다……. 아니, 자신의 마음에 거짓말을 해서는 안 되는 걸까.

여성에게 진지한 부탁을 받으면 거절하지 못하는 점은 나쁜 버릇이지만, 아리안과 함께 여행을 즐기고 싶다는 마음도 분명히 있었다.

겉모습은 해골이라도 역시 알맹이는 남자인가 보다. 살이 있는 육체를 되찾기란 몹시 절실한 문제인지도 모르겠다.

"미력하나마 이 아크, 아리안 양의 도움이 되겠소."

"고맙네. 인간족의 도시에서 엘프족은 너무 눈에 띄니 말일세……. 딸아이를 부탁하지."

의뢰를 받아들이겠다는 아크의 대답에 딜런 장로는 다시 머리를 숙이며 오른손을 내밀었다. 아크는 딜런 장로의 오른손을 잡고 서로 악수를 나누었다.

"딱딱한 얘기는 끝났어요? 저녁식사 준비도 다 됐답니다."

그때 안쪽 주방에서 요리를 가져온 그레니스가 말을 걸었다. 곧이어 테이블 위에는 각자의 자리 앞에 요리 접시가 놓였다.

조금 전까지 느긋한 자세로 있던 폰타도 뒷다리를 세우더니, 코끝을 벌름거리면서 접시 속의 요리 냄새를 맡았다.

오늘밤의 메뉴는 빵과 샐러드에 콩수프다. 그리고 메인 접시의 요리는 어떻게 보아도 햄버거였다.

폰타에게는 이미 식힌 햄버거를 접시에 얹어 주었다. 폰타는 더 이상 못 참겠다는 듯이 꼬리를 좌우로 흔들면서 접시에 달라붙어 먹기 시작했다.

"그럼 자세한 얘기는 식사 후에 하도록 할까."

그렇게 말한 딜런은 대화를 멈추고는 테이블의 요리에 시선을 옮겼다. 아크도 눈앞에 놓인 요리에 합장을 한 후 투구를 벗었다.

햄버거에는 딱히 소스를 뿌리지 않았지만, 넉넉한 육즙이며 소금과 향신료 덕분에 충분히 맛있었다. 어렴풋이 육두구 비슷한 향도 나서 지구의 햄버거와 큰 차이는 없었다.

인간족의 도시에서는 육두구 같은 향신료를 쓴 고기 요리는 없었는데, 역시 엘프족은 상당히 많은 향신료를 갖고 있는 듯했다.

그날 밤 아크는 그리운 요리맛을 만끽한 다음, 딜런 장로와 아리안을 마주보며 이후의 상세한 예정을 듣고 대화를 마쳤다.

내일부터 아리안과 함께 행방불명된 엘프족의 탐색이 다시 이루어진다——.

제2장 왕녀에게 다가가는 그림자

짙은 아침 안개 속에 우뚝 솟은 거목의 숲. 다크엘프인 아리안이 잿빛 외투를 펄럭이며 앞장서서 걸었고, 아크는 뒤처지지 않게 평소처럼 따라갔다.

여행의 일상적인 모습이 된 검은 외투를 두른 갑옷의 투구 위에는 잠이 덜 깬 폰타가 입이 찢어져라 하품을 하면서도 떨어지지 않도록 달라붙었다.

오늘 아침은 일찌감치 엘프족의 마을 라라토이아를 나와서, 캐나다 대삼림을 흐르는 리브루트강을 향하는 중이다.

어제 의논한 결과, 7장의 매매계약서에 언급된 이름이 낯익은 영주귀족의 땅부터 순서대로 찾는다는 방침을 정했다.

매매계약서에 이름이 적힌 이들은 세 명, 그중 딜런 장로가 들어본 이름이 프리슈 드 호반이었다.

귀족으로 여겨지는 이 인물이 다스리는 호반이라는 도시가 로덴 왕국 내에 있어서 그곳을 먼저 가게 되었다.

호반은 엘프족이 유일하게 교역관계를 갖는 린부르트 대공국과 로덴 왕국의 왕도를 잇는 가도에 형성된 도시 가운데 하나인 듯하다.

라라토이아와는 상당히 멀리 떨어진 도시여서 엘프족이 자주 이용하는 육로를 따랐다. 우선 리브루트강 하류에 위치한 엘프 마을 다르투아를 향했고, 다시 아네트 산맥 북쪽에서 서쪽으로 이동하여 대삼림을 빠져나간 곳에 있는 인간족의 도시 셀스트를 목표로 했다.

본래 다르투아까지는 라라토이아의 전이진으로 순식간에 이동할 수 있다지만, 인간족에게 비밀인 전이진을 써서는 꺼림칙하다는 흐름으로 취소되었다.

아크가 엘프족의 전이진을 이미 알고 있고, 자기자신이 전이마법을 다룬다는 사실은 극히 일부의 엘프족만 아는 사실이어서 어쩔 수 없다.

더구나 한 번 들른 장소로 이동하는 【게이트】뿐만 아니라, 단거리를 전이하는 【디멘션 무브】를 쓰면 별로 고생하지도 않아도 된다.

그러나 지금은 두 명과 한 마리가 나무들이 우거진 숲 속의 길 없는 곳을 짐자루를 메고 계속 걸었다. 폰타는 엄밀히 말해서 걷는다고 하기 어렵겠지만…….

그 이유는 【디멘션 무브】를 쓸 수 없었기 때문이다.

마법을 전부 쓰지 못하게 된 것은 아니었다. 아리안의 말로는 눈앞에 자욱이 낀 안개가 원인이라고 했다.

이 안개는 딱히 방향을 모를 만큼 짙지는 않다. 그저 조금 먼 풍경이 뿌옇게 보이는 정도일 뿐이다.

마나가 짙은 숲이나 계곡 등에 이런 안개가 자욱하게 끼면, 무엇 때문인지 마법적인 감각이 방해를 받아 마법을 제어하기 힘들어져서 최악의 경우는 마법을 못 쓰게 된다고 한다.

다만 이런 현상은 대부분 인간족으로 한정되는 듯하고, 엘프족의 정령마법은 정령 자신이 제어하므로 전혀 영향을 받지 않는데 이는 마수와 정령수도 마찬가지다.

마치 *무슨무슨 스키 입자 같다…….

다만 불꽃을 내뿜는 등의 기본적인 마법은 문제없이 다루는 모습을 보건대, 섬세한 마법일수록 이 안개의 영향을 받는지도 모른다.

이윽고 뿌연 안개가 낀 숲 속의 진행방향에서 물이 흐르는 소리가 들려오기 시작했다. 아무래도 첫 번째 목적지인 리브루트강으로 나온 듯하다.

강변에 이르자 금세 눈앞의 시야가 탁 트였다. 강을 따라 부는 바람 탓인지, 이 일대의 안개는 숲에 비해 훨씬 옅었다. 상류와 하류 모두 상당히 먼 곳까지 보였다.

그러나 시야가 트였어도 그다지 좋은 상황만은 아니었다.

---

*기동전사 건담에 등장하는 지온의 러시아계 물리학자 트레노프 이오네스코 미노프스키가 발견한 가상의 입자. 이 입자를 살포한 지역은 레이더를 비롯한 거의 모든 전파 장비를 쓸 수 없다.

여러 마리의 드래곤플라이가 무리를 지어 강에서 날아다니는 게 눈에 띄었기 때문이다.

드래곤플라이는 숲에서 갑자기 나타난 침입자에 대한 위협인지, 턱을 딱딱거리는 귀에 거슬리는 소리를 내면서 아리안과 아크를 노리고 날아왔다.

머리부터 꼬리까지 2m 남짓한 거대 잠자리가 크고 투명한 날개를 펼친 채 돌진하는 모습은 설령 곤충 공포증이 없더라도 기가 질릴 만하다.

"조심해요, 아크!"

"우옷!?"

아리안은 허리에 찬 검을 익숙하게 뽑아들더니 드래곤플라이와 어렵지 않게 싸웠다. 아리안이 길고 아름다운 백발을 흩날리며 검을 번쩍일 때마다 거대 잠자리는 날개나 몸뚱이를 잘려서 땅에 떨어졌다.

한편 아크는 무리를 지은 드래곤플라이의 특공에 무심코 평소대로 【디멘션 무브】를 발동시켰다. 다행히 강과 주위 강변은 안개의 영향이 거의 없었던 까닭인지, 무사히 드래곤플라이의 조금 뒤쪽으로 전이되었다.

덕분에 어느 정도 거리를 벌리고 마음과 자세를 바로 잡을 수 있었다.

그러나 지금 같은 장면을 그레니스에게 보인다면, 또 그 혹독한 '수련'에 끌려갈 참이었다.

미소를 지으면서 목검으로 마구 때리는 그레니스의 모습이 불현듯 뇌리에 떠올라 몸서리를 쳤다.

아크는 딱히 곤충 공포증은 아니었지만, 옛날에 바퀴벌레가 날아와 옷에 달라붙은 기억이 트라우마로 남은 듯싶었다. 그래서 자신을 향해 날아오는 벌레를 보면 반사적으로 혐오감을 품게 되었던 것이다.

속으로 핑계를 댄 아크는 표적을 잃고 주변을 날아다니는 거대 잠자리를 응시했다.

곧이어 등에 멘 검을 단숨에 뽑아서 그대로 드래곤플라이와의 거리를 좁혔다. 검신에 깃든 옅은 푸른색 빛을 옆으로 긋자, 거대 잠자리의 몸통이 두 동강 났다. 그러나 생명력이 강한지 몸통은 날개를 퍼덕거리며 강변의 자갈 위를 기어다녔다.

아크는 그 거대 잠자리를 갑주로 둘러싸인 발로 짓뭉개고, 공중에 떠 있는 다른 드래곤플라이에게 검을 휘둘렀다.

마침내 나머지 드래곤플라이들은 불리하다고 판단했는지 강의 상류로 흩어져서 날아갔다. 금세 주변에는 불쾌한 날개 소리를 내던 벌레들이 사라졌다.

강을 흐르는 물소리와 강을 따라 보이는 나무들의 나뭇잎이 스치는 소리만 바람을 타고 들려왔다.

아리안은 검에 묻은 벌레의 체액을 천으로 정성스레 닦아내고 허리의 검집에 넣었다. 그러더니 한숨을 내쉰 후 아크에게 돌아서서 말을 걸었다.

"아무래도 강변은 안개의 영향을 받지 않나 봐요. 그럼 이대로 단번에 하류로 가도록 하죠."

그 말에 고개를 끄덕인 아크는 자신의 어깨를 아리안이 붙잡았는지 확인하고서, 리브루트강의 하류를 향해 【디멘션 무브】를 발동시켜 전이했다.

숲에 자욱이 낀 안개도 해가 높아지면서 없어졌고, 주위의 시야도 좋아졌다.

일행은 정오쯤에는 강변의 커다란 바위에서 그레니스가 싸준 점심을 먹었다. 그 후 잠시 휴식을 취한 다음 전이마법을 쓰며 더욱 하류로 내려갔다.

해가 약간 저물었을 무렵, 맞은편의 오른쪽 전방에 나타난 산맥이 상당히 커다랗게 보였다. 저게 이야기에 나왔던 아네트 산맥인 듯했다.

그보다 조금 바로 앞의 반대편 동쪽 숲에는 엘프족의 마을, 다르투아가 있었다.

겉모습은 아리안의 출신 마을인 라라토이아와 거의 비슷했고 크게 다른 점은 적었다. 그러나 다르투아는 근처의 리브루트강에서 물을 끌어들이리라 여겨지는 커다란 수로로 마을의 방벽을 둘러쌌다. 또 입구의 문 앞쪽에는 도개교를 설치해 놓았다. 그 도개교는 지금은 올려진 상태여서 아무도 마을에 다가갈 수 없었다.

그리고 입구 앞의 광장 같은 장소에는 라라토이아에서 본 버섯 형태의 가옥이 몇 채 지어져 있었다.

아리안은 이 풍경에 별다른 느낌도 없는지 도개교 뒤의 방벽 윗부분에 설치된 망루로 다가가서 그곳의 엘프를 향해 소리쳤다.

"내 이름은 아리안 그레니스 메이플! 임무를 받아 인간족의 도시로 향한다! 하룻밤 이곳의 오두막을 빌리고 싶다!"

그렇게 말을 걸자 망루의 남자 엘프는 흘끗 시선을 던졌다. 그는 동료 엘프와 뭔가 대화를 나눈 후 수로 앞에 있던 아리안을 향해 외쳤다.

"환영합니다! 저녁식사는 마을에서 가져갈 수 있습니다! 마음에 드는 오두막을 사용하십시오!"

그 대답을 들은 아리안은 머리를 숙여 감사 인사를 하고 나서 발걸음을 돌려 아크에게 돌아왔다.

"오늘은 이곳의 오두막에서 하룻밤 묵을 거예요. 내일 아침에 서쪽으로 가서 숲을 지나면 로덴 왕국의 셀스트라는 도시가 나와요."

"흐음, 겨우 도착했나. 아주 먼 거리를 이동했군."

"원래는 라라토이아에서 여기까지 평범하게 숲을 걸어오면 나흘은 걸려요……."

아크는 아리안의 어이없어 하는 목소리를 들으면서, 그녀가 적당히 고른 오두막으로 뒤따라 들어갔다.

납작한 버섯 형태의 오두막 내부는 비교적 넓은 구조였다. 중앙에 굵은 기둥이 서 있었고, 바닥이 돌로 된 안쪽에는 주방을 겸한 난로가 보였다. 기둥 왼쪽에 놓인 4인용 테이블과 의자, 그리고 방 오른쪽 창가에 늘어선 침대 네 개 외에 달리 눈에 띄는 가구는 아무것도 없었다.

아크는 손에 든 짐자루를 중앙의 기둥 근처에 두고 침대에 걸터앉았다. 그러자 투구 위에 자리 잡았던 폰타가 널마루로 내려와서 타박타박 걸어 다니며 오두막 안을 확인했다. 앞다리를 들어 올려 고개를 갸웃거리는 폰타가 지나온 자리에는 또렷하게 발자국이 찍혔다.

아무래도 자주 청소를 하거나 손질하는 오두막은 아닌 듯했다.

아크가 창문을 모조리 열고 침대 위의 모포를 탁탁 쳐서 먼지를 털어냈다. 그랬더니 폰타는 먼지로 가득한 공기를 몰아내려 했는지, 마법으로 회오리바람을 일으킨 탓에 먼지를 더욱 날렸다.

"콜록콜록! ……잠깐 다르투아의 장로님한테 인사를 하고 올 테니까, 그동안 이 먼지 좀 어떻게 해줄래요?"

아리안은 입가를 손으로 막으면서 얼굴을 잔뜩 찌푸렸다.

"으음. 일단 침대에서 잘 수 있을 정도로는 해두겠소."

아크는 고개를 크게 끄덕이며 뒷일을 떠맡았다.

문을 나서는 아리안의 모습을 지켜본 아크는 다시 오두막을 둘러보았다. 난로 옆의 벽에 세워진 빗자루를 발견하고 우선 바닥을 쓸기 시작했다.

빗자루로 먼지를 얼추 쓸어낸 후에는 구석에 놓인 나무통과 걸레를 들고 밖으로 나갔다. 하늘은 이미 대부분 불그스름하게 물들어 숲의 나무들이 시커멓게 변하는 중이었다.

오두막 주위나 빈 오두막 주변에서 우물을 찾지 못한 아크는 어쩔 수 없이 수로를 향해 발걸음을 옮겼다.

마침 수로 아래의 수면까지 계단을 만든 곳이 있길래 거기에서 물을 퍼 올렸다.

오두막으로 돌아와 나무통의 물에 걸레를 적시고 테이블과 의자 등을 다 닦아내자 공간이 조금은 차분해졌다.

"흐음, 뭐 이만하면 됐겠지……."

청소, 세탁, 취사는 아크가 개인적으로 좋아하는 부류다.

깨끗해진 실내를 살펴보며 팔짱을 끼고 혼자 고개를 끄덕인 다음, 더러워진 나무통의 물을 버리러 밖으로 나갔다.

그러자 다르투아의 입구문 앞에 내려진 도개교에서 아리안이 뭔가를 안고 돌아오는 참이었다. 뚜껑 달린 냄비와 포대인 듯했다.

"저녁식사를 얻어 왔어요."

아리안은 그렇게 말하고 가슴에 품은 것들을 보여주었다.

요염한 입술에 미소를 띤 아리안의 옅은 자주색 뺨은 살짝 붉어져 있었다. 게다가 늘 뒤로 묶은 머리를 풀어 내렸다. 물기를 머금은 그 하얗고 긴 머리가 바람에 나부끼자, 어렴풋한 꽃내음이 바람을 타고 콧구멍을 간질였다.

"읏, 혹시 목욕을 하고 왔나!?"

아크는 목욕을 갓 마친 여성 특유의 분위기에 놀라 무심코 소리쳤다.

평소보다 더욱 과장된 아크의 반응에 아리안은 눈을 휘둥그레 뜨면서도 고개를 끄덕였다.

"라라토이아의 친가에서도 했는걸요? 인간족은 목욕하는 습관이 별로 없나봐요."

"뭐라고!? 라라토이아에 욕실이 있었나…… 분하다……."

아크가 아리안의 충격적인 발언에 고개를 푹 숙이자, 그녀는 신기하게 쳐다보며 고개를 갸웃거렸다.

아크는 이세계에 오고 나서, 아직 한 번도 목욕을 하지 않았다. 해골의 신체인 까닭에 그리 간단히 남에게 자신의 본 모습을 드러낼 수도 없었던 것이다.

라라토이아의 저택에 욕실이 있었다니…… 전혀 눈치채지 못했다.

어리석은 자신에게 저주를 퍼붓고 싶은 심정이었다. 아니, 벌써 저주에 걸렸지만…….

"……설마 목욕을 하고 싶었어요?"

"그렇소."

"……뼈만 남은 그 몸으로 욕실에 들어가는 데 의미가 있어요?"

"말이 심하군! 난 사람의 몸이었을 때부터 깨끗한 걸 좋아했소!"

"그보다 식사나 하죠."

아리안은 아크의 항의를 가볍게 흘려들었다. 쌀쌀맞은 그 의견에 폰타가 동의하듯 한 번 짖고 나서 아리안을 따라 오두막으로 들어갔다.

민주주의라는 이름의 다수결에 져서 아크도 마지못해 뒤쫓아 갔다.

아리안이 가져온 뚜껑 달린 냄비의 내용물은 콩과 베이컨을 섞은 수프였다. 포대에는 빵과 수프를 담는 나무접시, 그리고 몇 개의 붉은 과일들이 들어 있었다.

수프를 나무접시에 나누어 담는 아리안의 모습을 지켜보던 아크는 또 한 번 실내를 살펴보았지만, 자신이 바라는 것은 시야에 들어오지 않았다.

"……이 오두막에는 욕실이 안 보이는군."

"어쩔 수 없어요. 이 오두막은 애당초 주변에서 길을 잃은 인간족을 머물게 하기 위해 지었으니까요."

아크가 중얼거리는 소리에 아리안은 폰타에게 과일을 주면서 대답했다.

이 땅은 서쪽으로 50km 정도 가면 로덴 왕국의 셀스트, 남쪽으로 30km 정도 가면 린부르트 대공국에 닿는다. 그래서 이따금 마수에게 쫓기는 등의 이유로 인간족이 길을 잃기도 한다. 그런 인간족을 일시적으로 머물도록 하기 위한 시설이 지금 있는 오두막이라고 한다.

그 때문에 오두막은 최소한의 시설만 갖추고, 엘프족 마을의 집에서 본 수정형 램프도 이곳에는 놓지 않는다.

테이블 위에는 형식적으로 갖춘 기름 램프의 빛이 어설픈 광원을 만들어낼 뿐이다.

――다음에 라라토이아에 머물 일이 생기면 욕실을 쓰게 해달라고 할까…….

아크는 베이컨의 소금기가 배어든 콩수프를 조용히 먹으면서, 향신료에 이어 여행의 새로운 목표를 가슴에 새겼다.

다음 날 아침 일찍 다르투아의 오두막을 떠나, 남쪽의 아네트 산맥을 바라보면서 서쪽으로 향했다. 어제와 마찬가지로 오전의 숲은 자욱이 낀 안개 탓에 일행은 걸어서 이동했다.

가끔씩 생각나듯이 마수가 엄니를 드러내고 습격해 왔지만, 진행속도만 느려질 뿐 딱히 커다란 위협은 되지 않았다.

그러나 시야가 나쁜 숲 속에서는 전이마법의 진가를 발휘하지 못했다. 숲을 빠져나와 눈앞에서 셀스트를 마주볼 즈음에는 어느덧 해가 서쪽 하늘로 상당히 기울어 있었다.

평야에 만들어진 그 도시는 아크가 제일 처음에 들른 루비에르테 정도의 규모였다. 도시 주위의 경작지는 보리보다는 채소나 다른 작물이 많았다. 숲에 인접한 장소에는 해자를 파고 토벽을 쌓아 마수의 침입을 막듯이 만들었다.

다크엘프족의 특징인 옅은 자주색 피부와 뾰족한 귀를 숨기기 위해 외투를 깊숙이 눌러쓴 아리안과 검은 외투로 몸을 감싼 갑옷 기사가 셀스트 주변에 펼쳐진 밭 사이의 길을 걸어가자 몹시 눈에 띄었다.

농사일을 하던 손을 멈추고 아크와 아리안을 살피는 듯한 시선이 이곳저곳에서 느껴졌다.

그런 시선 속을 아무렇지 않게 지나친 둘은 셀스트의 관문 앞에서 보초를 서는 위병에게 2인분의 출입세를 내고 도시로 들어갔다.

"우선 오늘 묵을 숙소를 찾아 볼까……."

"그래요."

아크의 혼잣말에 대답한 아리안은 거리를 약간 신기하다는 듯이 쳐다보고 시선을 헤매었다. 디엔트에 잠입했을 때는 밤이었으므로, 아리안에게는 이처럼 어두워지기 전에 보는 인간족의 도시가 낯설지도 모른다.

해질 무렵에 문을 닫는 가게나 그날의 마지막 매상을 위해 큰 소리로 외치는 상인 등, 거리는 독특한 소란스러움으로 둘러싸였고 대로는 많은 사람들로 북적거렸다.

아크가 폰타를 투구 위에 앉히고 검은 외투를 펄럭이며 대로를 지나자, 자연스럽게 인파가 좌우로 갈라져서 걷기 쉬워졌다.

잠시 대로를 나아가는 중에 한 채의 건물 앞 길에서 가죽 갑옷이나 아크 자신과 똑같이 금속 갑옷으로 무장한 집단을 마주쳤다. 건물에 걸린 눈에 익은 간판이 그곳이 용병조합소라는 사실을 알려주었다.

떼 지어 모인 용병 집단은 저마다 무기를 들고 길가에서 뭔가를 상담하는 모습이었다.

용병들은 타고난 음성이 큰지, 평범하게 말해도 대로의 떠들썩함에 지지 않을 만큼 이곳까지 목소리가 닿아서 대화 내용이 들렸다.

그 이야기에 흥미를 갖고 귀여겨들으며 걸음을 늦추었다.

"그쪽은 어땠나?"

"아뇨~, 이쪽에는 나타나지 않았네요."

금속 갑옷을 걸치고 발밑에 커다란 방패를 둔 짧은 턱수염의 거한이 정면에 있는 청년을 향해 간단히 물었다. 가죽 갑옷을 입고 활을 등에 멘 싹싹한 청년은 어깨를 크게 으쓱이고는 성과가 없다는 표정으로 머리를 가로저으며 대답했다.

"우리는 척후 한 명이 한 마리를 발견했다만, 금세 달아나 버렸다."

"이레 동안 열 명입니까~. 이쪽이 집단으로 대비하면 좀처럼 모습을 드러내지 않는 게 짜증나네요."

"벌써 열 명인가. 꽤 당했군……. 그렇다고 해서 소수로는 녀석들한테 대항할 수도 없고. 덫을 놓아도 영리한 놈들이라서 전혀 효과를 못 보지. 골치 아프군."

"이대로 우리 용병이 헌티드 울프 토벌에 갈팡질팡하면, 조만간 영주군이 간섭할지도 모르겠네요."

그 두 용병의 이야기를 듣고 있자니, 아리안이 아크의 뒤에서 뭔가 반응한 듯이 고개를 들어 귀를 기울였다.

용병들의 대화 내용에 따르면 근처 아네트 산맥 기슭의 숲에 성가신 마수가 나타나, 이 도시 소속의 용병단에게 긴급소집을 내렸다는 것이다.

주위에 있는 용병들의 수를 보아도 엄청난 인원이 동원된 듯한 모습이, 그 헌티드 울프라는 마수는 인간족에게 몹시 위협적인 존재이리라.

그보다 아크가 신경 쓰는 점은 도시에 소속된 용병들에게 긴급소집이 걸렸다는 사실이다.

확실히 잘 생각해 보면 도시에 긴급한 일이 벌어졌을 때 용병들을 소집하는 것은 조금도 이상하지 않다.

이번에 소집된 용병들은 도시에 거점을 둔 용병단뿐인 모양이지만, 영주나 국가 사이의 전쟁일 경우 그 도시에 머무는 떠돌이 용병들까지 동원될 가능성도 있다…….

——섣불리 용병증으로 도시를 출입하는 건 피하는 게 좋을지도 모르겠군.

아크는 앞으로 용병증을 어떻게 다룰지 고민했다. 이때 뒤에서 불쑥 자신의 외투를 잡아당기는 느낌에 퍼뜩 정신을 차렸다. 그리고 외투를 잡아당긴 당사자인 아리안에게 시선을 돌렸다.

투구 위의 폰타도 갑자기 걸음을 멈춘 아크를 이상하게 여겼는지, 일어서서 고개를 갸웃거리며 의아하다는 표정을 지었다.

"아크, 상담하고 싶은 일이 좀 있어요……. 숙소에 가고 나서도 괜찮으니까."

"흐음, 그런가. 그럼 서둘러 숙소를 정하도록 할까."

아크는 아리안의 희망에 따라 그럴싸한 여관을 찾아서 그 중 한 곳에 들어갔다.

여주인은 깨끗해 보이는 여관을 혼자 꾸려나가는 듯했다. 아크는 2층의 방을 두 개 잡고, 방 열쇠 하나를 아리안에게 건넸다.

열쇠를 받은 아리안은 짐을 들고 계단을 올랐다.

아크는 그 뒷모습을 바라보고 나서, 숙소의 여주인에게 다음 목적지인 호반까지의 경로를 물었다.

"그런데 부인, 이곳에서 호반으로 가는 길을 묻고 싶소만?"

"어머, 기사님. 부인이라니. 부끄럽잖수!"

가슴이 큰 여주인은 그렇게 말하면서 커다란 몸을 비비 꼬았다. 아크는 크게 소리 내어 웃는 여주인을 보고 자기 집 근처의 아주머니들을 살짝 떠올렸다.

"참, 호반이라고 했던가? 거기는 남문을 나가서 숲을 따라 난 가도를 따라가면 마차로 이틀쯤 걸리려나? 실력에 자신이 있는 무리는 숲을 가로지르지만, 지금은 그만두는 게 좋을 거라우."

"헌티드 울프…… 때문이오?"

"맞아요, 맞아! 요 며칠 사이 열 명 이상이나 잡아먹혔다지 아마. 평상시에는 이 근방의 숲에 나타날 만한 마수가 아닌데, 아무래도 아네트 산맥에서 내려온 모양이에요. 정말 골칫거리라우."

여주인은 땅이 꺼져라 한숨을 내뱉고 어깨를 으쓱였다.

현재 헌티드 울프가 가도까지 출몰해서 여행자나 상인을 습격하는 듯했다. 그리고 그 소문이 인근으로 퍼져서 이곳 셀스트를 찾는 사람들이 서서히 줄어드는 상황이었다.

영주가 용병단을 소집하여 토벌 명령을 내렸고, 용병들도 헌티드 울프의 가죽이 비싸게 팔리므로 단단히 마음을 먹었지만 일이 생각대로 잘 풀리지 않는 것 같았다.

아크는 그런 이야기를 들으면서 여주인과 잠시 잡담을 나눈 후 자신의 방으로 올라갔다.

짐을 침대 옆에 놓고 외투를 벗은 다음 침대에 걸터앉았다. 투구 위의 폰타도 마법으로 두둥실 이동하여 창가로 내려가더니, 밖을 내다보며 몸을 둥글게 말았다.

그때 문을 두드린 아리안이 이름을 밝히고 방으로 들어왔다.

아리안은 방에 들어와서도 잿빛 외투로 몸을 감싼 상태였다. 그러나 문을 닫자마자 깊숙이 눌러쓴 후드를 답답하다는 듯이 벗어던지고는, 눈처럼 하얗고 긴 머리카락을 흔들어 머리를 다듬었다.

수정 같이 매끄러운 옅은 자주색 피부를 드러낸 아리안은 여느 때의 당찬 시선을 살며시 내리고 황금색 눈동자로 아크를 응시했다.

아리안은 뭔가를 망설이는 표정으로 입을 열지 않았지만 아크는 그녀의 말을 기다렸다.

"……아크, 내일은 아네트 산맥 기슭의 숲에 잠깐 들렀다 가지 않을래요?"

이윽고 아리안이 꺼낸 말은 그런 부탁이었다.

"흐음. 호반까지 가려면 남문에서 가도를 따라가기보다는 숲을 남서쪽으로 가로지르는 게 빠르다고 했는데…… 다른 이유라도 생겼나?"

아크의 질문에 아리안은 조용히 고개를 끄덕이고 나서, 그녀 자신의 대수롭지 않은 목적을 말했다.

"실은 아까 용병들이 얘기한 헌티드 울프한테 볼일이 있어서……. 가능하면 헌티드 울프의 꼬리를 갖고 싶어요……. 그래서 내일은 호반으로 떠나기 전에 아네트 산맥 기슭의 숲을 들르려는데."

"나는 아리안 양의 목적에 따라 움직일 셈이오. 아리안 양이 헌티드 울프의 꼬리가 필요하다면, 나도 기꺼운 마음으로 도와주겠소."

아리안의 부탁에 아크는 고개를 크게 끄덕이며 동의했다. 부탁을 한 아리안 본인은 겸연쩍은 표정으로 눈을 살짝 치뜬 채 아크를 올려다보았다.

보통은 요염한 미소와 지기 싫어하는 기질을 보이는 아리안이 난감해하며 『부탁』을 꺼냈다. 아크는 고개를 끄덕여 대답할 수밖에 없었다.

"……저희 언니가 조만간 결혼하거든요——."

"호오, 그거 진심으로 기쁜 일이군."

아크는 갑작스러운 이야기에 조금 놀라면서도 맞장구를 치고 다음 말을 재촉했다.

"그래서 헌티드 울프의 꼬리털로 만든 베일을 선물하려고 했어요……."

아리안은 약간 쓸쓸한 표정을 엿보였지만, 가볍게 고개를 저어 미소를 짓더니 자신의 목적을 분명하게 말했다.

이야기에 따르면 헌티드 울프의 꼬리털은 마나가 짙은 땅에서는 파랗게 발광한다고 한다. 그런데 그 꼬리털을 가느다랗게 뽑아 만든 베일은 파란 야광 물질처럼 독특한 빛을 지녀서 고가의 선물이 되는 모양이다.

다만 베일의 소재로 쓰이는 꼬리를 가진 헌티드 울프는 자신의 환영을 여러 개 만들어 사냥감을 교란하면서 덮치는, 매우 까다로운 마수인 까닭에 좀처럼 얻기 어렵다.

――그림자 분신술을 쓰는 마수라니…….

단일 개체라면 아리안 혼자서도 꽤 여유를 갖고 대처할 수 있는 듯싶지만, 기본적으로 무리를 지어 사냥이나 이동을 하는 마수라서 여러 마리를 상대로는 수에 밀려 힘들다는 뜻이다.

이번 부탁은 엘프족의 구출이 아니므로 아리안도 머뭇거린 눈치였다. 그러나 눈앞에 여간해서는 구하지 못하는 한정품이 있다면 손을 뻗고 싶어지는 건 당연하리라.

동기도 언니에게 줄 선물 때문이라면 딱히 거절할 이유도 없다. 마지막으로 불안한 사항은 마수의 강력함인데, 아리안이 방심하지 않고 충분히 대처한다면 괜찮을 것이다.

"으음, 내일은 호반으로 갈 여정을 아네트 산맥 기슭의 숲으로 바꾸지."

"고마워요, 아크."

아크가 이후의 방침을 그렇게 정하자, 아리안은 옅은 자주색 뺨을 붉게 물들이며 작은 목소리로 인사하고 고개를 숙였다.

아크는 좀 더 아리안의 부끄러워하는 얼굴을 보고 싶었지만, 너무 빤히 쳐다보면 평소처럼 황금색 눈동자로 노려볼 테니 적당히 하고 그만두었다.

"그럼 저녁식사라도 사올까…… 그리고 내일 먹을 보존식도."

"큥!"

아크가 내일 예정과 준비할 일을 떠올리면서 중얼거리자, 방금까지 창가에서 바깥을 내다보고 하품하던 폰타가 그 말에 재빨리 반응하며 한 번 짖었다. 창가를 뛰어내려 마법의 바람에 올라탄 폰타는 아크의 얼굴에 달라붙기 무섭게 투구 위로 기어올랐다.

아크는 대체 어떻게 사람의 말을 이해하는지 의아해하면서도 폰타를 데리고 날이 저문 거리로 나갔다.

다음 날 아침 일찍 셀스트의 여관을 나온 일행은 남문에서 보이는 정면의 숲으로 향했다.

원래는 숲을 따라 지나는 가도를 가야 하는데, 숲에 들어가서 남서쪽의 텔나소스 산맥 방면으로 나아갔다.

숲 속에서 정확한 방향을 찾기 위해서는 나침반이 필수였지만, 역시 숲의 민족이라고 해야 할지 아리안의 말에 따르면 헤매는 일은 없었다.

숲에 낀 옅은 안개는 캐나다 대삼림처럼 마법을 저해할 정도는 아니어서 아무렇지 않게 【디멘션 무브】를 쓸 수 있었다. 그러나 바로 앞쪽은 잡목림 비슷한 분위기를 풍겼는데, 안으로 들어갈수록 숲이 우거져서 전이마법의 진가를 별로 발휘하지 못할 듯싶었다.

어제도 느꼈지만 캐나다 대삼림에서 리브루트강 너머의 숲은 그 양상이 매우 다르다. 캐나다 대삼림은 거목을 중심으로 하는 태고의 숲이라는 인상인 반면, 리브루트강 맞은편인 이쪽은 비교적 어디에나 있는 숲의 풍경이 펼쳐진다.

이따금 시야가 뻥 뚫린 곳으로 나오면 【디멘션 무브】를 써서 거리를 줄이고 숲 속을 탐색했다.

아크는 정오 무렵에 적당히 트인 장소를 발견하고 앉아서 어제 산 보존식을 꺼냈다.

내용물은 말린 감자와 소금에 절인 훈제 고기, 그리고 호두와 말린 사과다. 전부 은화 3개를 넘는 가격이었지만, 말린 사과만으로 은화 1개보다 비싼 가격이 들었다. 다만 짐자루 안에는 금화 1000개 이상을 넣은 가죽 주머니가 들어 있어서 그다지 돈에 쪼들리지는 않았다. 오히려 숙박료와 식비 정도만 쓰므로 어디에 사용해야 좋을지 곤란할 지경이다.

그러니 조금 전부터 커다란 꼬리를 하늘하늘 흔들면서 말린 사과를 탐내듯이 바라보고 갈팡질팡하는 폰타의 표정과 몸짓을 눈에 담기 위해 비싼 과일을 사는 건 아무것도 아니다.

말린 사과를 폰타의 눈앞에서 슬쩍슬쩍 내보이며 데리고 놀자, 옆에 있던 아리안에게 '가엾잖아요.' 라는 몹시 진지한 질책을 받았다.

아크는 말린 사과에 정신이 팔린 폰타를 쓰다듬어 주고 나서 자신의 식사를 했다.

말린 감자를 구수하게 먹을 생각에 【파이어】로 구우려 했지만, 화력이 너무 셌는지 시커먼 잿덩이가 되었다.

"아크는 꽤나 손재주가 없네요."

아리안은 정령마법의 불을 썼는지 솜씨 좋게 감자를 구워 보였다.

아크는 마법의 위력을 조절하는 연습도 가끔씩 해야겠다고 혼잣말을 하며 말린 감자를 그대로 베어 먹었다.

식사를 대충 마치고 나서, 또 숲 속을 아리안의 뒤를 따라 걸었다.

폰타는 늘 앉는 아크의 투구 위가 아니라, 지금은 아리안의 풍만한 앞가슴에 안긴 상태로 잠들었다. 여러 가지 의미로 부러운 신분이다.

얼마나 숲을 나아갔을까. 이윽고 조금 전까지 들리던 새의 지저귐이나 동물의 울음소리가 그쳤다. 주변에는 바람이 흔드는 나무들의 나뭇잎이 스치는 소리만 유난히 크게 들려왔다.

앞서 가던 아리안도 뭔가를 느꼈는지 손에 든 짐을 그 자리에 내려놓고 폰타를 목에 둘렀다. 떨어뜨리지 않으려는 조치일 테지만, 잠을 깬 폰타는 약간 곤혹스러워하는 듯했다.

그러나 아크도 느긋하게 그런 모습을 지적할 틈도 없었다.

어깨에 짊어진 짐자루를 발밑에 둔 후 등에 멘 『칼라드볼그』를 뽑았다. 마찬가지로 등에 멘 『테우타테스의 하늘 방패』를 들었다.

누군가가 잡초를 헤치고 이쪽으로 급속히 다가오는 기척이 나뭇잎을 스치는 바람 소리에 섞였다. 곧이어 아크와 아리안은 그 기척들이 사방에서 엄청난 속도로 가까워진다는 사실을 알아차렸다.

아크는 아리안과 아무 말도 주고받지 않은 채 등을 맞대고 서서, 서로의 사각을 메우듯이 자세를 취했다.

그 순간 근처의 잡초가 일제히 크게 흔들리나 싶더니, 눈앞에 하얀 모피로 뒤덮인 커다란 늑대 집단이 뛰쳐나왔다.

몸길이 2m에 달하는 그 늑대 집단은 사냥감을 물어뜯기 위해 커다랗고 사나운 아가리를 벌려 엄니를 드러냈다.

아크가 자신들을 덮친 늑대들 중 두 마리를 향해 검을 옆으로 휘두르자, 전혀 저항 없이 빛줄기가 그어졌다.

그러나 다음 순간, 검으로 벤 늑대의 몸은 안개처럼 흩어졌고, 뒤쪽에서 새로이 하얀 늑대가 덤벼들었다.

"뭣이!?"

뜻밖의 상황에 아크가 이상한 소리를 내었다. 거리를 좁혀 검을 휘두르지 못하는 위치까지 다가온 하얀 늑대는 아크에게 박치기를 했다. 아크는 자세가 흐트러진 탓인지 별로 힘을 줄 수 없었지만, 비명을 지른 하얀 늑대가 훌쩍 뒤로 물러나서 거리를 두었다.

"가루루루우우!!"

아크는 자세를 바로잡으려 했다. 그러나 이번에는 방패쪽에서 강한 충격을 받았다. 그쪽으로 시선을 향하자 어느새 빙 돌아서 나타난 하얀 늑대 두 마리가 방패에 몸통 박치기를 하고 있었다.

방패를 내밀어 하얀 늑대를 후려갈기려고 했지만, 조금 전처럼 모습이 사라져서 헛손질로 끝났다. 그리고 그쪽에 한눈을 판 순간 하얀 늑대 한 마리가 검을 쥔 손등을 물고 늘어지더니, 그 팔을 찢어발기기 위해 온몸을 엄청나게 비틀어댔다.

『벨레누스의 성스러운 갑옷』으로 보호받는 팔은 아무런 아픔과 가려움이 느껴지지 않았지만, 역시 이렇게 엉겨 붙으니까 짜증이 났다.

아크는 자신의 손등을 물고 늘어진 하얀 늑대를 그대로 놔둔 채 팔을 치켜들었다. 하얀 늑대는 자체의 무게와 원심력으로 공중에 내던져졌다. 아크는 무방비 상태의 하얀 늑대를 향해 검을 베어 올렸다. 그러나 하얀 늑대를 내던진 힘이 의외로 강했는지, 앞다리를 얕게 베어 피를 튀게 하는 정도에서 그쳤다.

주위의 환영과 실체의 하얀 늑대 집단이 일단 거리를 벌린 후 다시 공격하려는 자세를 취했다. 아크는 그 공격을 견제하고자 검 끝에서 【파이어】를 요란하게 뿜어냈다.

화염방사기 같은 불길이 주변 일대의 기온을 끌어올리면서 전방의 공간을 불태웠다.

아까부터 【디멘션 무브】로 상대의 품에 파고들려 했지만, 환영과 실체의 하얀 늑대가 늘 약삭빠르게 돌아다녀서 목표 지점으로 지정한 공간에 좀처럼 빈틈이 생기지 않았다.

전이마법의 뜻밖의 약점을 알아낸 기분이었다.

아크는 뒤로 시선을 돌렸다. 아리안은 여러 마리의 환영과 실체의 집단에도 밀리지 않고 여유롭게 대처하는 듯했다. 정령마법으로 발판을 올리고 불꽃으로 사각을 견제하여, 각 개체에게 확실히 상처를 입혔다.

그중 한 마리는 한쪽 눈이 으깨지고 다리 힘줄을 잘려서 거의 움직이지 못했다. 다른 하얀 늑대들도 저마다 부상을 당해서, 하얀 모피에 붉은 얼룩무늬를 그려놓았다.

오랫동안 전사로서 단련과 실전을 거듭해온 아리안은 이런 상황에서의 싸움에 능숙했다. 아크 자신처럼 높은 신체능력에만 기댄 단순한 힘자랑으로는 다수와의 전투에서 어떻게 해도 눈에 띄는 허점을 드러내게 된다.

간단히 범위 공격을 하면 문제는 해결될 테지만, 범위계 스킬이나 마법은 이 세계에 오고 나서 거의 시험해 보지 않았다.

그런 상태에서 섣불리 광범위 공격을 하면 뒤에 있는 아리안과 폰타도 피해를 입지 않을 보장이 없는데다, 녹음이 우거진 이 근방의 자연에 얼마나 악영향을 끼칠지도 모른다. 견제를 목적으로 화염마법을 사용하는 마당에 그 말은 새삼스럽기도 하지만, 다행히 아직 숲에 불길은 솟아오르지 않았다.

뭔가 좋은 방법이 없을까――.

아크는 지금의 형세를 뒤집을 묘안을 고민하며 시선을 하얀 늑대 집단의 안쪽 깊숙이 향했다. 그러자 그곳에는 전투에 참가하지 않고 멀리서 지켜보기만 하는 유달리 커다란 개체의 하얀 늑대가 있다는 사실을 알아차렸다.

하얀 늑대들이 거리를 압박하듯 일제히 공격해 온 탓에 미처 못 보고 지나친 모양이다.

무리의 우두머리인 듯한 그 커다랗고 하얀 늑대는 조용히 전투를 관찰하면서도 목구멍으로 낮게 으르렁거렸다. 우두머리 주위에는 다른 하얀 늑대들은 없었고, 마침 아크쪽에서 보이는 위치였다.

이 균형을 단숨에 무너뜨린다――승부는 한순간이다.

"각오해라!"

아크는 【파이어】의 견제로 물러난 하얀 늑대 집단 뒤에 있던 우두머리의 오른쪽 빈 공간을 응시하면서 【디멘션 무브】를 발동시켰다.

아크가 전이하여 눈 깜짝할 사이에 모습을 감추자, 하얀 늑대 집단과 우두머리는 잠시 몸을 굳혔다. 그 시점에서 이미 우두머리의 오른쪽 빈 공간으로 전이한 아크는 쥐고 있던 검을 내리쳤다.

그러나 야생의 감일까, 우두머리 하얀 늑대는 곧장 반응하며 검을 피하는 것처럼 날쌔게 물러섰다. 아크는 그때를 놓치지 않고 우두머리가 피한 방향으로 돌아가듯이 【디멘션 무브】를 발동시켰다.

첫 일격을 피하기 위해 뒤로 훌쩍 뛰어오른 우두머리는 다리가 땅에 닿지 않아서 관성의 법칙을 따라 아크에게 가까워졌다.

더 이상 벗어날 방법은 없었다. 아크는 우두머리의 몸을 겨누어 검을 찔러 넣었다.

우두머리도 전이한 아크를 보고 공중에서 몸을 비틀려 했지만, 역시 무리였는지 검은 거뜬히 목젖을 꿰뚫었다. 목에서 피를 흘리고 거칠게 으르렁거리는 소리를 내는 우두머리 하얀 늑대의 거체가 땅에 엎어졌다.

지면에 성대한 피 분수를 흩뿌리고 주변의 흙을 붉게 물들이는 장면을 흘끗 내려다본 아크는 당장 아리안의 뒤로 전이해서 돌아갔다.

다시 검을 쥐고 하얀 늑대 집단을 상대하려 하자, 무리의 움직임이 전부 멈춰 있었다.

아크가 의아하게 여기는 모습을 보이는 것과 동시에 모든 하얀 늑대들이 잽싸게 발길을 돌려 그 자리에서 달아났다.

아크는 하얀 늑대들의 너무나 갑작스러운 전선이탈에 어안이 벙벙해서 멍하니 쳐다보았다. 그때 아리안이 외치는 소리에 퍼뜩 정신을 차렸다.

"아크! 적어도 또 한 마리는 부탁해요!!"

"알았소!"

아리안의 애원에 짤막하게 대답한 아크는 방패를 그 자리에 내던지고, 왼손으로 【록 불릿(암석탄)】을 하얀 늑대들이 도망가는 앞쪽의 지면에 닥치는 대로 쏘아댔다.

포탄의 포격 같이 착탄한 암석이 숲의 흙을 도려냈고 요란하게 흙먼지를 피워 올렸다. 그러는 와중에 아크는 바로 앞의 착탄이 일으키는 충격을 피하기 위해 발을 멈춘 하얀 늑대 한 마리를 발견했다.

"【디멘션 무브】!"

마법을 발동시킨 아크는 한순간 발을 멈춘 하얀 늑대의 뒤쪽으로 전이하여 뒷다리를 잘라냈다.

하얀 늑대는 비명 같은 울음소리를 크게 지르고 지면에

굴렀다. 아크가 재차 타격을 주듯이 목젖을 검으로 찔렀다. 굵은 척추뼈를 잘랐는지 으드득하는 둔탁한 소리와 감촉이 검 끝에서 전해졌다. 격렬하게 위아래로 들썩이던 하얀 늑대의 폐가 급속하게 조용히 가라앉았다.

아무래도 아리안의 희망인 세 마리째를 무사히 죽인 듯했다.

어쨌든 이번에는 여러모로 반성할 점이 많은 싸움이었다.

좀 더 자신의 전투기술을 올리기 위한 연습을 본격적으로 하는 게 좋을지도 모른다. 넘치게 있는 전투 스킬도 초조한 마음에 좀처럼 제대로 다루지 못하는 데다, 공격이 지나치게 직선적이다.

아크는 파란 고양이 로봇이 비상시 쓸모없는 비밀도구를 주변에 마구 쏟아 내는 짓을 자신도 비웃지 못하겠다고 중얼거렸다.

그리고 지난번 그레니스의 혹독한 대련을 떠올렸다――.

검은 아리안에게 가르침 받는 게 나을지도 모르겠군…….

아크가 그런 상상을 하면서 속으로 커다란 한숨을 내뱉자, 검을 넣고 자신을 향해 달려오는 아리안이 보였다.

아리안의 발밑에도 하얀 늑대 한 마리가 힘없이 가로놓여 있었다.

"고마워요, 아크! 헌티드 울프를 세 마리나 잡을 줄은 몰랐어요! 이걸로 언니한테 좋은 선물을 줄 수 있겠어요."

아리안은 여태껏 보지 못한 눈부시게 미소 띤 얼굴로 감사 인사를 했다. 아크는 그 모습에 잠시 시선을 빼앗겼다.

그런 아크의 반응을 이상하게 여겼는지 아리안은 고개를 살짝 갸웃거렸다.

아크는 그 상황을 얼버무리기 위해 헛기침을 하면서, 화제를 돌릴 목적으로 아리안에게 물었다.

"그런데 이게 헌티드 울프라는 놈들이오? 빛나는 꼬리라지만 별로 발광하는 듯이 보이지는 않는데……."

아크는 스스로 그렇게 말하면서도 다시 헌티드 울프의 특징인 꼬리를 살펴보았다. 그러나 다른 부위의 체모보다 털이 조금 반짝이는 수준이다.

"이 숲은 그다지 마나가 짙지 않아서 그래요. 캐나다 대삼림까지 가면 이 꼬리도 아름다운 푸른색으로 발광할 거예요."

아리안은 그렇게 대답하면서 꼬리털의 상태를 확인하듯이 어루만졌다.

목에 감겨 있던 폰타는 겨우 전투의 긴장이 풀렸는지, 오싹 소름이 끼쳐서 곤두선 털을 부들부들 몸을 떨어 가라앉혔다.

"아크, 미안한데 이 헌티드 울프들을 처리해야 하니까 일단 라라토이아에 【게이트】로 돌아가 줄 수 있어요?"

"흐음, 그건 뭐 상관없소만……."

아크는 주위의 경치를 둘러보았다.

"여기서 한 번 【게이트】를 써서 돌아가면, 다시 셀스트에서 호반까지의 이동이 원점으로 돌아가오. 어딘가 특징적이고 기억하기 쉬운 장소라도 있어야 하는데."

장거리 전이마법인 【게이트】는 자신의 기억에 새겨진 장소로만 이동할 수 있다. 이렇게 주변 풍경이 평범한 숲 속이어서는 전이할 목표지점을 뚜렷하게 떠올리지 못한다.

"그럼 난 헌티드 울프의 피를 빼고 밑 작업을 해둘 테니까, 아크는 전이마법으로 돌아올 만한 곳을 찾아 줄래요?"

"그렇군. 그게 이후의 수고를 덜겠소……. 잠시 이 일대를 탐색하고 오지."

아무렇게나 내던진 방패를 등에 다시 멘 아크는 외투에 묻은 먼지를 털어내면서 시선을 이리저리 옮겼다.

거기에 반응했는지, 아리안의 어깨에서 내려온 폰타가 아크의 투구 위로 날아왔다. 아무래도 같이 데려가 달라는 말 같다.

일단 특별한 지형이나 건물이 있으면 그걸 목표 삼아 라라토이아에서 【게이트】로 간단히 돌아오는 게 가능하다.

그저 되는대로 숲 속을 헤매고 다니면 아리안이 있는 장소로도 되돌아갈 수 없다. 그래서 우선 나아갈 방향을 정하고 그쪽을 일직선으로 향했다.

【디멘션 무브】로 거리를 줄이면서 근처에 표지가 될 만한 경치를 찾았다.

그러나 눈앞에 펼쳐진 풍경은 수많은 나무와 풀, 흙과 바위뿐이어서 좀처럼 이렇다 할 장소가 보이지 않았다.

이따금 피 묻은 잡초나 지면을 도려낸 듯한 발자국이 남은 까닭은 조금 전의 헌티드 울프가 같은 방향으로 달아난 탓일까.

상당한 속도로 도망쳐서 지금부터 뒤를 쫓아가더라도 따라잡지는 못하겠지만, 일단 조심하는 게 좋으리라.

아크는 나무들의 가지와 나뭇잎 사이로 하늘을 올려다보았다. 그러자 어느새 잿빛 구름이 자욱이 끼어 하늘을 뒤덮었고, 밝은 색의 숲을 어두운 빛깔이 떠도는 공간으로 바꾸었다.

뒤쪽을 돌아보자 이미 아리안의 모습은 울창한 숲의 경치 속으로 녹아들어서 확인할 수 없었다.

아크는 몇 번째인지 표지용을 겸하여 가까운 나무의 가지를 꺾어서 지면에 꽂았다. 숲을 자주 다녀보지 못한 방향치가 전이로 어설픈 이동을 하면 당장 방향을 잃으리라 생각하고 일정한 간격마다 그런 표지를 남겼다.

덕분에 여태 자신이 온 방향에는 일정한 간격으로 선 나뭇가지가 보였다.

폰타는 투구 위에서 빙글빙글 돌며 숲을 둘러보고는 나무 열매를 찾으면 짖었다. 폰타가 이끄는 대로 따르면 굶어죽지는 않겠지만 금세 길을 잃고 헤매리라.

아크가 폰타를 달래면서 잠시 걷고 있자니, 갑자기 누군가의 목소리가 들려온 기분이 들었다.

발걸음을 멈추고 주변의 소리에 귀를 기울였다.

바람에 흔들리는 나무들의 소리나 동물들이 지르는 포효에 섞여, 사람들의 떠들썩한 고함이 희미하게 바람을 타고 흘러왔다.

그 소리가 난 방향은 아크가 나아가려는 진행방향에서 살짝 벗어났다. 여기에서 방향을 전환하려면 돌아가기 위한 표지를 정확히 남겨두어야 한다.

부근의 나뭇가지 몇 개를 손으로 꺾은 아크는 원을 그리듯이 꽂아서 요란한 표지를 만들었다.

——이러면 헤맬 일은 없겠지.

아크는 투구에 폰타를 앉히고, 인기척이 나는 방향으로 발길을 옮겼다.

뭔가 특이한 건물이라도 있으면 좋겠다는 생각을 머리 한편에 떠올리며 빠른 걸음으로 숲 속을 나아갔다.

이윽고 바람에 섞여 들려오는 소리가 서서히 커져갔다.

그러나 사람들의 떠들썩한 고함이 아니라 싸우는 소리였다.

노호, 비명, 공포 등이 아크가 걷는 숲 속의 앞쪽 깊숙한 곳에서 바람을 타고 왔다. 피 냄새와 뭔가를 불태우는 기분 나쁜 냄새가 한데 어우러진 채 몸에 달라붙었다.

아크는 꺼림칙한 분위기를 느끼는 가운데 폰타를 투구에서 내려 목둘레에 감았다. 심호흡을 하고 숨을 고른 아크는 싸움의 원흉이 있을 방향으로 발걸음을 내딛었다.

별로 폭이 넓지 않은 숲 속의 길. 그 왼쪽은 약간 솟은 둑이었는데, 거기에 나무들이 뿌리를 내리고 흙을 고정시켰다. 그 위는 덤불로 뒤덮여서 안쪽이 보이지 않았다.

그런 숲길을 검은색의 커다란 사두마차가 빠른 속도로 나아갔다.

그 커다란 검은 마차는 수수하고 검소한 장식으로 꾸며져 있다. 그러나 세세한 부분에 이르기까지 직인의 기교를 부린 솜씨를 확인한다면 고귀한 이를 위한 마차라는 사실을 알 수 있을 것이다.

검은 마차의 앞뒤에 정연하게 늘어서서 말을 탄 기사들과 그를 따르는 병사들의 집단은 전부 50명 이상이었다. 그들은 그 마차를 지키듯이 배치되었다.

모두 저마다 갖춘 장비로 몸을 단단히 무장했다. 방심하지 않고 걸어가는 모습은 상당한 숙련도를 떠올리게 했다.

그런 집단 속에 유달리 잘 만들어진 방어구를 걸친 채 검은 마차와 나란히 달리듯이 크고 멋진 말에 걸터앉은 자가 있었다.

갈색 머리를 정성스레 빗질한 젊은 남자는 약간 각진 턱을 끌어당겨 날카롭게 사방을 살폈다.

로덴 왕국 7공작가 중 하나인 프리바트란 공작가의 적자, 렌들 드 프리바트란. 그는 이 검은 마차의 호위 임무를 맡은 지휘관이기도 했다.

검은 마차에 탄 귀인을 생각하면 호위 인원은 이래도 부족할 정도다. 그러나 인원이 늘면 당연히 속도도 떨어지므로, 이번에는 길을 서두르는 것을 우선시하여 특별히 작은 규모를 취할 수밖에 없었다.

이 일행의 목적은 신속하고 한편으로는 비밀리에 검은 마차의 주인을 린부르트 대공국까지 보내는 일이다. 그 때문에 도중의 주요 영주도시는 일부러 피해서 지났고, 원래 거쳐야 할 가도와는 다른 길을 골랐다.

이런 길은 마수나 도적의 습격을 주의해야 할 필요가 있지만, 50명을 넘는 정예병을 물리칠 자는 어지간해서는 없다.

그러나 호위 임무를 맡은 렌들 경은 전혀 흐트러지지 않았다. 그렇다고 속도를 늦추는 법도 없이 그동안의 여정을 하루 반의 속도로 진행시켰다.

커다란 검은 마차 안에서 소녀 한 명이 마차 창문으로 비치는 머리 위의 숲 속 잿빛 하늘을 바라보며 한숨을 내뱉었다. 로덴 왕국 제2왕녀인 유리아나는 아직 열여섯 살이어서 앳된 얼굴이 남아 있었지만, 그녀의 자태는 어엿한 귀부인과 같은 분위기를 풍겼다.

유리아나는 노란색이 짙은 금발을 만지작거리면서 안절부절못하는 태도를 드러냈다. 옆에서 조용히 있던 시녀가 구운 과자를 내밀고 말을 걸었다.

"유리아나 님, 뭐라도 드시고 진정하는 게 어떤가요? 이번 린부르트 방문에 대해 뭔가 근심이라도 갖고 계신가요?"

유리아나를 어릴 적부터 알고 지낸 시녀 페르나는 몹시 걱정스러운 표정을 지었다. 고개를 가로저은 유리아나는 페르나가 내민 구운 과자를 거절하고 난감하다는 듯이 입을 열었다.

"이번 방문은 은밀하게 이루어져서 여기까지 왔는데 왠지 가슴이 두근거려. 이만한 거리를 지금 속도로 왔으니, 설령 추격대가 뒤쫓아도 따라잡히지는 않겠지만……."

유리아나는 그렇게 혼잣말을 하면서 당장에라도 비가 쏟아질 듯한 마차 창밖의 하늘을 응시했다. 가슴 속에 소용돌이치는 말 못할 불안감이 배어나온 것 같은 하늘이 어둡게 뒤덮이는 광경을 올려다보며 눈을 감았다.

그 무렵, 마차의 전방——. 대열의 선두에서 비명과 성난 소리가 주변에 울려 퍼졌다.

"적습이다!!!"

마차 바로 옆을 나란히 달리며 부대의 지휘를 맡은 렌들이 부대 전체에 엄계태세를 촉구하기 위한 호령을 내렸다.

그 호령을 듣고 부대는 하나의 생물처럼 미리 정해진 방어 자세를 취하면서 마차를 지키듯이 움직였다.

그 모습을 확인한 렌들은 부대 전방에 있는 적을 노려보았다.

왕도를 몰래 출발한 이후 매우 빠른 속도로 왔는데도 불구하고 습격을 받았다는 말은 진작에 이쪽 계획을 눈치챈 게 분명했다.

렌들은 그 사실에 스스로에게 짜증이 났지만, 현재는 그런 생각을 할 겨를이 없었다.

제1왕자파인지 제2왕자파인지는 모른다. 그러나 도적이 아니라는 점은 한눈에 알아볼 수 있었다. 부대 전방에 날아드는 몇 개의 【파이어 불릿(화염탄)】는 마법사가 쏘는 마법 중 하나다.

여러 명의 마법사가 단순히 도적의 신분일 리 없다.

"적은 마법사다! 마법공격을 막아라! 미스릴 방패를 지닌 기사를 전면으로 내보내라!"

렌들의 지시에 방패를 든 기사들이 전방에 전투대형을 펼쳤다. 그 뒤를 따르는 병사들은 전면의 적을 향해 활을 겨누었다. 그리고 부대 전체를 앞으로 밀어붙이려고 했을 때 뒤쪽에서 다수의 화살이 날아와 후방에 배치된 호위 병사들에게 꽂혔다.

거듭된 기습으로 병사들 사이에 비명과 동요가 일었지만, 정예병인 그들은 렌들의 일갈에 금세 통제되어 사기를 되찾았다.

다행히 이곳이 숲 속의 길이라는 이점도 있어서, 적들은 활을 높이 쏘지 못하고 수평으로 쏘았다. 덕분에 후미의 병사들에게만 화살이 닿았다.

뒤쪽에 나타난 100명 남짓한 산적 같은 자들의 동작은 잘 훈련된 군대를 떠올리게 했다.

"후방에 30명으로 방어진을 펼친다! 적들을 접근시키지 마라!! 나머지는 마차와 함께 전방을 빠져나간다! 어떻게든 마차를 지켜라!!"

호령을 따라 부대가 둘로 나뉘어 움직이기 시작했다.

적은 인원으로 많은 수의 적에게 맞설 수는 없다. 비록 강력한 마법공격을 퍼붓기는 해도 적이 소수인 전방을 돌파하여 마차만이라도 도망치게 한다는 작전이다.

그러나 어찌된 일인지 후방에서 방어진을 짜야 할 부대 일부의 움직임이 평소보다 굼떴다. 결국 진형의 구축은 차질을 빚었다.

그 사태에 렌들은 짜증과 초조함을 이를 악물고 참는 게 고작이었다.

마차 일행의 호위부대가 두 개의 부대로 전투대형을 벌였다. 후방에서 기습부대를 지휘하던 남자는 입술을 실룩이며 그 광경을 재미있다는 듯이 바라보았다.

"마지막으로 한 번 더 활을 쏴라!"

그 남자가 기습부대에 지시를 내리자, 산적 같은 남자들이 잇달아 화살을 시위에 메기더니 마차의 호위대를 향해 일제히 활을 쏘았다.

날아간 화살은 마차의 후방에서 방어진을 짜려고 하는 기사들과 병사들에게 꽂혔지만, 대부분 치명상을 주지 않은 채 약간의 상처를 입히는 데에 그쳤다.

그러나 화살을 맞은 이들은 눈에 띄게 움직임이 둔해져서 연대를 취하기는커녕 방어 자세를 유지하기조차 힘들었다.

"방어진을 깨부숴라!! 목표는 왕녀의 목숨이다!!!"

남자의 재호령에 총인원 100명 남짓한 산적 같은 자들이 기세를 올리고 단숨에 내달렸다. 곧이어 필사적으로 방어태세를 갖추려 했던 호위병들과 숲 속의 좁은 길에서 격렬하게 충돌했다.

움직임이 둔해진 호위병들은 차례차례 죽어 갔다. 그 모습은 도저히 왕녀의 호위를 맡기 위해 선택된 정예병이 아니었다.

"카에쿠스 님, 호위병들의 움직임이 상당히 나빠 보이는데 어떻게 하신 겁니까?"

산적 같은 자들에게 명령을 내리던 지휘관 옆에서 성직자 옷차림의 몸집이 작은 남자가 말을 걸었다. 그들에게 짓밟히는 호위병들을 연극 구경이라도 하듯이 미소를 띠면서 바라보고 입을 연 그 남자의 표정은 어떻게 해도 성직자로는 여겨지지 않았다.

"보란 사교, 이게 숨겨진 비밀이네."

성직자 옷차림의 몸집이 작은 보란 사교에게 카에쿠스라고 불린 산적 같은 지휘관 남자. 검은 머리에 날카로운 눈매, 그리고 짧게 기른 턱수염과 야비한 미소를 짓는 얼굴은 그야말로 진짜 산적으로밖에 보이지 않았다.

그러나 몸에 걸친 가죽 갑옷이나 허리에 찬 검은 산적이 지닐 만한 물건이 아니다.

보란 사교는 그 남자가 내민 화살 한 대를 그대로 받아 들었다.

산적 같은 남자의 이름은 카에쿠스 코라이오 드 브루티오스.

로덴 왕국 7공작가 브루티오스 공작의 적자이고, 제1왕자파인 아버지의 명령에 따라 이번 작전을 지휘하는 중이었다.

보란 사교는 카에쿠스가 건네준 평범한 화살을 꼼꼼히 살피면서 그 진의를 알아내기 위해 다시 그에게 시선을 돌렸다.

"그저 화살촉에 독을 발랐을 뿐이네. 다만 좀처럼 손에 넣기 힘든 자이언트 바실리스크의 독을 사용했지. 즉사성은 없지만 아주 강력한 독이네. 부상을 입으면 어떤 정예병이든 몸을 제대로 가누지 못하지."

카에쿠스는 사교의 흥미를 내비치는 시선을 속으로 즐기며, 숨겨진 비밀을 밝혔다.

"호오! 카에쿠스님은 용의주도하시군요."

"바로 얼마 전 우연히 손에 넣었네. 시간이 없었던 탓에 별로 준비하지 못했지만, 빈틈만 만들면 나머지는 수로 뭉개 버릴 수 있지."

그렇게 말하고 웃은 카에쿠스는 마차 후방에서 방어진형을 짜던 호위병들이 전부 무너지는 장면에 시선을 돌렸다. 그리고 그보다 앞쪽에서 검은 마차와 함께 전방으로 밀어붙이기 위해 지휘를 하는 남자에게 의식을 집중했다.

검은 마차 옆에서 호위 기사들과 병사들을 지휘하던 렌들은 하나둘씩 쓰러지는 후방의 호위병들을 조급한 마음으로 흘끗거리고는 자신의 상황판단을 저주했다.

설마 후방의 방어진형이 이렇게 간단히 허물어지리라고는 생각지도 못했기 때문이다.

조금 전 전방에 전투대형을 전개한 적의 마법사들에 맞

서, 마법을 튕기는 미스릴 방패를 가진 기사들을 앞으로 내보내 단숨에 공격할 속셈이었다. 그러나 상대 마법사들은 재빨리 반응하여 물러났다. 오히려 마법사들을 없애려고 전진한 기사들은 갑작스럽게 나타난 50명 가량의 복병을 맞이하여 허둥지둥 후퇴하는 일이 벌어졌다.

후방이 완전히 붕괴되는 것도 시간 문제여서 너무 지체할 수는 없다.

"기사대는 전원 『버스트 볼(마정폭옥)』을 준비해라!!"

렌들의 호령을 따라 선두에서 마법사들의 마법을 방패로 막으며 전방의 적병들과 검을 부딪쳐 맹렬히 싸우던 기사대가 일제히 검을 검집에 넣었다. 그러더니 허리에 찬 가죽 주머니에서 둥근 물체를 꺼냈다.

그 모습을 가까이에서 본 적병들이 두 눈을 휘둥그레 뜨고는 허겁지겁 후방으로 물러나려고 했다. 그러나 뒤에 있던 다른 자들은 전방의 상황이 보이지 않아서 좁은 길의 퇴로를 막는 꼴이 되었다.

"멍청한 새끼들아!! 비켜!! 비키라고!!!"

적병들은 렌들이 지시한 물건을 보고 필사적으로 그 자리를 벗어나기 위해 후방의 동료들에게 욕설을 퍼부었다. 그러는 와중 렌들은 마지막 호기라는 듯이 명령을 내렸다.

"던져!!!"

『——터져라. 적을 죽여라——.』

렌들의 호령을 들은 기사대는 손에 든 주먹 크기의 마도구 구슬을 쥐면서 다같이 스펠 키(발동 주문)를 외운 후 전방을 향해 차례대로 던졌다.

포물선을 그리며 날아간 구슬은 전방의 적 진영으로 빨려 들어 가는 것처럼 착탄하자마자, 귀청이 떨어질 듯한 굉음과 폭풍을 만들어내며 적병들을 계속해서 날려 버렸다.

렌들은 적진영이 무너지면서 마법사들이 무방비로 드러난 지금을 절호의 기회라고 보았다.

“일점돌파한다! 마차 전방을 굳혀라!! 나를 따르라!!!”

렌들은 큰소리로 병사들에게 호령을 내리더니, 말머리를 돌려 최전선으로 말을 달리게 했다.

마법사들이 쏘는 【파이어 불릿】과 【록 불릿】을 미스릴제 방패로 능숙하게 흘려보내며 적의 전위에 파고들었다.

말 위의 렌들은 남은 적들을 검으로 베면서 나아갔다. 후방의 기사들도 그에 뒤질세라 돌격을 따랐다.

렌들은 적의 진영이 갈라지자 포위망에 구멍을 내고 돌진했다. 그러나 전방에서 날아온 【파이어 불릿】이 운 나쁘게 말에 맞았다. 비명을 지른 말은 그 자리에서 나뒹굴었고, 렌들은 안장에서 그대로 내동댕이쳐졌다.

땅에 쓰러진 렌들을 피하려다 휘말린 후방의 기사들도 연달아 말에서 떨어졌다. 기사들은 폭발로부터 살아남은 주위의 적병들에게 목과 배를 검으로 찔려 절명했다.

렌들 자신은 나가떨어진 몸을 어떻게든 일으켰지만, 다리가 부러졌는지 일어설 수는 없었다.

그런 렌들의 앞에 단창을 거머쥔 남자가 비열한 미소를 띠고 막아서더니 손에 든 창으로 그의 배를 찔렀다.

"크핫!!"

렌들은 입에서 피를 토해내고 배를 누르며 웅크렸다. 곧이어 서서히 침침해지는 눈을 부릅뜨고, 지켜야 할 주인이 탄 마차를 향해 고개를 돌렸다. 렌들의 눈에 비친 마지막 광경은 후방에 있던 마차 문을 산적 같은 거구의 남자가 강제로 열어젖히는 장면이었다.

끈적거리는 피로 더러워진 검을 손에 들고 마차 문을 벌컥 연 그 남자는 단검을 쥔 시녀가 자신의 심장을 노리며 무섭게 돌진해오자 당황해서 왼팔로 막았다.

단검은 남자의 왼팔에 깊숙이 찔렸고, 몹시 분노한 남자는 있는 힘껏 그 시녀를 후려쳤다.

"이 쌍년이!!"

얼굴을 실컷 얻어맞은 시녀 페르나는 마차 차체에 세게 부딪쳤다. 그리고 그 자리에 축 늘어지듯 쭈그려 앉아 꼼짝도 하지 못했다.

남자는 왼팔에 꽂힌 단검을 되는 대로 뽑아 던진 후 오른손에 든 검을 페르나의 가슴에 콱 찔러넣었다.

"가핫!"

시녀 페르나는 한순간에 의식이 어두워졌고, 마차 바닥에 쓰러져 붉은 피 웅덩이를 만들었다. 남자는 그런 그녀를 마차 밖으로 아무렇게나 걷어차서 떨어뜨렸다.

"안 돼에에에에에에!!! 페르나아아아아아아!!!"

소꿉친구이기도 한 시녀 페르나를 눈앞에서 살해당한 유리아나는 화려한 드레스를 피로 더럽혀도 꺼리지 않고 붙잡으려 했다.

그러나 눈앞의 남자가 히죽거리며 가로막고는 페르나의 피로 물든 검을 왕녀의 가슴에 꽂았다.

유리아나는 잠시 무슨 일이 벌어졌는지 이해할 수 없다는 표정이었지만, 자신의 앞가슴에 깊숙하게 들어간 검을 보고 두 눈을 크게 떴다.

괴로운 얼굴로 눈가에 눈물을 글썽였지만, 고운 입술에서는 어떤 말도 나오지 않았다. 그 대신 선혈이 튀어 그녀의 드레스에 배어들었다.

이윽고 온몸에서 힘이 빠진 유리아나는 마차의 벽에 주르르 기대듯이 주저앉았다. 왕녀의 의식은 흐릿해졌고, 사랑스러우면서 커다란 갈색 눈동자에는 마침내 아무것도 비치지 않게 되었다.

그 모습을 흘끗 쳐다본 남자는 왕녀의 가슴에 찌른 검을 대충 뽑아내더니 드레스로 피를 닦고 나서 검집에 넣었다.

그러고는 유리아나의 목에 걸린 아름다운 목걸이를 조심스럽게 끌렀다.

남자는 그 목걸이를 소중하게 들고 마차 밖으로 나갔다.

왕녀를 지키던 호위병들도 이미 거의 쓰러져서 사태가 마무리되는 중이었다.

후방에서는 이번 일을 처음부터 끝까지 지켜본 카에쿠스가 병사들에게 단 한 명의 생존자도 남기지 말라는 명령을 내리며 뒤처리를 지시하고 있었다.

"산적들의 짓으로 보이게 꾸며라! 값나가는 물건은 너희 보수로 얹어 주겠다!"

산적 차림을 한 주위의 병사들은 그 말에 환호성을 올리자마자 호위병들의 무기나 품속의 금품을 찾아다녔다.

옆에서 병사들을 부러운 눈빛으로 바라보며 안절부절못하는 몸집이 작은 남자를 향해 카이쿠스는 별거 아니라는 듯이 말을 걸었다.

"보란 사교만 괜찮으면 저들과 함께 하는 게 어떤가?"

"그, 그런가요? 아니, 그럼 말씀하신 대로 저도……."

얼굴에 기쁜 기색을 가득 띄운 보란 사교가 신이 난 발걸음으로 전리품을 뒤지러 갔다.

"속물 덩어리 같으니."

카이쿠스는 뒤에서 그 모습을 차가운 시선으로 지켜보며 조그맣게 중얼거렸다.

"카이쿠스 님, 유리아나 왕녀 전하의 유품이옵니다."

그런 욕설을 내뱉은 카이쿠스에게 이제 막 왕녀의 목숨을 빼앗은 거한이 조용히 다가와서 말했다.

한쪽 무릎을 꿇고 공손히 내민 물건은 아까 왕녀의 목에서 푼 목걸이었다.

"수고했다. 왕녀의 일은 정말 유감이군……. 하지만 버스트 볼까지 가져왔을 줄이야. 덕분에 이쪽의 피해도 상당히 커졌어."

카이쿠스는 그렇게 말하면서도 재미있다는 듯이 입술을 실룩거리며 부하의 손에서 목걸이를 받았다.

커다란 보석에 금세공을 한 꽃 장식을 달았고, 그보다 작은 보석을 곳곳에 박아 넣었다. 지금은 세상을 떠난 왕비가 두 친딸에게 준 선물 가운데 하나다.

카이쿠스는 그 목걸이를 정성스럽게 비단 천으로 감싸서 품에 갈무리했다. 그는 슬슬 철수할 준비를 시켜야겠다는 생각에 고개를 들었다.

"갸아아아아아아아아아아아아아아아!!!"

그러자 방금까지 전리품을 회수하느라 바쁘던 병사들의 단말마가 주변에 울려퍼졌다.

그 비명이 들린 전방으로 카이쿠스가 시선을 돌리자, 옆의 숲 속 덤불에서 대형의 하얀 늑대들이 잇달아 뛰쳐나와 근처의 부하 병사들을 마구잡이로 물어뜯기 시작했다.

아니, 그 광경은 인간을 포식하기 위한 행위라고 보기 어려웠다.

살기등등한 하얀 늑대들은 길목의 인간들에게 엄니를 드러내고 눈앞에 보이는 자들을 인정사정없이 물어죽였다.

2m에 이르는 체구를 지녔으면서도 민첩하게 움직였다. 강인한 턱과 예리한 엄니로 물어뜯는 공격은 방심한 병사들의 목숨을 사냥하기에 충분한 흉기였다.

맞서 싸우려고 한 마법사들은 주문을 외우기 시작했지만, 하얀 늑대들은 그 사실을 알아차리고 그 자들을 집단으로 덮쳐서 눈 깜짝할 사이에 찢어발겼다.

검을 들고 응전하려 한 자들도 하얀 늑대들의 숨통을 끊었다고 여긴 순간 놈들의 몸은 안개처럼 흩어졌다. 그리고 어리둥절해하는 병사들의 뒤에서 머리를 물어뜯었다.

카이쿠스는 조금 전만 해도 유리아나 왕녀 일행을 지옥으로 끌어들인 자들이 이번에는 반대로 지옥으로 끌려가는 아비규환의 그림을 반쯤 넋을 잃은 채 바라보았다.

"헌티드 울프……."

카이쿠스 옆에 있던 거한도 멍하니 그 모습을 보고 지옥의 사자의 이름을 말했다.

그 이름을 듣고 겨우 제정신을 차린 카이쿠스는 목청껏 호령을 내렸다.

"전군 후방으로 철수한다!!! 태세를 정비하라!!! 병참부대는 방패를 꺼내고 다른 물자는 모조리 불태운다!! 말을 미끼로 풀어라!!"

그 호령이 가까스로 닿은 병사들은 일사불란하게 철수했다.

병참부대의 병사들은 말에서 짐을 내리고 채찍을 휘둘러 말을 전방으로 달리게 했다. 그 사이 짐 속의 대방패를 꺼냈다. 행군 속도를 높이기 위해 예비용으로 적은 수만 갖춘 대방패를 들고, 합류한 병사들과 함께 방어진형을 짰다.

"철수한다!! 철수우!!!"

카이쿠스는 시간이 아깝다는 듯이 아직 생존자가 있는 와중에 철수하라고 호령했다.

"빌어먹을! 대체 몇 놈이나 있는 거냐!!"

전방에는 아직 살아남은 병사들을 계속해서 덮치는 헌티드 울프가 열다섯 마리쯤 보였지만, 모두 진짜일 리는 없었다.

"헌티드 울프는 한 마리당 두세 개의 환영을 만들어 낸다고 들었습니다. 아마 다섯 마리 이상은 있을 거라 여겨집니다……."

카이쿠스의 욕설에 전방을 노려보면서 옆의 부하가 대답했다.

방패를 들고 후퇴하는 가운데 사신으로부터 벗어날 수 있었던 운이 좋은 자들과 합류하여 인원이 늘어났다. 그러자 집단의 안도감 비슷한 감정이 부대에 조금 퍼졌지만, 모두의 얼굴에는 전리품을 챙기던 때의 표정은 전혀 없었다.

헌티드 울프는 마차 주위의 인간들만 보이는지, 철수하는 이들의 움직임에는 무관심한 듯싶었다.

이윽고 습격현장을 육안으로 확인하지 못하게 되었고, 어느새 숲 밖까지 철수했을 때 부대는 긴장의 실이 풀린 듯이 다들 주저앉았다.

카이쿠스 자신도 오랜 긴장감에서 비로소 해방된 피로로 인하여 한숨을 내쉬고 부대를 둘러보았다.

그러나 호위병들과의 전투와 그 이후 벌어진 헌티드 울프들의 습격으로 절반이 넘는 병사들을 잃은 사실에 음울한 기분을 느낀 카이쿠스는 또다시 깊은 탄식을 하며 욕설을 뱉었다.

흐릿하고 울적한 하늘 아래, 나무들의 나뭇잎이 그림자를 지게 하고 숲이 더욱 암울한 분위기를 연출했다. 아크는 조금 전부터 울리는 비명과 노호가 들리는 방향을 똑바로 나아갔다.

그러나 바람에 섞인 피 냄새가 서서히 짙어짐에 따라, 귀에 들려오던 떠들썩한 소리는 조용해졌다. 숲 속의 덤불을 헤치고 나아가는 아크 자신이 내는 소리만 커졌다.

마침내 눈앞의 덤불이 열리면서 발밑에는 숲 속의 좌우로 길이 뻗은 장소가 나타났다.

지금 선 장소는 약간 솟은 둑의 길가 부분이었다. 눈 아래에 보이는 길까지 3m 정도의 높이였다.

발밑에 펼쳐진 그 길에는 엄청난 수의 시체가 쌓여 있었고, 주변에는 미지근한 감촉이 나는 피의 악취를 풍겼다.

이곳저곳의 지면이 파였거나 연기가 나는 모습을 보건대, 바로 얼마 전까지 매우 격렬한 전투가 벌어진 듯했다.

그런 전장의 흔적에서 시체더미를 뒤지듯 다섯 마리의 커다란 하얀 늑대들이 인간이었던 시체들을 물어뜯었다. 그 때문에 주위에는 뼈를 부수고 씹어 먹는 기분 나쁜 소리가 울렸다.

다섯 마리의 하얀 늑대들은 아까 다 죽이지 못하고 놓쳐서 살아남은 헌티드 울프이리라. 아리안이 상처를 입힌 놈도 섞여 있었다.

시체를 훼손하던 헌티드 울프들은 덤불 속에서 나타난 아크를 알아차리고 고개를 번쩍 들었다. 그러더니 엄니를 드러내고 으르렁거리며 한 발 한 발 그 자리에서 물러나기 시작했다.

자신을 상당히 경계하는 환영받지 못하는 분위기 속에서 아크는 하얀 늑대들과 잠시 서로 노려보았다.

"우왁!!!"

하얀 늑대들과 대치하는 상황에서 아크는 검은 외투를 크게 펄럭이며 양손을 하늘로 치켜들고 고함을 질렀다. 그러자 헌티드 울프들은 문자 그대로 펄쩍 몸을 돌리더니, 전방에 펼쳐진 덤불 속으로 잽싸게 뛰어들어 사라졌다.

큰 소리를 질러서 뜻밖에 높은 효과를 본 위협이었지만, 목둘레에 감겨 있던 폰타도 동시에 깜짝 놀랐는지 부드러운 털이 어느새 빳빳해졌다.

아크는 폰타가 항의하듯 짖는 소리에 사과하고, 곤두선 털을 어루만지면서 주위를 다시 살펴보았다.

수십 구의 시체 중앙 부근에는 커다란 검은 마차가 멈춰서 있었고, 그 곁에는 기사처럼 멋진 갑옷을 걸친 자들이 마차를 보호하듯 겹겹이 둘러싼 채 죽어 있었다.

신분이 높은 귀족의 마차와 그 호위병들이었을까.

사두마차 앞쪽의 말 두 마리는 이미 죽었고, 뒤쪽의 말 두 마리는 공포에 질려 울부짖었다. 그러나 마구에 매여 도망칠 수도 없어서 계속 발굽으로 땅을 긁어댔다.

그 밖에 도적으로 보이는 자들도 상당한 수가 쓰러졌지만, 둘러보니 숨이 붙은 사람은 없었다. 주변은 말의 발굽 소리 이외에는 이상할 정도로 적막에 싸였다.

아크는 조금 전의 헌티드 울프들을 떠올리고는 자신과 아리안이 놈들을 놓치는 바람에 생겨난 상황인가 싶었지만, 자세히 보니 꼭 그렇지도 않은 듯했다.

둑을 가볍게 뛰어내려 3m 아래의 길에 착지한 아크는 마차 주위에 쓰러진 기사들의 시체를 밟지 않도록 주의하면서 자세히 관찰했다.

같은 갑옷을 몸에 걸친 호위병들과 기사들은 모두 저마다 검이나 화살로 인한 부상을 입고 죽었다. 헌티드 울프에게 물려 죽은 흔적은 별로 없었다.

다만 마법공격이나 뭔가를 맞았는지, 온몸이 불에 타서 심한 화상으로 짓물러진 자들도 있었다. 그러나 거의 사람의 무기로 살해당했다.

그 점을 생각하면 아마 헌티드 울프들이 도적들을 습격했고, 호위병들은 이미 도적들의 손에 죽었으리라.

호위병들의 시체 주변에 있던 도적들로 여겨지는 자들은 검에 찔리거나 베여서 죽기도 했지만, 대부분 방금 마주친 헌티드 울프들에게 물려 죽은 듯했다. 어깨부터 팔이 잡아 찢긴 자나 배를 물어뜯긴 자 등 처참한 시체로 변해 땅바닥에 굴러다녔다.

그중에는 성직자가 입을 만한 옷을 걸친 신관 같은 남자도 보였는데, 그 자는 머리가 없어진 끔찍한 시체가 되어 있었다.

신을 섬겼을 남자의 무자비한 최후에 이 세계의 냉혹함을 한탄한 아크는 합장을 한 다음 시체더미를 피해 마차로 다가갔다.

문이 활짝 열린 마차 근처에는 시녀 차림의 여성이 엎어진 채 죽어 있었다. 그리고 커다란 검은 마차 안에는 피투성이의 화려한 드레스를 입은 고귀한 신분인 듯한 소녀가 숨이 끊어져 있었다.

노란색이 짙은 긴 금발은 입가에서 흘린 피로 살짝 달라붙었고, 앞가슴에는 날카로운 무기에 찔린 상처가 생생하게 남았다.

아무래도 이 소녀가 마차와 호위병들의 주인인 모양이었다.

피도 아직 따뜻한 데다 피부에도 조금 혈색이 느껴지는 모습을 보니, 죽고 나서 얼마 지나지 않았으리라.

눈가에는 눈물 자국이 있었다. 아크는 소녀의 반쯤 뜬 눈꺼풀 속의 공허한 눈동자를 살며시 감겨주었다. 그러자 잠이 든 표정으로밖에 보이지 않았다.

"큐~웅……."

목둘레에 감긴 폰타도 어딘가 슬픈 목소리로 짖었다.

아크는 폰타의 머리를 쓰다듬으면서 자신의 마법 스킬을 떠올렸다.

죽은 인간에게 회복마법을 써도 무의미하다는 사실 정도는 안다. 그러나 자신이 지닌 사교와 교황의 직업에는 소생마법이 있었다.

게임에서는 당연한 마법이지만, 이 세계에서도 게임을 할 때처럼 소생마법이 유효할까.

중급직인 사교가 갖는 소생마법은 【리애니메이션(소생부활)】, 1/10의 생명력으로 약하게 되살아나는 마법이다. 현실에서 1/10의 생명력을 가진 채 되살아나도, 빈사의 중상을 입은 상태로 의식을 되찾고 괴로워하며 다시 잠들지도 모른다.

나머지는 상급직인 교황이 갖는 【리제너레이티브(재생부활)】다. 생명력을 완쾌하고 부활하는 마법이지만, 과연 현실에서는 어떻게 작용할까?

아크는 소녀의 너무 이른 죽음을 안타까워하는 심정과 자신의 마법 스킬을 향한 고찰욕구에 떠밀리듯이 마차 안의 소녀에게 손을 얹었다.

"【리제너레이티브】."

마법은 문제없이 발동했고, 소녀의 몸에서 떠오르는 듯한 황금빛이 눈부시게 반짝였다. 그러자 앞가슴에 난 상처가 영상을 역재생하는 것처럼 아물었다. 그 황금색 빛이 수그러졌을 때에는 소녀의 몸 어디에서도 상처를 찾아볼 수 없었다.

게임에서는 생명력을 완쾌하고 부활하는 마법이지만, 흘린 피까지는 재생되지 않는지도 모른다. 마차 바닥에는 여기저기 튄 피가 그대로 남았고, 소녀의 드레스도 피로 몹시 붉게 물든 상태였다.

그런 귀족 소녀의 목덜미에 손을 대자 뚜렷하게 맥박이

뛰는 감촉은 있었지만, 약간 창백해진 얼굴색은 여전했고 눈을 뜰 기색도 없었다.

일단 제대로 숨은 쉬고 있어서 아크는 소녀를 마차 의자에 눕히고 마차를 내려왔다.

아크는 마차 옆에 엎어져 쓰러진 시녀 차림의 여성을 일으켰다. 그리고 얼굴에 묻은 흙을 털어내어 조금 전과 똑같이 【리제너레이티브】를 걸었다.

마법으로 인한 황금색 빛이 여성의 몸 전체를 감쌌고, 상처를 재생하여 치유했다.

여성도 순조롭게 되살아났지만, 역시 방금 그 소녀와 마찬가지로 눈을 뜨지 않았다――.

어쨌든 이 마법으로 그럭저럭 소생은 가능해도 게임을 할 때처럼 부활하자마자 즉시 전선에 복귀하기는 힘들 듯싶었다.

남은 일은 이렇게 되살아난 여자들이 스티븐 킹의 *모 소설 같이 산 사람을 덮치는 괴물로 변하지 않았기를 빌 뿐이지만…….

그렇게 생각하면서 아크는 여태 눈을 뜨지 못한 두 명의 여성에게 시선을 돌렸다.

그녀들을 되살려서 다행이지만, 이런 숲 속에 여성 둘만

*애완동물 공동묘지. 고전적인 좀비 이야기를 가족애라는 소재와 결합시킨 소설. 인디언 묘지에 묻힌 후 되살아난 존재들이 괴이한 행동을 일삼거나 살인마로 변한다는 내용이다.

남기면 또 금세 마수 따위에게 목숨을 잃게 된다. 도로 죽어버려서는 의미가 없다.

주위에 있던 호위 병사들로 보이는 자들도 하는 김에 되살리는 게 좋으리라. 아크는 도적 차림을 한 자들을 피해 호위병들과 기사들에게 【리제너레이티브】를 걸어주며 돌아다녔다.

그러나 이 소생마법이 뭐든지 되살리는 것은 아니라는 사실을 알았다.

우선 시체의 손상이 심한 자에게는 애당초 【리제너레이티브】를 걸어도 상처조차 낫지 않았다. 따라서 불에 탄 시체처럼 온몸이 문드러졌거나 머리가 없어졌으면 소생마법 자체가 불발로 끝났다.

성직자 차림의 남성에게는 애도의 뜻을 표해 합장할 수밖에 없었다.

나머지는 되살아나도 금방 또 죽어버리는 경우였다.

대부분은 대량출혈에 의한 출혈사 같았지만, 그중에는 어째서 죽었는지 모르는 자들도 있었다.

화살에 맞은 작은 상처와 가슴의 치명상이 사인으로 여겨진 남성 병사는 되살아난 후 잠깐 동안은 숨을 쉬었다. 그러나 곧 다시 잠들 듯이 눈을 감았다.

뭔가 그 밖에도 소생의 조건이 필요한지 모르지만, 지금은 그게 무엇인지 알 수 없다.

머지않아 아크는 힘이 다해 쓰러진 호위병들과 기사들의 소생을 거의 끝내자, 허리에 손을 얹고 주위를 둘러보았다. 결국 되살아난 이들은 30명가량이었다. 비록 약해지기는 했어도 이 인원이라면 숲을 벗어날 때까지의 호위로서는 충분하리라.

소생마법을 너무 연발한 탓인지, 늘 마법을 써도 느끼지 않았던 권태감이 몸에 남았다.

이 정도의 마법을 계속 쓴다고 바닥날 마력량은 아니지만, 이쪽 세계에서는 정확한 수치를 모르므로 몸의 감각에 기대는 수밖에 없다.

아마 마력량이 일시적으로 줄어도 지금 장비한 『밤하늘의 외투』가 지닌 성능이 여기에서도 유효하다면 별다른 문제는 일어나지 않을 것이다.

이 『밤하늘의 외투』는 일정시간마다 마력을 회복시키는 성능이 붙어서, 가만히 한 장소에 머물면 회복 수치가 더욱 늘어나는 물건이다.

따라서 소비한 마력을 지금도 일정시간마다 회복할 터다.

다만 피 냄새가 짙게 떠도는 마차 습격현장에서 기사 혼자 멍하니 서 있는 그림은 별로 좋지 않은 느낌이지만 말이다.

아크는 되살아난 자들의 동향을 지켜볼 필요가 있을지도 모른다는 생각에 【디멘션 무브】를 써서 둑 위로 전이하여 덤불 속에 쭈그려 앉았다.

번쩍거리는 금속제 갑옷은 숲 속에서 의외로 눈에 잘 띄므로, 근처에 자라는 관목의 가지를 꺾어 양손에 들고 머리의 투구를 가렸다.

관목 가지와 나뭇잎 사이로는 발밑의 길에 펼쳐진 마차 주변을 편하게 내려다볼 수 있었다.

——이제 저들이 여기서 무사히 벗어나는지를 지켜보기로 할까.

어디까지나 끝없이 이어지는 어둠 속 밑바닥. 그곳에서 의식이 서서히 떠올랐다. 방금까지 아무것도 느껴지지 않았던 팔다리에 갑자기 생생한 감각이 돌아오기 시작했다. 그러더니 단숨에 불쾌한 냄새와 딱딱한 감촉에 의식이 끌려나와 눈꺼풀이 떠졌다.

숨을 쉴 수 없는 진흙 속에서 살아 돌아온 듯이 있는 힘껏 숨을 들이쉬고 그 기세로 한바탕 심한 기침을 했다. 그러자 겨우 주위를 둘러볼 여유가 생겼다.

그녀가 눈으로 본 광경은 조금 전까지 타고 있던 피로 더럽혀진 마차의 내부였다.

유리아나 왕녀는 여전히 몽롱한 의식과 혼란스러운 기억

을 필사적으로 바로 잡기 위해 머리를 흔들고 자신의 몸에 시선을 떨어뜨렸다.

피로 끈적거리고 더러워진 드레스는 화려한 모습을 전혀 찾아볼 수 없었다. 드레스의 앞가슴에는 커다란 구멍이 뚫려 있었다.

불현듯 자신의 가슴에 박힌 검이 뇌리에 떠올라 허둥지둥 앞가슴에 손을 대었다. 그러나 드레스에는 찔렸을 때 찢어진 흔적은 남아 있었지만, 손끝에 느껴지는 피부는 평소와 다를 바 없었고 상처도 보이지 않았다.

"……페르나."

불쑥 유리아나는 항상 곁에 있는 시녀의 이름을 부르며 주위를 둘러보았다.

이윽고 의식과 기억이 또렷해졌다. 눈앞에서 살해당한 채 마차 밖으로 걷어차인 시녀 페르나를 떠올리고는 허겁지겁 기어나갔다.

그러자 반듯이 눕혀져 평온한 표정으로 잠든 시녀 페르나의 모습이 시야에 들어왔다. 자신과 똑같이 검에 찔린 옷의 앞가슴은 찢어져 있었다. 주뼛주뼛 곁으로 다가가서 앞가슴을 보았다.

그러나 찢어진 옷 사이로 아름다운 피부만 엿보일 뿐 검에 찔린 상처는 조금도 확인할 수 없었다.

자신보다 크게 성장한 페르나의 가슴이 조용히 위아래로

움직이는 모습을 본 유리아나는 안도의 한숨을 내뱉었다. 눈가에 글썽거리던 눈물이 뺨을 타고 주르르 흘러내렸다.

대체 무슨 일이 벌어졌고, 무슨 일이 벌어지지 않은 걸까……. 그런 의문이 가슴 속에 소용돌이쳤다. 그러나 페르나의 무사함을 알게 되자, 그 의문도 사소하게 느껴졌다.

유리아나는 주변을 살펴보았다. 파이고 그을린 지면, 불에 휩싸여 아직도 불타는 시체, 자신을 지키려다 모두 쓰러진 호위병들과 기사들. 많은 적병들도 땅에 엎어져 죽었다. 마치 지옥도의 양상을 보는 듯했다.

너무나 비참한 그 광경에 할 말도 잃고 눈길을 빼앗겼다. 이때 옆에서 시녀 페르나가 몸을 살짝 움직이는 기색에 유리아나는 다시 시선을 돌렸다.

유리아나가 지켜보는 가운데 페르나의 길고 가는 눈을 덮은 눈꺼풀이 살며시 뜨였다.

"페르나! 다행이다……. 무사했구나……."

왕녀의 오열 섞인 목소리에 반응한 듯한 페르나의 시선이 천천히 유리아나에게 향하더니 단단히 고정되었다.

"유리아나 님…… 제가 왜……?"

겨우 의식이 또렷해진 페르나는 느릿느릿 몸을 일으켜 시선을 이리저리 옮겼다.

주위의 몹시 처참한 광경을 보고 나서야 바로 얼마 전의 습격을 생각해 냈다. 벌떡 일어나 유리아나에게 돌아선 페르나는 눈앞의 왕녀를 자세히 뜯어보았다.

"유리아나 님, 상처는요? 다치지 않으셨나요!?"

흐트러진 모습으로 당황해서 어쩔줄 모르는 페르나를 보고 조금 우스꽝스러웠는지, 유리아나는 웃음을 참으며 입가를 가린 채 되물었다.

"난 괜찮아. 너야말로 정말 다치지 않았어?"

그 말에 페르나는 자기 자신에게 벌어진 일을 떠올리고 부랴부랴 몸을 만지더니, 신기하다는 얼굴로 유리아나 왕녀를 마주보았다.

"유리아나 님, 저는 어떻게 살아난 걸까요?"

그 질문에는 유리아나도 대답할 수 없었다.

자신의 뇌리에 새겨진 기억이 확실하다면, 틀림없이 그녀도 똑같이 죽었기 때문이다.

"모르겠어. 나도 방금 정신을 차렸을 뿐이야……."

유리아나는 고운 눈썹을 내리고 살짝 얼굴을 찌푸렸다.

그때 낮익은 남성의 목소리가 그녀들의 대화에 끼어들었다.

"공주님!! 페르나 님! 무사하셨습니까!"

그 목소리의 주인은 린부르트 대공국을 향하는 왕녀 일행의 호위 지휘관을 맡은 렌들 경이었다.

렌들은 휘청거리는 발걸음으로 마차 가까이 있던 유리아나 왕녀 곁으로 달려왔다. 그러고는 그 자리에서 무릎을 꿇고 커다란 몸을 움츠리며 머리를 지면에 대었다.

"공주님, 무사하셔서 다행입니다! 이번 실수는 제가 부덕한 탓, 진심으로――."

"렌들 경…… 지금은 그런 걸 따질 때가 아닙니다."

유리아나는 렌들이 사죄하는 말을 도중에 끊었다. 그리고 그 자리에서 일어나 노란색이 짙은 금발을 바람에 휘날리며 렌들을 내려다보았다.

머리를 조아린 렌들은 왕녀의 말에 살짝 고개를 들어 지시를 기다렸다.

"적의 규모와 대처가 이쪽의 예상을 훨씬 뛰어넘었어요. 손 쓸 방법이 없었겠죠. 신들의 은총으로 우리 세 사람은 목숨을 구했습니다. 당장 한탄하기 보다는 할 수 있는 일을 하도록 하죠."

"분부대로 하겠습니다!"

의연하게 고개를 든 유리아나 왕녀는 앞을 보며 눈가에 맺힌 눈물을 닦아내고 렌들을 향해 분명한 어조로 그렇게 알렸다.

렌들도 왕녀의 강한 의지에 다시 고개를 숙이고 그 말에 따르겠다는 뜻을 전했다.

"린부르트 국경까지 앞으로 절반 이상 남았습니다. 조금 전의 잔당이 있을지도 모르니 서둘러 준비하세요. 당초 예정대로 호반과 티오셀라에는 들르지 않고 곧장 린부르트로 향합니다. 페르나도 돕도록 해."

"넷! 알겠습니다!"

"물론입니다, 유리아나 님."

세 사람이 결의를 새롭게 다지고 원래 목적을 이루기 위해 움직이려 했을 때 어떤 광경이 눈에 띄었다.

전장의 잔해로 바뀐 장소의 시체더미에서 병사들이 잇달아 몸을 일으키기 시작한 것이다.

그 장면을 보고 당황한 렌들은 허리의 검에 손을 대고, 유리아나 왕녀와 페르나를 자신의 뒤로 숨겼다.

전장의 잔해나 마나가 짙은 지역에서 사람의 시체가 이따금 언데드로 변해 산 사람을 덮치는 일은 널리 알려진 사실이었다.

그러나 죽은 지 하루도 지나지 않아서 언데드로 되살아난다는 이야기는 들어본 적이 없다. 하물며 이곳은 숲 속이라고는 해도 사람들이 오가는 길이다. 결코 사람이 아닌 존재들이 활보하는 땅은 아닐 터다. 렌들은 조금 혼란스러운 머리로 눈앞에서 벌어지는 현상을 바라보았다.

"기다려요, 렌들 경!"

갈팡질팡하던 의식이 유리아나 왕녀의 목소리를 듣고 차분해졌다. 그리고 차츰 렌들에게도 부하들의 모습이 똑똑히 보였다.

얼마 전의 전투로 목숨을 잃은 부하들이 낮잠에서 깨어난 것처럼 차례차례 일어났다. 자신의 눈을 의심할 만한 광경이었다.

뒤에 있던 유리아나와 페르나도 믿기지 않는다는 표정으로 그들에게서 시선을 떼지 못했다.

"렌들 대대장님! 무사하셨습니까!?"

자신을 발견하고 뛰어오는 부하는 조금 전의 전투로 눈앞에서 죽었다고 여긴 자였다.

"네놈이야말로 무사, 했던 거냐……?"

렌들은 언데드가 아니라 확실한 의사를 갖고 말을 거는 부하를 확인하듯이 시선을 위아래로 몇 번이나 움직였다.

앞에 선 그 남자의 갑옷은 피로 더럽혀졌지만, 몸에서는 딱히 상처를 찾아볼 수 없었다. 그나마 약간 핏기가 부족해서 얼굴색이 창백해진 정도다.

그러나 렌들은 모든 부하들이 살아나지 않았다는 것을 알았다.

불에 타서 문드러진 동료를 보고 힘없이 고개를 숙인 자나 잠들듯이 죽은 친구를 필사적으로 일으키려는 자도 있었다.

"저는 틀림없이 죽었다고 생각했습니다만…… 어떻게 된 걸까요?"

부하는 의문을 나타내면서 자신의 몸을 살펴보려 했다.

주위에 일어나 있던 다른 부하들도 그 말소리에 모여들더니, 서로 무사한 사실을 알고 웃거나 눈물을 흘렸다.

그야말로 기적이라고 불러야 할 장면이었다.

"렌들 경……."

그 광경을 그저 멍하니 바라보던 렌들은 주군인 유리아나 왕녀가 뒤에서 말을 걸자 비로소 제정신을 차렸다.

렌들은 유리아나 왕녀에게 돌아섰다. 그리고 왕녀의 눈에 비친 뜻을 이해하고, 여전히 들뜬 부하들을 향해 큰소리로 외쳤다.

"경청해라! 유리아나 왕녀 전하의 말씀이시다!"

옆으로 비켜난 렌들은 한쪽 무릎을 꿇고 머리를 숙였다.

주위에 있던 병사들도 렌들을 따라 차례차례 그 자리에서 한쪽 무릎을 꿇으며 머리를 숙였다.

"여러분, 이번에 우리는 힘이 모자라 적에게 당해 땅에 쓰러졌습니다. 다행히 신들께서 자비의 손길을 뻗어주셨습니다. 물론 그중에는 신들의 은총을 받아 하늘로 불려가서 돌아오지 못한 이들도 있습니다……."

유리아나의 말에 귀를 기울이는 자들은 30여명. 그러나 호위를 맡은 자들이 50명 이상이었기 때문에 20명 가까운 희생자가 나온 셈이다.

왕녀의 말을 들은 병사들 몇 명이 눈물을 참으며 어깨를 떨었다.

"하지만 우리는 신들의 계시를 받아, 나아가야 할 길을 보았습니다! 이번에 겪은 원통함을 품고 앞으로 전진해야

합니다! 신들께 받은 자비에 보답해야만 합니다! 우리의 발길을 막을 자는 없습니다! 자, 린부르트로!"

"오오오오오오오오오오오오―――――――――!!!"

왕녀의 말에 병사들은 함성을 질렀다.

렌들은 그 자리에서 일어나더니 기사들과 병사들에게 계속해서 지시를 내리기 시작했다.

"마차의 말을 바꿔라! 달아난 말은 가능한 한 확보한다! 최악의 경우, 마차만이라도 교체할 말을 확보해야 한다! 쓸 수 있는 무기를 챙기는 걸 잊지 마라!"

렌들의 지시를 좇아 저마다 바쁘게 움직였다.

그로부터 30분쯤 지났을까. 왕녀 일행의 집단은 신속하게 짐을 정리하고는 곧장 동쪽을 향해 마차를 몰았다. 그들의 모습은 어느새 매우 작아졌다.

아크는 양손에 든 나뭇가지 사이로 얼굴을 슬쩍 비쳤다.

폰타는 투구 위에서 아예 낮잠에 빠졌는지 고른 숨소리가 들려왔다.

녀석을 깨우지 않도록 일어난 아크는 깊게 호흡을 하고 나서 마음을 안정시켰다.

내심 식은땀이 멈추지 않는 심정으로 마차가 사라진 방향을 향해 시선을 옮겼다.

어딘가의 귀족 소녀라고 생각했지만, 설마하니 왕족이었을 줄이야. 그 소녀를 소생마법으로 되살린 탓에 신의 기적처럼 받아들여지게 만들었다.

냉정히 따져보면 죽은 인간을 부활시키는 마법은 모 연금술사 형제가 필사적으로 찾아다닌 현자의 돌도 깜짝 놀랄 만한 마법이다.

되살아난 인간은 언데드나 언동이 이상한 광인이 되지 않았고, 딱히 부작용도 볼 수 없었다.

다만 모든 사자(死者)를 되살리지 못하는 듯싶고, 조건이 불투명한 부분도 있다.

그러나 너무 많이 쓴다고 좋은 마법은 아니라는 사실을 뼈저리게 느꼈다.

게임에서는 묻지 마 회복이나 묻지 마 소생을 종종 고마워하지만, 여기에서 그런 짓을 지나치게 해서는 성자 취급을 받을 수도 있다. 아니, 자칫하다가는 자신을 새로운 신으로 받들어 모신 나머지 신흥 종교를 일으키고 전 세계를 끌어들이는 종교 전쟁을 벌일 가능성마저 엿보인다.

소생마법을 사용하더라도 사고 등에 휘말린 어딘가의 시골처녀나 소영주의 딸이라면 모를까, 살해당한 왕녀를 되살린 행동은 몹시 난감한 사태가 아닐까.

틀림없이 역사가 이때 움직였다…… 그럴 터다.

——아니, 이런 시대의 왕녀 같은 왕족은 많이 있을 테고, 아마 그 정도로 역사를 바꾸지는 않으리라…… 그렇게 생각하고 싶다.

더구나 이번에는 누구에게도 들키지 않았으므로 아슬아슬하게 넘어갔을 것이다——. 이후에는 소생마법을 될수록 안 쓰는 게 나으리라.

아크의 머릿속에서 자기 옹호파가 대세를 점하여, 의회는 문제 제기를 기각시켰다.

"으음. 아무 일도 없었군."

머릿속 의회에서 압도적 다수 의견을 따라 이 문제의 기각이 가결된 순간이었다.

아크는 투구 위의 폰타를 떨어뜨리지 않도록 그 자리에서 뒤돌아 원래 왔던 길로 살금살금 돌아갔다.

아리안을 숲 속에 내버려두고 상당한 시간이 지났다.

아크는 자신이 남기고 온 표지까지 【디멘션 무브】로 전이하며 도착한 후 숲 속을 곧장 나아갔다.

마침내 아크의 눈앞에 커다란 하얀 늑대 세 마리가 뒷다리를 묶인 채 머리는 지면을 향해 축 늘어져서 나뭇가지에 밧줄로 매달린 광경이 보였다.

그리고 그 하얀 늑대들을 매단 나뭇가지를 뻗은 한 그루의 거목 줄기 밑에는 옅은 자주색 피부를 가진 다크엘프 여성이 약간 토라진 얼굴로 있었다.

그녀는 무릎을 세우고 양팔로 감싸 앉은 자세였는데, 크게 튀어나온 두 개의 가슴이 잔뜩 짓눌렸다. 아크를 보더니 잠시 기뻐하는 눈치였지만, 금세 뾰루퉁한 표정으로 되돌아갔다.

"늦었잖아요! 어디까지 간 거예요?"

"오오, 미안하군. 길을 좀 헤맸소."

덤불의 잡초를 헤치고 나온 아크는 하얀 늑대들이 매달린 거목으로 발걸음을 옮기며 그 자리에서 떠올린 변명을 늘어놓았다.

"그럼 피를 빼는 작업도 끝났으니까……. 라라토이아까지 부탁할게요."

"으음, 전이목표로 삼을 표지를 찾는 거였지……."

아크는 아리안으로부터 라라토이아에 잠시 돌아가게 해달라는 부탁을 받았다. 그러나 그 사실을 까맣게 잊었다가 문득 기억의 일부를 떠올리고 손뼉을 쳤다.

"잠깐만요, 설마 여태 숲 속을 헤매고 다녔어요!?"

아리안이 아크의 말을 믿을 수 없다는 듯이 경악한 표정으로 다가와서 따지고 들었다.

당초의 목적인 표지를 찾으러 간지 이미 한 시간쯤은 훌쩍 지났을 테니, 아리안의 비난을 받아도 지극히 당연하리라.

"미안하게 됐군……. 돌아오는 데에만 골몰해서 목적을

잊었소. 이번에는 저쪽으로 표지를 찾으러 가 보지."

자기변호를 하던 아크는 나무들 사이로 엿보이는 아네트 산맥 방향을 응시하고 재빨리 다음 목표를 아리안에게 알렸다.

그리고 여전히 투구 위에서 낮잠 중인 폰타를 아리안에게 맡기더니, 다짜고짜 【디멘션 무브】로 숲의 덤불을 헤치며 들어갔다.

아크는 아리안의 사나워진 마음이 폰타의 잠든 얼굴로 치유되기를 빌면서, 【게이트】의 전이목표로 삼을 표지를 찾아 다녔다.

이윽고 10분도 지나지 않아 조금 트인 장소로 나왔다.

풀숲 중앙에는 큰 바위를 끌어안듯이 거목 한 그루가 솟아 있었다.

숲 속에서 인상적인 풍경을 보여주는 곳이었다.

주변을 내려다보듯이 우뚝 선 거목은 빈터 같은 공간에 홀로 당당히 가지와 나뭇잎을 무성하게 드리웠다.

만약 일본에 비슷한 장소가 있다면 의심할 여지없이 금줄을 둘러치고 신을 모실 만한 경치다.

"흐음, 여기라면 괜찮겠군."

아크는 혼자 숲 속에서 중얼거리며 그 신비로운 공간을 기억에 새겼다. 다행히 인상적인 풍경이어서 별로 힘들이지 않고 작업을 마친 다음 그 자리를 떠났다.

숲의 나무들 틈으로 비치는 하늘은 몹시 흐렸다. 곧이어 잿빛으로 뒤덮인 하늘에서 빗방울이 뚝뚝 떨어지기 시작했다.

일단 라라토이아로 돌아가면 날씨에 따라 숲의 행군은 이쯤에서 끝날지도 모른다고 생각한 아크는 비가 내리는 하늘을 올려다보았다.

【디멘션 무브】를 써서 아리안과 폰타가 기다리는 장소로 서둘러 돌아가 숲의 덤불을 빠져나왔다.

그러자 폰타의 부드러워 보이는 하얀 배털에 얼굴을 파묻고 마구 비벼대는 아리안의 모습이 시야에 들어왔다.

"폰타야아~, 배를 박박 긁어줄게요~♪"

"큥☆ 큥☆"

아리안이 평소에는 들을 수 없는 상냥한 목소리로 폰타에게 즐겁다는 듯이 말했다. 폰타도 간지러운지 아니면 재미있는지 씩씩하게 짖으며 서로 장난을 쳤다.

그 광경을 잠깐 묵묵히 지켜보자, 아리안은 겨우 아크의 존재를 알아차린 모양이었다.

"아, 아크! 빠, 빨리 돌아왔네요! 표지는 저기, 그러니까 찾은 거겠죠!?"

아리안의 옅은 자주색 피부의 뺨이 붉게 물든 사실을 멀리 떨어진 이 거리에서도 알 수 있을 정도였다. 아리안은 약간 더듬는 말투로 물었지만, 마지막 말은 조금 엉뚱한 화풀이를 하는 것처럼 들렸다.

그러나 아크는 언제나 늠름한 느낌의 아리안이 완전히 풀어진 모습을 목격한 것이다. 그 심정을 잘 헤아려서 애써 냉정하게 대답했다.

"으음, 이 앞에 마침 괜찮은 장소가 있었소. 헌티드 울프들을 들고 라라토이아로 돌아간 다음 날씨에 따라서는 오늘 여정은 이쯤에서 마치는 게 좋을지도 모르오."

"그, 그러네요. 당신의 전이마법이 있으면, 무리해서 굳이 나쁜 날씨에 숲을 돌아다닐 필요도 없죠."

아리안도 헛기침을 한 번 하고 나서 기분을 정리했는지, 아크의 제안에 동의하며 고개를 끄덕였다.

그러나 뺨은 여전히 붉은 채였다.

거꾸로 매단 세 마리의 헌티드 울프들 아래쪽에는 흘러내린 피를 받기 위해 간단하게 판 도랑이 있었는데, 아리안은 그 도랑을 정령마법으로 도로 메웠다.

아리안을 거들어 아크는 나뭇가지에 매달린 헌티드 울프들을 방금 메운 지면 위에 내리고 깨끗하게 늘어놓았다.

피를 빼내어서 지금은 좀 가벼워졌지만, 2m나 되는 체구의 하얀 늑대들을 혼자서 나뭇가지에 매단 아리안의 완력은 보통이 아니리라.

폰타는 발밑에서 움직이지 않는 헌티드 울프의 코끝을 앞다리로 쿡쿡 찌르며 살폈다. 움직이지 못하는 상대에게는 살짝 투지를 보이는 듯싶다.

"그럼 라라토이아로 가 볼까. 폰타, 나중에 나도 배를 박박 긁어주마."

"큥!"

그 말에 어째선지 옆에서 아리안이 팔꿈치로 옆구리를 찔러댔다.

고개를 돌리자 팔짱을 낀 아리안은 시선을 외면하고 서 있었다. 뒤에서도 아리안의 뾰로통해진 뺨이 보였다.

아무래도 커뮤니케이션에 실패한 모양이다. 아니, 폰타는 기쁘다는 듯이 얼굴에 달라붙었으니 반은 성공인가.

폰타를 늘 앉는 위치에 내려놓은 아크는 기운을 내고 마법을 발동시켰다.

"【게이트】!"

이번 전이는 고정 멤버에 더해 커다란 헌티드 울프 세 마리의 수송도 포함되므로 조금 기합을 넣어 마법을 외웠다.

그러자 항상 발동 후에 전개되는 빛의 마법진의 지름이 3m에서 4m까지 늘어났다.

순간적으로 주변이 어두워진 후 숲의 풍경은 완전히 달라졌다. 바로 얼마 전에 본 거목 저택 앞에 서 있었다.

무사히 라라토이아 마을로 돌아온 듯했다.

발밑으로 시선을 내리자 조금 전 숲의 지면에 눕혔던 헌티드 울프들도 제대로 전이되어 왔다.

기합을 넣은 【게이트】 발동은 전개된 마법진이 커짐으로써 커다란 짐을 옮길 때도 상당히 도움이 되는 것 같다.

다만 힘을 조절하는 법은 이제부터 조금씩 연습이 필요하리라.

“벌써 여기는 비가 내리나 봐요.”

아리안의 말대로 숲 속에서는 비가 갓 내리기 시작했지만, 라라토이아는 빗발이 꽤 거셌다.

이대로 비를 맞고 멍하니 서 있으면 갑옷으로 물이 들어가서 동굴 속의 물방울이 떨어지는 듯한 음색을 연주할지도 모른다.

“헌티드 울프들의 운반과 해체를 도와줄 인원을 불러올 테니까 아크는 집에서 기다려요.”

아리안은 아크의 대답을 듣지 않고, 가옥이 많은 곳으로 달려갔다.

아크는 그 뒷모습을 지켜본 뒤 새삼스럽게 발밑의 사냥감으로 시선을 떨어뜨렸다.

조금 전의 숲 속에서는 평범하게 보인 꼬리였는데, 지금은 헌티드 울프의 특징인 그 꼬리털이 파란 빛을 뿜어내듯이 반짝였다.

흐려서 어두워진 하늘 아래에서는 더욱 강렬하고 신비롭게 보였다.

이 꼬리털로 만드는 옷감이라면 분명 좋은 선물이 되리라.

그런 생각을 하고 있자, 투구 위의 폰타가 비를 맞아 털끝에 맺힌 물을 털어내기 위해 요란하게 몸을 흔들었다.

"오오, 미안하구나. 일단 안으로 들어가 볼까."

아크는 거목 저택의 현관을 두드리고, 안에서 누구인지 묻는 말에 대답했다. 곧이어 문이 열리면서 그레니스가 이상하다는 표정으로 얼굴을 내밀었다.

"어라? 무척 일찍 돌아왔네요."

"으음, 아리안 양이 언니분의 결혼식 때 줄 선물을 손에 넣었소. 그래서 우선 이곳으로 돌아오기로 한 거요."

아크는 그레니스에게 설명하면서 저택의 앞마당에 놓인 헌티드 울프로 시선을 보냈다. 그레니스의 시선도 아크를 따라 그쪽으로 향했다.

"어머, 정말 멋진 헌티드 울프네요. 더구나 세 마리나."

그레니스는 앞마당에 늘어선 헌티드 울프들을 감탄한 듯이 보고 나서, 빗발이 거세지는 하늘을 올려다보았다.

"어쨌든 안으로 들어와요. 아리안은 사냥꾼한테 부탁하러 갔죠?"

"그럼 호의를 따르겠소."

아크는 요 며칠 전에 떠난 저택의 현관을 다시 들어갔다. 그리고 그레니스의 안내로 2층 식당에 올라가서 따뜻한 차를 대접받았다.

젖은 투구를 벗고 따뜻한 차에 입을 댔다. 차의 색깔은 투명한 주홍색이었고, 설탕은 넣지 않았지만 홍차 맛과 비슷했다.

옆의 의자 위에서는 폰타가 축축한 털을 핥으며 필사적으로 털 고르기를 하는 중이었다.

아크는 그 모습을 바라보면서 홍차를 마셨다. 이윽고 폰타가 꾸벅꾸벅 졸기 시작했을 무렵에는 벌써 홍차를 세 잔째 마시던 참이었다.

"우리 아이가 늦네요. 오늘은 여기서 자고 가세요. 바깥은 비가 너무 많이 내리니까."

식당을 통해 보이는 밖에서는 그레니스의 말처럼 본격적으로 비가 쏟아지며 창문을 두드렸다. 해가 질 녘인 4시쯤인데도 어느덧 주변은 어두워지고 있었다.

아리안은 아마 헌티드 울프들의 처리를 부탁한 사냥꾼과 동행할 테니 좀 더 시간이 걸릴지도 모른다.

아무튼 라라토이아에 있는 아리안의 친가로 기이하게 돌아온 셈이다. 그렇다면 자신 역시 새로운 목적 하나를 이루기 위해 행동에 나서도 괜찮으리라.

결심을 굳힌 아크는 맞은편에 앉은 그레니스에게 말을 걸었다.

"그레니스 부인. 이 집에는 욕실이 있다고 들었는데, 그곳을 쓰게 해주지 않겠소? 물론 목욕물을 데우는 대금은 지불하리다."

"욕실이요? 뭐, 그건 딱히 상관없어요. 대금도 굳이 안 줘도 되지만……. 들어간다고요? 당신이?"

진지하게 애원하는 아크의 태도에 그레니스는 흔쾌히 욕실 사용을 허락해 주었다. 그러나 그레니스는 아크의 모습을 위아래로 훑어보더니 고개를 살짝 갸웃거렸다.

"해골인 당신이 몸을 덥힐 필요성이 있는지 없는지는 둘째 치고, 폰타도 같이 씻겨 주는 게 어때요?"

"그렇군. 가끔은 폰타도 씻겨서 깨끗하게 해 줄까."

푹 잠든 폰타를 메고 그레니스의 안내를 받아 들어간 욕실은 1층으로부터 약간 동떨어진 장소에 위치했다. 정면의 현관에서는 거목 저택의 그늘에 가려 보이지 않는 곳이다.

작은 시내에서 끌어온 물을 아궁이로 불을 때워 커다란 나무욕실에 담아두는 구조 같았다. 다만 아궁이의 불은 마석으로 만든 연료를 사용하는 마도구인 듯해서 매우 근대적이었다.

인간족의 귀족에게는 이런 급탕기를 본뜬 마도구가 나름대로 보급되어 있는 모양이다.

그처럼 비교적 익숙한 형식의 욕실에 폰타와 함께 장난을 치면서 들어갔다. 완전히 뼛속까지 따뜻해진 후 저택으로 돌아온 아크는 그레니스가 준 차가운 홍차를 마시며 식당에서 저녁식사를 기다렸다. 얼마 지나지 않아 볼일을 마치고 온 아리안이 식당에 나타났다.

아크는 엘프족의 민족의상 같은 평상복 느낌의 겉옷을 입었다. 두개골에는 폰타를 앉히고 어깨에 목욕 수건을 걸쳤다. 아리안은 그 모습을 보더니 약간 어이없다는 표정을 지었다.

"아주 느긋하네요……. 뼈의 몸으로 뭔가 얻는 거라도 있었어요?"

"그렇소! 역시 목욕은 생명의 세탁이오!"

"그거 다행이네요."

아크로서는 만면에 미소를 띠고 대답했지만, 애석하게도 표정 근육이 없는 얼굴로는 상대에게 잘 전해지지 않는 모양이었다. 아리안은 건성으로 한마디만 내뱉고 흘려들었다.

그리고 문득 떠올렸다는 듯이 살짝 볼을 부풀린 아리안은 덧붙여서 말했다.

"참, 다음부터 욕실에 들어갈 때는 단단히 문을 잠글래요!?"

그날은 다시 아리안의 친가에서 신세를 지고 하룻밤 묵게 되었다.

번외편 아크와 폰타의 목욕 일기

아리안의 모친 그레니스에게 이 집에 있는 욕실을 써도 된다는 허락을 받았다.

이세계에 오고 나서 첫 번째 목욕이다.

고른 숨소리를 내며 잠든 폰타를 재빨리 메고서 그레니스의 안내에 따라 이 저택의 안쪽으로 이동했다.

1층 안쪽의 문을 연 곳에는 저택 뒤뜰로 이어지는 건널 복도가 보였다.

복도에는 비를 피하기 위한 지붕은 붙어 있어도 벽이 없어서, 뒤뜰의 경치가 한눈에 들어왔다. 지면에서 조금 뜬 구조의 목제 건널 복도를 다 건너자, 그 앞에는 마을에서 본 주거지 같은 버섯 형태의 별채가 나타났다.

나무문을 열고 안으로 들어갔을 때 바로 눈앞에 보인 것은 탈의실인 듯싶었다.

오른쪽에는 동일한 간격으로 칸막이를 친 선반을 설치했고, 그 선반에는 덩굴로 엮은 등바구니를 올려놓았다.

이 모습만 보면 일본의 목욕탕 비슷한 탈의실이다.

"여기에 목욕을 마치고 나서 당신이 입을 옷을 넣어 둘게요. 집안에서까지 내내 갑옷을 걸치면 불편하죠?"

그레니스는 등바구니 하나에 넣어둔 옷을 꺼내어 펼쳐 보였다.

"오오, 고맙소."

그레니스가 손에 든 옷은 마침 그녀가 평소에 입는 엘프족의 민족의상이었다. 독특한 문양을 새긴 평상복 같은 겉옷이다.

그레니스는 옷 입는 방법을 가르쳐 주었는데, 허리 부분을 가죽띠로 매어서 입는 듯했다.

그 밖에도 대충 욕실 내의 설명을 들었다. 그 후 그레니스는 저녁식사 준비를 해야 한다며 그대로 아크와 폰타를 남겨두고 탈의실을 나갔다.

이곳에 와서야 겨우 폰타도 잠을 깼는지, 하품을 하고 주위를 둘러보았다.

"너도 깨끗하게 씻겨주마."

"큥?"

그 말에 폰타는 잘 모르겠다는 얼굴로 고개를 갸웃거렸다.

아크는 그런 반응에 웃으면서 자신의 몸을 내려다보았다.

몸에 걸친 백은으로 빛나는 『벨레누스의 성스러운 갑옷』을 벗은 다음 탈의실 바닥에 놓았다. 아무리 그래도 갑옷을 등바구니에 넣을 수는 없었다.

폰타는 바닥에 놓인 갑옷 틈으로 들어가더니, 잽싸게 들락날락하며 미로의 장해물로 여기듯이 놀았다.

갑옷을 다 벗고 나자 그야말로 실 한 오라기 걸치지 않은 모습이 되었다. 드러낼 피부도 아무것도 없는 해골의 몸이었지만, 무의미하게 고관절을 가리기 위해 목욕 수건을 허리에 둘렀다.

"으음, 역시 목욕탕 스타일은 이래야지."

혼자 고개를 끄덕인 아크는 놀고 있던 폰타의 목덜미를 잡아서 어깨에 앉혔다.

탈의실 옆에는 욕실로 이어지는 불투명한 유리를 끼운 커다란 두쪽문이 보였다. 그 문을 열자 넓은 욕조를 품은 경치가 시야에 확 들어왔다.

"오오오!"

욕실 바닥에는 약간 까칠까칠하고 큼직한 화강암들이 깔려 있었다. 오른쪽 전면에는 아름다운 나무껍질의 네모난 나무욕조에 찰랑거리는 뜨거운 물이 넘치며 김을 피어 올렸다.

그리고 왼쪽은 몸을 씻는 곳인지 벽에 걸린 큰 거울, 의자 몇 개와 나무통, 천장 근처에서 뻗은 두 개의 금속제 파이프가 보였다. 파이프 끝에는 샤워 꼭지 같은 게 달려 있었다.

천장에 켜진 여러 개의 수정형 램프는 따뜻한 빛으로 욕실을 비추었다.

이세계에 떨어졌다는 사실을 잊은 아크는 어딘가의 여관

욕실에 있다는 기분이 들었다.

우선은 씻는 곳으로 향하자——목욕의 기본은 먼저 뜨거운 물로 몸을 씻는 일이다.

샤워 꼭지에 연결된 U자 관형 파이프 중간에 달린 밸브를 돌리자 머리 위에서 빗방울처럼 뜨거운 물이 쏟아졌다.

"큥! 큥!"

놀란 폰타가 허둥지둥 아크의 어깨에서 홱 비켜서더니 욕실 구석으로 달려갔다. 몸에 묻은 물방울을 구석에서 털어내려는 듯이 온몸을 흔들며 털 고르기를 했다.

——야생 생물인 폰타에게 갑자기 샤워를 시키기는 무리였나.

아크는 일단 폰타를 내버려두고 자신의 몸부터 씻었다.

온몸에 쏟아지는 뜨거운 물로 하는 샤워. 두개골에서 흘러내린 물방울은 아래턱뼈를 타고 텅 빈 갈비뼈 안으로 떨어졌다. 곧장 척추를 타고 미끄러져 내린 뜨거운 물이 엉덩이뼈에 다다른 후 갈 곳을 잃은 채 넓적다리 사이로 새었다.

왠지 오줌을 싸는 듯 이상야릇한 배덕감과 오래간만에 뒤집어쓰는 상쾌한 목욕물——. 그런 요소들이 혼연일체가 되어 몸 곳곳에 전해졌다.

"아아, 기분 좋다!"

샤워를 하던 아크는 무심코 양손을 치켜들고 소리를 냈다.

구석에서 초록색 털 뭉치가 움찔했지만, 지금은 아크도 신경 쓰지 않았다.

그리고 눈앞의 한층 높은 선반에 시선을 던졌다. 거기에는 나무그릇에 놓인 둥근 녹색 고형물이 있었다.

아크는 손으로 집어서 코끝에 대고 냄새를 맡았다.

허브향의 그리운 냄새가 콧구멍에 닿았다. 아무래도 비누인 듯했다.

비누거품을 내려고 했지만 피부가 없는 해골의 손으로는 제대로 되지 않았다. 손바닥 대신 손목뼈만으로 거품을 내려니 당연한 일이다.

문득 시선을 돌리자 아까 욕실 구석으로 달아난 폰타가 욕조에 넘실거리는 뜨거운 물을 보고 흥미를 드러냈다. 가까이 가서 앞발을 찰박찰박 담그며 놀았다.

아크는 폰타의 풍성한 초록색 털이 움직일 때마다 탐스럽게 흔들리는 모습에 좋은 생각을 떠올렸다.

일단 욕조의 뜨거운 물에 정신이 팔린 폰타에게 몰래 다가가서 왼손으로 재빨리 붙잡았다.

그리고 오른손에 든 나무통으로 욕조의 뜨거운 물을 퍼 올린 다음 단숨에 확 끼얹었다.

"큐웅!?"

폭신폭신한 솜털 같았던 폰타의 초록색 털은 뜨거운 물을 뒤집어쓰고 흠뻑 젖어서 찰싹 달라붙었다. 그러자 몸집이 절반 정도 줄어든 꼴이 되었다. 깜짝 놀라 몸이 굳은 폰타에게 다시 몇 번이나 뜨거운 물을 부었더니, 완전히 오그라든 풍선처럼 변했다.

폰타를 안고 씻는 곳으로 돌아간 아크는 비누를 털가죽에 문질렀다.

"온몸을 구석구석 깨끗하게 해주마."

아크가 폰타의 털을 박박 긁는 사이 손에 든 비누에서 하얀 거품이 만들어졌다. 조금 전까지 오그라든 털뭉치였던 폰타가 거품방울로 진화해 나갔다.

곧이어 바람에 날린 비누거품이 사방으로 튀었고, 천장의 수정 램프 빛에 닿아 무지개처럼 반짝였다.

"큥☆"

그 광경이 마음에 들었는지, 폰타는 떠다니는 거품을 잡으려고 앞다리를 바동거렸다. 그러자 온몸의 거품이 흔들려서 욕실 안에 더욱 흩날렸다.

아크도 그 때문에 어느새 거품투성이가 되었다.

욕실에 떠도는 무지개색 비누방울을 거품방울로 변한 폰타가 쫓아다녔다.

아크는 손에 남은 대량의 거품을 보고 계획대로라며 입가에 미소를 띠었다.

그리고 폰타로 만들어낸 거품을 전신해골의 몸에 비벼대면서 씻었다. 다만 언제까지나 폰타의 털로 비누거품을 낼 수 없는 노릇이어서, 그레니스에게 말총 따위로 만든 보디

브러시가 있는지 물어봐야겠다고 생각했다.

그때 벽에 매달린 물체가 우연히 내려다본 시야에 들어왔다. 그 옅은 잿빛이 섞인 황갈색 그물코 뭉치를 손에 들고 살펴보자, 수세미 비슷한 물건이었다.

아마 못 보고 지나친 듯싶었다.

폰타에게 시선을 돌렸더니, 녀석은 바닥에 떨어진 거품을 향해 재미있다는 듯이 덤벼들었다.

뭐, 다음부터 수세미를 사용하면 그만이다.

기분을 바꾼 아크는 계속 비누거품으로 몸을 씻었다. 그러다 울퉁불퉁하게 모양을 바꾸는 거품이 재미있어서 대량의 거품을 두개골 위에 올렸다.

앞에 있는 거울로 그 모습을 확인했다. 거품으로 만들어진 하얀 아프로 머리를 덮어쓴 해골이 비쳤다. 이 아프로 머리만 검은색이라면 모 해적 만화에 등장하는 음악가이리라. 혼자 싱글벙글한 아크는 돌아서서 폰타에게 보여주려고 했다.

"폰타, 이 모습은 꽤 괜찮지——우와앗!!"

그러자 폰타가 아크의 거품 아프로 머리를 노리고 바람의 마법을 써서 날아왔다.

거품방울 폰타와 거품 아프로 머리가 부딪쳤다. 제어를 잃은 정령마법의 바람이 욕실 내에 거칠게 불었고, 대량의 거품을 끌어들여서 거품 회오리를 일으켰다.

"큐~웅☆ 쿵!"

"오오오! 거품 허리케인!"

아크는 회전하듯이 날며 짖는 폰타와 녀석이 마법으로 만든 바람의 소용돌이 중심에 서 있었다. 즐겁게 양팔을 벌리고 빙빙 돌면서 그럴듯한 필살기명을 외치는 해골이 욕실 거울에 비쳤다.

아크가 정신을 차렸을 때 욕실 안은 대량의 거품투성이였다…….

정말 오래간만의 목욕이어서 너무 들뜬 듯싶었다.

이대로 그레니스에게 보였다가는 무슨 말을 들을지——. 아크는 그레니스가 목검을 쥐고 미소를 짓는 모습이 뇌리를 스치자 부르르 몸이 떨렸다.

먼저 욕실 내부를 원래의 깔끔한 상태로 돌려놓지 않으면, 최악의 경우에는 욕실 사용을 금지할지도 모른다.

아크는 나무통으로 욕조의 뜨거운 물을 퍼 올리고 바닥과 벽에 묻은 거품을 닦아냈다.

청소를 하는 김에 이리저리 도망 다니는 폰타의 목덜미를 붙잡아서 몸에 묻은 거품방울을 없애 주고 자신도 깨끗이 씻었다.

"큐~웅……."

폰타는 목을 간질이며 뜨거운 물을 부어 주자 기분 좋다는 듯이 눈을 가늘게 떴다.

욕실을 다시 겨우 원상태로 돌렸을 즈음 폰타를 안고 그토록 바라던 욕조로 향했다.

"아아아~~ 후우……."

해골의 몸이라서 부피가 작은 탓인지, 욕조의 물은 별로 흘러넘치지 않았다. 그러나 뜨거운 물에 몸을 담그는 순간 무심코 그런 소리가 새어나왔다. 나무향이 나는 욕조의 뜨거운 물은 푸근하고 무척 상쾌했다.

욕조의 테두리인 두꺼운 나무판자는 이음매가 전혀 없었다. 그러나 그 형태는 멋진 사각형을 튼튼하게 이루었다. 마을 주위의 방벽과 똑같은 기술로 만들어진 듯했다.

아크는 욕조 가에 뒷머리를 얹고 뜨거운 물 속에 몸을 내맡겼다.

폰타는 다리가 닿지 않으므로 아크가 안아서 갈비뼈 위에 올려놓았다.

처음에는 뜨거운 물속에서 벌벌 떨던 폰타였지만, 금세 적응했는지 개헤엄으로 욕조를 헤엄쳐 다녔다. 이따금 바람의 마법을 써서 수면을 호버크래프트처럼 미끄러지며 놀기 시작했다.

그 모습을 가만히 바라보던 아크는 크게 기지개를 켜고 한숨을 내뱉었다.

"으음, 이대로 여기서 멍하니 있다가는…… 잠들어 버리겠군."

아크는 욕조에 둥실둥실 떠서 백골시체놀이를 했다. 그러자 한바탕 놀고 만족한 폰타가 마법을 사용하여 수면을 미끄러지듯이 늑골 위로 상륙한 다음 두개골에 찰싹 달라붙었다.

그리고 그대로 몸을 크게 흔들어 털에 묻은 물을 털었다.

"푸!? 퉷, 퉤퉤! 이놈아, 그만해라."

아크는 물기를 머금어 부스스한 털 뭉치 상태인 폰타를 집어 들고 몸을 일으켰다.

"슬슬 나가지 않으면 현기증이 나겠지……."

자신은 피도 아무것도 없는 해골의 몸이라서 어지럽지 않을 테지만, 폰타는 너무 오랫동안 목욕을 시키면 곤란하리라.

욕조에서 일어난 아크는 가져온 목욕 수건으로 몸의 물기를 닦았다. 매끄러운 피부 표면과는 달리 뼈의 몸은 닦기 어려웠다.

아크는 부스스한 폰타도 같이 닦아주고 탈의실로 나갔다.

욕실의 뜨겁고 습한 공간으로부터 건조한 탈의실로 나오자, 몸이 서늘하고 차가워져서 시원한 느낌을 받았다.

아크가 탈의실을 둘러보았지만, 역시 우유 같은 것은 없었다. 그게 있으면 완벽했을 텐데. 혼잣말을 중얼거린 아크는 저택으로 돌아가서 그레니스에게 뭔가 마실 것을 달라고 부탁하기로 했다.

그나저나 오늘은 뜻깊은 하루였다. 그렇게 여긴 아크는

탈의실에 놓인 긴 의자에 앉아 한숨을 내쉬었다.

폰타는 탈의실 구석에서 털 고르기를 하고 정령마법으로 작은 회오리바람을 만들어 털을 말리는 능숙한 재주를 펼쳐 보였다.

드라이어가 필요 없겠다는 시시한 생각을 하고 있자, 갑자기 탈의실 밖의 건널 복도를 잇는 문이 열리며 누군가가 들어왔다.

아크는 그 인물과 시선이 맞았다.

옅은 자주색 피부의 풍만한 몸에 뾰족한 귀를 가진 그녀는 늘 뒤로 묶는 하얗고 긴 머리를 지금은 풀어서 내린 모습이었다. 또 손에는 커다란 목욕 수건을 들고 있었다.

그녀는 황금색 눈동자를 휘둥그레 떴지만, 곧 두 눈을 치켜 올렸다.

"스켈레톤!!?"

손에 든 목욕 수건을 떨어뜨린 그녀는 평소의 버릇인지, 허리에 찬 검을 뽑으려는 자세를 취했다.

아크는 어느새 돌아온 아리안의 그런 뜻밖의 말과 행동에 당황하며 벌떡 일어났다.

"기다리시오, 아리안 양! 나요, 아크!!"

아리안 앞에서는 거의 갑옷을 벗은 적이 없었다. 그 때문에 아리안은 자택 욕실에서 불쑥 마주친 전신해골의 상대로부터 아크와의 접점을 잘 알아차리지 못한 듯싶었다.

오해는 금방 풀렸지만, 아리안은 본인의 지레짐작이 부끄러웠던 모양이다. 아크는 얼굴을 붉힌 아리안에게 곧바로 욕실에서 쫓겨나고 말았다.

마지막에는 조금 어수선했어도 오래간만의 목욕을 하고 난 아크로서는 만족스러운 결과였다.

다시 기회가 생기면 욕실을 빌려 쓸 수 있도록 일도 착실히 해야겠군——. 결의를 새롭게 다진 아크는 식당 주방에 있을 그레니스에게 마실 것을 달라고 조르러 갔다.

제3장 호반 내란

로덴 왕국 호반령.

프리슈 드 호반 백작이 다스리는 그 영지는 왕국의 남북을 가르는 산맥군 사이에 위치한다. 그곳은 인간족 국가 중 유일하게 엘프족과 교역을 하는 린부르트 대공국과 로덴 왕국의 왕도를 잇는 가도이기도 했다.

엘프족의 높은 마도기술로 만들어지는 여러 가지 마도구 물품은 성능이나 편리성이 뛰어나서 인간족의 왕후귀족에게 특히 인기다. 그 때문에 그 물건들을 왕국 북부로 옮길 때 쓰이는 교역로인 북쪽의 호반과 남쪽의 티오셀라는 오가는 대상(隊商) 등의 여인숙으로서도 번영했다.

그 호반 중심에 자리 잡은 영주의 거성에 있는 어떤 방. 호화로운 실내장식으로 꾸민 방에는 몇 개의 눈부신 수정이 빛났다. 그곳에 화려한 장식품이나 공예품이 늘어선 모습은 이 성의 주인이 가진 권세를 여실히 이야기해 주었다.

그러나 그 호사스러운 실내에서는 한 명의 중년 남자가 초조하게 방 안을 왔다 갔다 했다. 이따금 겁에 질린 듯한 새파란 표정으로 주위를 둘러보고는 안절부절하지 못하는 모습을 보여주었다.

가늘고 고운 실처럼 매끄러운 광택을 지닌 풍성한 금발을 정성스럽게 말아 올려 머리를 다듬었다. 작은 자수를 놓고 옷깃이 높은 하얀 견직물의 셔츠, 그리고 화려한 문양과 넉넉한 금실을 곁들인 바지를 입은 그 남자가 바로 이 땅의 주인인 프리슈 드 호반 백작이었다.

그러나 그처럼 호화찬란한 방이나 복장과는 반대로 시워찮은 남자의 표정은, 그의 신분에 걸맞지 않은 모습을 그대로 드러낸 듯했다.

그런 주인을 향해 늙은 신하 한 명이 주뼛주뼛 말을 걸었다.

"프리슈 님, 교역 상인들로부터 불평이 나옵니다. 그 정도로 집요한 검열을 받아서는 도시에 들어가는 것조차 시간이 너무 걸린다고——. 이런 체제로는 왕도에 닿아야 할 물건도 늦어질 우려가 있습니다."

"시끄러워! 닥쳐라! 이 도시에 엘프들을 들여놓을 수는 없단 말이다!! 아니면 네놈이 엘프들과 짜고서 나를 없앨 셈이냐!!?"

늙은 신하가 성 아래에서 가져온 불평을 전하자, 프리슈는 이마에 핏대를 세우고 성난 소리를 질렀다. 그러면서 겁에 질린 눈으로 늙은 신하를 바라보았다.

바로 얼마 전에 초래된 디엔트 후작 암살 이야기를 들은 프리슈는 그 범인이 엘프족일지도 모른다는 소문을 접했다. 그 소문은 도저히 흘려들을 수 없었다.

자신의 곁에도 이전에 노예상인을 통해 구입한 엘프족이 한 명 있기 때문이다. 터놓고 말해, 그 엘프족의 구입은 디엔트 후작의 알선으로 실현되었다. 만약 디엔트 후작을 암살한 범인이 엘프족이라면, 그 목적은 동포의 구출과 보복이 분명하다.

다행히 이곳 호반이라는 도시는 로덴 남북을 가르는 요충지로서 지어진 까닭에 높은 방벽을 갖춘 성채의 역할도 겸한다. 따라서 도시의 출입문에서 철저한 검열을 진행한다면 숨어들어 올 빈틈은 없다.

그러나 내통이 있다면 그 범주를 벗어난다——. 그렇게 생각한 프리슈는 눈앞의 늙은 신하를 노려보았다.

"당치도 않습니다! 다만 이렇게 왕도로 가야 할 물건이 계속 지체되면, 왕가에 반역할 마음을 품었다고 의심받을 위험도 있어서……."

지적을 받은 프리슈는 비로소 그 사실을 깨달았다는 표정을 지었지만, 금세 겁에 질린 얼굴로 바뀌어 머리를 격렬하게 좌우로 흔들었다.

"아, 안 돼! 당장 이 체재를 풀 수는 없다!! 검열하는데 시간이 걸린다면, 그 임무를 맡는 위병들을 더 늘려라!!"

"하지만 위병을 새로 고용할 돈이 지나치게 들어서——."

늙은 신하가 그렇게 말끝을 흐리자, 프리슈는 그 지적을 가로막듯이 고함을 질렀다.

"그러면! 그러면 지금부터 징세할 수 있는 세금을 만들든지, 세율을 올리면 그만이다! 그걸로 자금은 문제없을 터다!!"

"기다려 주십시오! 더 이상 세율이나 세목을 늘리면 영민들의 반발을 억누르기 힘들어집니다!"

늙은 신하의 간언을 들은 프리슈는 눈썹을 치켜 올리며 짜증난다는 듯이 자신의 금발 머리를 난폭하게 쥐어뜯어서 바닥에 내던졌다.

"왜 내가 민초들을 배려해야 하느냔 말이다! 놈들이 언제부터 나하고 대등한 입장이 됐느냐!? 따르지 않겠다고 하면 때려서라도 가르쳐라!! 그게 네 일이지 않느냐. 이제 됐다! 물러가라!!"

프리슈는 벗겨진 머리의 정수리 부분까지 분노로 붉게 물들었다. 단숨에 마구 지껄여대고 숨을 헐떡거린 프리슈는 늙은 신하를 향해 귀찮다는 것처럼 손짓으로 퇴실을 재촉했다.

늙은 신하가 살짝 고개를 숙이고 나가자마자, 프리슈는 호화로운 의자를 부술 듯이 앉았다.

"빌어먹을! 그 엘프를 어떻게 해야……."

프리슈는 자신의 엄지손가락 손톱을 깨물면서 초조한 얼

굴로 중얼거렸다.

수중에 있는 엘프족 여자는 성의 상층에 위치한 방에 가둬 놓았다.

보복을 두려워한 프리슈는 처음에는 엘프족을 처리할 생각이었다. 그러나 혹시라도 외부에서 온 엘프족 전사의 구출부대 등이 있으면 교섭할 여지도 남기지 않고 살해당하리라.

그렇다고 왕국법으로 금지된 엘프족 매매를 통해 손에 넣은 엘프를 가까운 자에게 넘겨줄 수도 없는 노릇이었다. 더구나 무조건으로 풀어주기에는 보복이 두려웠다.

그래서 일단 엘프족 여자의 처우를 개선해서 조금이라도 좋은 인상을 주고자, 여태 머물렀던 지하감옥이 아니라 호화로운 상층의 한 방에 가두기로 한 것이다.

물론 반항하지 못하도록 마법을 봉인하는 『마나바이트컬러』라는 마도구를 목에 걸었고, 다리에는 쇠사슬 끝에 철구를 매단 족쇄를 채웠다.

자신의 보신과 사치에만 관심을 두는 프리슈는 성 아래에서 타오르려는 불씨를 마지막까지 알아차리지 못했다.

다음 날 아침 일찍 아크와 아리안은 라라토이아에서 어제의 세이브 포인트인 큰 바위를 끌어안은 거목까지 【게이트】

를 써서 한 번에 이동했다.

그곳부터는 딱히 아무런 문제도 없이 숲을 빠져나와 정오를 조금 앞두고 호반에 도착했다.

어제 맞닥뜨린 습격현장이 있던 길에서도 별로 먼 거리는 아니다.

남쪽에 솟은 텔나소스 산맥을 등지는 호반은 정면을 가로막는 아네트 산맥의 골짜기에 만들어진 평원 도시다. 각각의 산맥 기슭에 펼쳐진 숲의 영향도 받아서 도시 주변의 경작지는 동서로 길게 뻗었다.

중앙에 보이는 호반은 그동안 거쳐온 도시 같이 둥근 원 형태를 취하지 않았고, 네모난 사각형의 방벽으로 둘러싸인 성채 비슷한 모습이었다.

어제 내린 비도 완전히 그쳤고, 정오 무렵의 태양은 도시를 밝게 비추었다. 그 햇빛을 석조 방벽이 눈부시게 반사했다.

아크는 폰타를 투구에 올리고 아리안과 함께 밭의 논두렁길을 걸으며 호반을 향했다. 그러나 서서히 도시의 모습이 자세히 보이는 거리에 다가갈수록 왠지 삼엄한 분위기를 풍긴다는 사실을 눈치챘다.

방벽의 높이는 15m 남짓이었는데, 그 주위를 저수지 같은 수로가 빙 둘러쌌다. 정면에 보이는 도시의 입구 양옆에는 탑이 설치되어 있었고, 위병이 도시문을 출입하는 사람들을 철저하게 감시했다.

그 입구 앞의 수로에 걸쳐진 석교 위에서는 도시로 들어가려는 인간들과 짐들을 상세하게 검열하는 여러 명의 위병이 여기저기 바쁘게 돌아다녔다. 꼼꼼한 검열 탓인지, 도시문 앞에는 많은 사람과 짐의 행렬이 생겨났다.

이쪽 북문은 도시의 규모에 비하면 폭도 마차 두 대쯤 지나갈 정도여서 그다지 크지 않았다. 아마 호반은 동서로 커다란 가도가 지나기 때문에 그쪽의 도시문이 크리라.

그러나 동서쪽의 도시문은 이보다 더 혼잡한지, 가끔 동쪽이나 서쪽 방면에서 오는 짐마차를 볼 수 있었다.

입구 가까이 다가가자 위병이 짐마차의 짐을 뒤집고 짐마차에 탄 인물의 외투를 벗겨서 얼굴을 확인하는 중이었다. 용병들도 예외 없이 투구를 벗고 일일이 인상을 조사받고 있었다.

무슨 일인지 짐을 검열하는 게 아니라, 누군가를 찾는 듯한 분위기다.

이런 검열로는 도시로 숨어들기란 무리라고 여긴 아크는 뒤에 있던 아리안에게 시선을 돌렸다.

로덴 왕국에서는 어쨌든 조약을 맺은 까닭에 엘프족의 포획 등은 국법으로 금지하지만, 그 법이 지켜지는지는 별개의 이야기다. 엘프족보다 비싼 가격이 붙을 다크엘프라고 알려지면, 틀림없이 여러 곳에서 주목을 받게 될 것이다.

그리고 이곳은 엘프 매매계약서에 이름이 적힌 프리슈 드 호반이라는 인물이 있는 영지다. 호반의 성을 갖는 이상 영주 일족이리라. 국법을 무시하고 엘프족을 사는 영주가 다스리는 도시에 아리안이 모습을 드러내면 나중에 어떻게 될지는 불을 보듯 뻔하다.

게다가 아크 자신도 갑옷의 알맹이는 해골이다. 위병의 검열을 받고 투구를 벗으라는 말에 그대로 따르지도 못한다.

"정면으로 도시에 숨어드는 건 어렵겠군."

"그러네요."

잿빛 외투 속에서 황금색 눈동자를 엿보인 아리안도 도시를 바라보면서 고개를 끄덕였다.

그렇다고 이곳에 팔려온 엘프족의 정보도 얻지 못한 채 돌아갈 수는 없다. 잠시 도시 주위를 걸으며 어딘가 침입할 수 있을 만한 장소를 찾아야만 한다.

아크는 사람들이 많이 오가는 도시의 북쪽 길에서 아리안과 폰타를 데리고 동쪽으로 방벽을 따라 둘러 갔다. 그러는 한편 인적이 드물고 위병이 적은 장소를 물색했다. 커다란 도시의 방벽은 똑바로 동쪽을 향해 이어졌다.

이윽고 방벽의 동쪽으로 돌아서 가자 동문이 보였는데, 그저 조금 전의 북문보다 두 배쯤 컸을 뿐 그렇게 엄청난 크기도 아니었다.

그 때문에 동문 앞의 다리는 물론이었고, 가도까지 흘러넘친 사람들과 짐마차들로 매우 북적거렸다. 그런 동문의 혼잡을 피해 이번에는 도시 남쪽의 방벽 방면으로 돌아서 갔다.

아무래도 남쪽에는 커다란 문은 없는 듯했다. 도시 바깥의 경작지를 향하는 농민들이 드나들면서 쓰는 작은 문만 있었다.

사람들의 왕래가 적었고, 몹시 지친 농민들 외에는 아무도 보이지 않았다.

아까 논두렁길을 걸었을 때도 그랬지만, 호반 주변의 경작지에 있는 농민들은 모두 초췌한 얼굴이었다. 어쩌다 눈이 마주친 이는 자신을 보고 겁에 질린 표정으로 시선을 피했다.

아리안에게는 딱히 아무런 반응도 나타내지 않는 모습을 봐서는 자신의 투구가 문제인 걸까.

호화롭고 눈에 띄는 갑옷은 검은 외투로 덮어서 가렸지만, 역시 머리까지 숨길 수는 없으므로 백은의 투구는 외투 위에 그대로 듬직하게 자리를 잡았다.

그러나 시선을 피하고 이쪽을 보지 않는다면 지금의 상황은 더할 나위 없이 좋으리라.

"아리안 양, 이 근처에서 도시로 전이하겠소. 붙잡으시오."

"부탁해요."

허리를 굽힌 아크는 사방을 살핀 후 남의 이목을 끌지 않는다는 사실을 확인했다. 뒤쪽에 있던 아리안에게 말을 걸자, 그녀도 익숙한 태도로 대답을 한 다음 자신의 어깨에 손을 얹었다.

“【디멘션 무브】.”

마법 발동과 동시에 경치가 완전히 바뀌더니, 목표로 삼았던 호반의 방벽 위로 전이했다. 아크는 몸을 낮춘 채 이리저리 시선을 던졌다.

계속 방벽 위에 있다가는 들킬지 모른다. 아크는 재빨리 벽으로 다가가 눈 아래에 펼쳐진 호반의 거리를 둘러보고, 거기로 내려갈 만한 적당한 장소를 찾았다.

남문 부근의 가옥은 어디나 피폐한 모습을 보여서 별로 부유한 계층이 사는 토지는 아닌 듯했다. 그곳의 폐가 같은 한 채의 가옥 뒤쪽을 목표로 다시 【디멘션 무브】를 발동시켰다.

“겨우 호반에 들어올 수 있기는 했는데…….”

아크는 폐가 뒤쪽으로 전이하고 나서 후방의 방벽을 올려다보며 중얼거렸다.

“나머지는 구매자인 프리슈 드 호반이라는 인물을 찾는 일이네요.”

잿빛 외투를 걸친 아리안은 주위를 확인하고 나서, 자신들이 목표로 삼은 인물의 이름을 말했다.

“호반이라고 일컬은 걸 보면 이 도시의 영주 일족이라고 생각하지만…… 일단 영주가 사는 성을 알아내는 것부터 시작해 볼까."

국법에 저촉되는 엘프족 포획의 실마리를 거리에서 탐문하더라도 유력한 정보를 얻을 수 있다고는 여기지 않는다. 직접 영주 주변 사람들의 속을 떠보는 게 빠르리라.

우선은 영주가 지내는 거성을 찾을 필요가 있다. 아마 호반의 중심으로 향하면 저절로 알게 될 테지만——.

아크는 그렇게 판단하고 폐가의 뒤쪽에서 나왔다. 밖에는 비슷한 목조건축물들이 늘어섰는데 그다지 활기가 느껴지지 않았다.

사람들도 아크의 모습을 보자마자 얼굴을 굳히고 허둥지둥 피해 갔다. 일대는 금세 인적이 뚝 끊기면서 마치 고스트 타운 같이 변했다.

아무래도 기사 차림의 투구를 보고 반응하는 듯싶었지만, 도무지 이유를 알 수 없었다. 이곳 호반에는 난폭한 기사들이 많은 걸까.

그런 생각을 하면서도 발걸음을 옮겼고, 곧이어 인기척이 많은 떠들썩한 장소로 들어섰다. 대로 옆에 즐비한 상점들의 호객꾼들이 소리를 지르며 장사를 했다. 오가는 사람들이나 짐마차들이 시끌벅적한 인상을 낳았고, 거리에는 생기가 도는 것 같았다.

그러나 때때로 보이는 위험한 눈빛을 띤 자들이나 여기저기 모인 위병들은 도시에 험악한 분위기를 풍겼다.

입구의 검열도 그렇고 거리의 모습도 그렇고, 이곳에서 무슨 일이라도 벌어졌던 걸까?

“왠지 삼엄한 느낌이군…….”

“거리에 위병들의 수가 많아요. 이래서는 움직이기 힘들겠네요.”

아크는 아리안과 작은 목소리로 대화를 나누면서 주위에 시선을 던졌다. 대로를 걸으며 나아가자, 마침내 도시 중심부 근방에 성벽이 나타났다.

아마도 이곳이 영주의 성이리라. 성벽은 방벽과 동일한 수준의 높이였고, 다른 이들의 눈길을 허락하지 않는다는 듯이 가로막았다. 성벽 둘레는 폭이 넓은 수로 때문에 쉽게 다가가지 못하는 구조였다.

전방에 내려진 도개교 근처에는 지나칠 정도로 많은 위병들이 배치되어서, 가까이 있는 사람들을 무섭게 위압했다. 그 때문에 도개교 주변에는 사람들이 없었고, 자신과 아리안이 섣불리 접근하면 위병들로부터 까다로운 불심검문을 받을 수도 있었다.

정면으로 들어가는 방법은 상정하지 않은 까닭에 일단 침입하기 쉬울 법한 장소를 찾기 위해 성벽을 바라보며 걸음을 옮겼다.

그러나 수로 옆의 대로에는 일정하게 위병들을 배치했고,

만일을 대비한 듯이 성벽 위에까지 같은 간격으로 보초들을 세워 놓았다.

이 수로 옆의 대로는 지나다니는 사람들도 많았고, 조금 떨어진 장소에서 전이하기도 간단하지 않았다.

이렇게 된 이상 한밤중의 어둠 속에 섞여 성벽을 넘어야 할 듯싶지만, 달빛이 없으면 사방으로 깔리는 암흑이 전이를 제한하여 이동하기 어려워진다.

어제처럼 날씨가 나빠지지 않기를 빌어야겠군――아크는 그런 생각을 하며 하늘을 올려다보았다.

약간 구름이 끼었지만 눈부시게 빛나는 태양이 하늘에 떠올라서 이 걱정도 기우에 그치겠다고 내심 안도하자, 어딘가에서 노기를 품은 말다툼 소리가 들려왔다.

그 목소리가 들린 방향으로 시선을 돌렸더니, 다수의 위병이 소년 한 명을 때리는 현장이 보였다. 주위에 있던 사람들은 괜한 말썽에 말려들기를 꺼린다는 듯이 멀리서 둘러싸고 그 광경을 쳐다보았다. 이쪽의 시야를 가로막는 이는 아무도 없었다.

"이 새끼야, 어딜 처보고 걷는 거냐! 빌어먹을 놈이!!"

"너 같이 더러운 녀석은 여기 얼쩡거리지 마라! 눈에 거슬린다!!"

"어차피 먹을 거라도 훔치러 왔겠지!? 솔직히 불어, 어서!!"

위병들은 몹시 저급한 폭언과 트집을 내뱉으면서, 눈앞의 바닥에 쓰러진 소년에게 가차 없이 발길질을 해댔다.

부스스하게 뻗친 검은 머리의 소년은 더럽고 해어진 옷을 입은 차림이었다. 나이는 열서너 살쯤 되었을까. 걷어차여서 입술이 터졌는지, 피를 흘리며 딱한 모습을 보였다. 그러나 소년의 눈은 노려보듯이 위병들을 향했고, 반항적인 시선이 그들을 더욱 분노하게 만드는 결과를 낳았다.

"뭐냐 그 눈은! 가난뱅이 주제에 건방진 새끼네!"

보고 있자니 썩 기분 좋은 장면은 아니었다.

위병들이 다시 소년에게 발길질을 하려는 참에 아크가 중재를 위해 말을 걸었다.

"그쯤에서 그만두는 게 어떻겠나? 아이를 상대로 충분할 테니."

"뭐냐 네놈은!? 쓸데없이 끼어들지――!?"

위병들이 돌아보면서 소리를 질렀지만, 그 말은 마지막까지 이어지지 않았다.

아크는 검은 외투를 벌리며 백은의 갑옷을 드러냈다. 등에 멘 『칼라드볼그』의 손잡이를 잡고 우뚝 서 있는 아크를 본 위병들은 얼굴이 새파랗게 질려서 굳어 버렸다.

아크는 위엄을 몹시 손상시키리라 생각해서, 뒤쪽에 있는 아리안에게 폰타를 맡겼다. 현재 폰타는 아리안의 가슴 속에 있었다. 그러나 폰타는 약간 불만스러운 눈치였다.

"……이제 충분하지 않나?"

아크가 또 한 번 위병들을 향해 조금 전보다 낮은 목소리로 묻자, 그들은 꼿꼿하게 서서 경례를 올린 후 허리를 직각으로 굽혔다.

"넷! 소란을 피워 죄송합니다! 저희는 먼저 실례하겠습니다!"

다시 허리를 편 위병들은 그 자리에 소년을 남겨두고 앞다투어 사라졌다.

기대 이상으로 갑옷의 효과가 나온 듯했다. 어쨌든 일개 기사나 용병으로는 몸에 걸치지 못할 호화로운 갑옷이다. 어딘가의 고급기사라고 여겼으리라.

다만 갑옷의 효과는 멀찍이 떨어져 구경하던 다른 사람들에게도 미쳤는지, 다들 허겁지겁 가옥으로 숨어들거나 서둘러 대로를 지나쳐서 주변은 금세 썰렁해졌다.

"꼬마야, 다쳤으면 고쳐 주마."

갑옷을 보고 경계심을 내비치는 소년에게 물었지만, 소년은 땅바닥에 웅크린 자세 그대로 아크를 노려보며 살짝 입을 열었다.

"당신들 동정은 안 받아……."

소년은 위병들에게 걷어차여 아픈 배를 누르면서 무릎을 세웠다. 이를 악물고 일어서려 했지만, 무릎에 힘이 들어가지 않는지 얼굴만 찌푸릴 뿐이었다.

"미리 말해 두겠다만 난 영주의 부하가 아니다. 게다가 치료마법을 쓸 수 있는 까닭에 그 정도 상처라면 눈 깜짝할 사이에 고친다. 어떠냐?"

눈에 띄는 갑옷을 검은 외투로 덮어서 가린 아크는 소년과 시선을 맞추듯이 한쪽 무릎을 꿇고 다시 물었다. 그러자 소년의 태도에 약간 변화가 나타났다.

"치료…… 마법…… 당신, 그런 꼴로 신관님이야? 그걸 쓰면…… 이보다 더 심한 상처도 낫는 거야?"

"나는 신관은 아니다만── 그래, 낫는다."

여하튼 자신의 마법을 쓰면 죽은 자조차 되살아난다. 대부분의 상처는 나으리라. 소생마법의 지나친 사용은 금물이지만, 어린아이의 상처를 치료할 회복마법 정도는 괜찮을 것이다.

그 질문에 대답하면서 아크가 고개를 끄덕이자, 소년의 얼굴에 조금 기뻐하는 기색이 떠올랐다.

달리 누군가 치료해주고 싶은 사람이라도 있는 걸까?

"정보를 팔 테니까…… 대신에 치료마법을 써 줘. 여동생을 낫게 해주지 않을래!?"

"흐음, 나는 딱히 대가를 바라지 않는다만?"

"대가는 지불할 거야……. 동정은 안 받아."

소년의 태도는 좀 고집스럽지만, 이 나이에 멋진 자부심을 가졌다고 할 수 있다.

아크 자신도 소년에게 맞춰 뭔가 대가를 요구하는 게 일이 잘 풀릴지도 모른다.

"정보라고 했나……. 그래서 어떤 정보를 팔려는 거냐?"

"……샛길이라든지 뒷길을……."

아크는 소년의 대답에 무심코 입술이 실룩거렸다. 뿌린 대로 거둔다는 말은 이런 경우이리라.

"호오? ……그럼 영주성의 샛길도 알고 있나?"

그 질문을 들은 소년은 두 눈을 휘둥그레 뜨고 당황했다. 그러면서 이리저리 주변을 둘러보더니, 목소리를 낮추고 되물었다.

"……왜 그런 걸 묻는 거야?"

소년은 살피는 듯한 표정으로 아크를 자세히 관찰했다.

영주의 위병들에게 거친 취급을 받은 소년이라면, 이쪽의 사정을 조금 말해준들 이야기가 샐 염려는 없을 터다.

"잠시 성 안에 찾을 게 있다……."

그러나 아크는 명확한 목적은 알려주지 않고, 두루뭉술하게 대답했다. 눈앞의 소년은 미간을 찌푸리면서 뭔가를 생각하는 눈치였지만, 결론을 내렸는지 고개를 들었다.

"알았어…… 영주성으로 들어가는 샛길을 알려줄게. 그 대신 여동생을 먼저 만나 줘."

"그러지. 여동생에게 치료마법을 걸어 주고 나서, 대금으로 그 정보라는 걸 받으마."

소년은 겨우 통증이 가셨는지, 얼굴을 찡그리기는 했지만 그 자리에서 일어났다. 그리고 비틀거리는 걸음으로 거리를 걷기 시작했다.

아크와 아리안은 소년의 뒤를 쫓아 대로를 걸었다.

방향은 호반의 방벽을 뛰어넘어온 남문쪽으로 향하는 듯해서 왔던 길을 되돌아가는 꼴이었다.

호반 영주의 성이 자리 잡은 중앙부로부터 멀어질수록 아름다운 목조 가옥은 줄어들었고, 다시 주위가 점점 피폐한 분위기로 바뀌어갔다.

앞서 가는 소년이 걸음을 멈춘 방벽 근처까지 왔을 때에는 주변 경치가 판잣집이 비좁게 늘어선 슬럼 같은 장소로 뒤바뀌었다.

시큼한 냄새와 부패한 동물의 냄새 따위가 뒤섞인 독특한 악취가 풍기는 곳이었다. 뒤따라오던 아리안은 별로 위생적이라고 할 수 없는 악취를 맡더니 외투 속에서 인상을 썼다.

"이쪽."

그러나 소년은 그런 악취에도 익숙한지 짧게 그 말만 내뱉고, 좁은 골목처럼 뒤얽힌 길을 걸어서 한 채의 오두막으로 들어갔다.

그 오두막은 외풍이 무섭게 파고들 법한 구조였다. 네 사람이 들어오면 꽉 차는 넓이인데다, 지붕이 낮아서 허리를 굽혀야 할 정도다.

오두막 안에는 다 떨어진 듯한 모포를 덮어쓴 소녀 한 명이 자고 있었는데, 소년은 그 소녀에게 다가가서 살며시 흔들어 깨웠다.

"……오빠?"

소년을 오빠라고 부른 소녀는 별로 나이 차이가 많이 나지 않는 듯했다.

소년과 마찬가지로 검은 머리였지만, 길게 자란 머리는 손질도 하지 않았는지 부스스하고 거칠었다. 야위고 앙상한 몸은 마른 나무 같아서 당장에라도 부러질 것처럼 보였다.

"그 상처는 어떻게 된 거야? 또 위병들한테 맞았어?"

자리에서 천천히 상반신을 일으킨 소녀는 커다란 눈망울을 소년에게 향하고 걱정스러운 표정으로 물었다.

"이만한 상처는 아무것도 아니야. 그보다 네 다리를 낫게 해 줄 사람을 데려왔어."

소년은 무뚝뚝하게 대답하며 입가에 묻은 피를 손으로 닦았다. 그리고 뒤쪽에 있던 아크와 아리안을 소개하기 위해 시선을 돌렸다.

그 소년의 시선을 따라 비로소 알아차렸는지, 아크와 아리안을 본 소녀는 겁에 질린 얼굴로 소년의 뒤에 숨으려고 했다.

"걱정할 필요 없다. 영주의 병사나 기사가 아니니까. 나는 아크, 평범한 용병이다. 뒤에 있는 사람은——뭐, 여행

동료지. 잠시 신세를 지마."

아크가 소녀에게 조용히 입을 열자, 뒤쪽의 아리안도 외투를 깊숙이 눌러쓴 채 살짝 고개를 끄덕여 인사했다. 폰타는 아리안의 가슴 속에서 꼬리를 살랑살랑 흔들었다.

폰타를 본 소녀의 표정이 조금 부드러워졌다.

"아크 나리. 여동생, 시아의 다리를 낫게 해줘. 부탁이야."

소녀은 진지한 얼굴로 이마가 바닥에 닿을 듯이 머리를 숙였다.

아크는 소녀의 부탁에 점잖게 고개를 끄덕였다. 곧이어 한마디 양해를 구한 후 시아라고 불린 소녀가 덮어쓴 다 떨어진 듯한 모포를 걷어 올려 다리를 살펴보았다.

소녀의 가느다란 정강이에는 양다리 다 널조각을 대어 끈으로 동여매었다.

"이 부근의 일을 맡아보는 할아버지한테 물었더니, 그렇게 하지 않으면 안 낫는다고 해서……."

소년은 옆에서 여동생의 다리를 들여다보며 널조각을 댄 이유를 설명했다.

아마 부목을 댔으리라. 아무래도 양다리가 부러진 모양이다. 하반신불수라면 나을지 어떨지 모르겠지만, 골절은 중급직인 사교가 지닌 회복마법으로 충분하리라.

아크가 다리를 들고 조심스레 움직여 보자, 고통스럽게 얼굴을 일그러뜨린 시아는 눈에 눈물을 글썽거렸다.

"우읏!"

아직 뼈는 달라붙지도 않은 듯하다.

"벌써 한 달이 다 되어가는데도 전혀 안 낫고 있어……."

소년은 금방 울음을 터뜨릴 것 같은 얼굴이었지만, 꾹 참듯이 주먹을 쥐었다.

골절을 이른 시기에 치료하기 위해서는 충분한 영양을 섭취해야 한다. 이런 장소에 사는 형편을 보면 식사도 제대로 못하고 있으리라.

"맡겨둬라. 【오버 힐(대치유)】."

아크가 오른손을 시아의 양다리에 얹고 사교의 마법 스킬을 발동시켰다. 그러자 주위로 흘러넘친 따뜻한 빛이 반짝이면서 양 정강이에 빨려 들어가듯 사라졌다.

그 환상적인 광경을 남매는 그저 멍하니 바라보았다.

뒤에서 그 모습을 지켜본 아리안이 한숨을 내뱉고 어깨를 으쓱였다.

다시 한 번 시아의 양다리를 들고 위아래로 움직여 보자, 시아는 스스로도 믿기지 않는다는 표정으로 자신의 다리를 만졌다.

"오빠, 다리 안 아파졌어……."

"정말이야!?"

소년이 놀라서 소리를 지르는 가운데 시아는 기쁘다는 듯이 다리의 부목을 떼어내고 일어나려 했다. 그러나 힘이 나오지 않는지 금세 엉덩방아를 찧었다.

"고작 뼈만 이었을 뿐이다. 무리해서는 안 된다."

한 달 가까이 거의 움직인 적이 없었던 탓이리라. 근력이 상당히 약해진 듯하다.

영양부족으로 인하여 신체 전체도 마른 나무처럼 앙상했다. 이대로는 모처럼 골절이 나아도 금방 또 어딘가 부러질 것 같았다.

"꼬마야, 이걸로 여동생한테 뭐든 기운이 날 만한 음식을 먹여줘라."

아크는 그렇게 말하고 허리에 매단 가죽 주머니에서 금화를 5개 정도 꺼내어 소년에게 내밀었다.

순간 소년은 놀란 표정을 지었지만, 곧바로 뭔가를 고쳐 생각하고 금화로부터 시선을 돌렸다.

"내 이름은 실이야! 게다가 아까도 말했지만, 동정은 안 받는다고 했잖아!?"

"꼬마, 아니 실. 그런 자부심은 싫어하지 않는다. 하지만 무엇이 가장 소중한지를 잘 판단한 다음 대답할 일이다. 동정이 아니라 은혜라고 여겨라. 받은 은혜는 이자를 붙여서 돌려주겠다고 큰소리칠 정도의 기개를 보여라. 여동생을 위해서라도 말이지."

아크 자신의 쓸데없는 참견을 정당화하기 위한 입담이지만, 비교적 설득력 있게 들리리라.

"……알았어. 그치만 하다못해 금화 대신 동화로 줘! 나 같은 애가 금화를 갖고 뭘 사러 나갈 수 없잖아."

확실히 실의 항의는 당연한 말이다. 슬럼의 어린아이가 금화를 들고 어슬렁거리면 딱 봉으로 삼기 좋을 테고, 더구나 가게 앞에서는 훔쳤다는 혐의를 받을지도 모른다.

아니, 낮에 본 위병들 같은 패거리에게 들키면 적극적으로 그런 짓을 하고도 남는다.

"오오, 그렇지. 실은 야무진 성격이군……."

자신의 얕은 생각을 낯뜨거워하며 실을 칭찬한 아크는 기가 막히다는 시선을 받았다.

"……나리가 너무 멍청한 거 아니야?"

아크는 등 너머로 들려오는 아리안의 킥킥대는 웃음을 흘려들었다. 그러면서 자신이 가져온 짐자루 속에서 가죽 주머니 하나를 꺼내어 실에게 건네주었다.

상당히 가득 찬 가죽 주머니는 짤그락짤그락 딱딱한 소리를 내고 실의 작은 손에 놓였다. 실은 묵직한 무게에 놀라 두 눈을 크게 떴다.

"몇 개나 들어 있는 거야…… 이거……."

"동화가 300개쯤이었던가. 뭣하면 은화도 얹어주겠다만?"

실은 자신의 손바닥에 올려진 가죽 주머니를 들여다보고 침을 꿀꺽 삼켰다. 아크가 추가로 더 주겠다고 제시하자, 실은 망가진 장난감처럼 고개를 흔들었다.

"이, 이만큼이면 충분하다고! 거, 거기다 이제 조금만 더 참으면 되니까!"

벌떡 일어난 실은 오두막 구석의 마룻바닥을 들어 올려 그 밑의 흙을 정성스레 치웠다. 그러자 땅 속에 파묻은 나무 상자의 뚜껑이 모습을 드러냈다. 도둑맞지 않도록 평소부터 금품을 그곳에 숨기는 것이리라. 실은 가죽 주머니를 그 나무상자에 넣고 소중하게 덮었다.

"이 은혜는 반드시 갚을 게. 나리, 고마워."

나무상자를 원래대로 다시 묻은 실은 부끄럽다는 듯이 눈을 내리깔았다. 그러고는 살짝 고개를 숙여 인사하며 웃었다.

——어린아이의 웃는 얼굴을 보는 건 어느 세계에서나 좋구나.

"시아는 착한 오빠를 두었구나."

아크가 실의 머리를 거칠게 쓰다듬으면서 여동생 시아를 향해 웃어 보였다. 시아도 오빠를 칭찬한 아크의 말에 기뻤는지 만면에 미소를 띠고 고개를 끄덕였다.

"어, 어린애 취급하지 마!!"

당사자인 실은 창피했는지, 헝클어진 머리를 매만지면서 버럭 소리를 질렀다.

"정말 아크는 사람이 좋네요……."

뒤에서 둘의 대화를 듣던 아리안은 어이없어하며 말했다. 그러나 입가에는 희미하게 웃음이 걸렸는데 잘못 본 것은 아니었으리라.

"그럼 이제 약속한 보수를 받기로 할까."

아크가 그렇게 말하고 실의 얼굴을 쳐다보았다. 그러자 표정이 어두워진 실은 뭔가 깊은 생각에 빠진 듯했다.

혹시 샛길이 있다는 말은 그냥 해본 소리였나 싶었지만, 자리에서 일어난 실은 오두막 입구로 향하더니 아크와 아리안을 재촉했다.

"……샛길로 안내할게. 따라와……."

오두막 밖으로 나오자 하늘은 저녁노을로 물들어 있었다.

앞장선 실은 슬럼의 오두막들이 즐비한 골목을 빠져나갔다. 잠시 나아간 후 일행은 수위가 낮은 조그마한 시내에 놓인 석교 앞으로 나왔다.

석교의 폭은 기껏해야 마차 한 대가 지나다닐 정도였다. 꽤 낡고 이끼가 끼었지만, 튼튼하게 지어졌는지 건너는 데에는 전혀 지장이 없을 듯했다.

"이쪽."

그러나 실이 가리킨 곳은 석교 맞은편이 아니었다. 일행은 다리를 떠받치는 기둥 옆으로 내려갔다. 양쪽 기둥 위에 가로질러 걸쳐진 나무 바로 밑이었다.

거기까지 가자 눈앞의 기둥에는 사람이 서서 들어갈 만한 굴이 뚫려 있었다. 굴에서는 약간 탁한 물이 흘러나와 작은 시내로 섞여 들었다. 그 굴 앞에는 철책을 끼운 탓에 꼭 커다란 하수구 같았다.

실이 그 하수구의 철책 몇 개를 능숙하게 비틀어 간단히 뽑아내자, 정확히 어른이 들어갈 수 있을 정도의 폭이 열렸다.

아무래도 이곳에 출입하기 위해 철책이 쉽게 뽑히도록 미리 수를 써두었으리라.

그러나 철책 두 개를 뽑아서 만든 폭으로는 일반 성인은 들어가도 갑옷 기사인 아크에게는 비좁은지, 중간에 걸려 앞으로 나갈 수 없었다.

“아크 나리, 그 큰 갑옷은 어떻게 안 돼?”

아크는 실의 조금 짜증 섞인 목소리를 들으며 고개를 갸웃거렸다.

어쨌든 전이마법을 쓰지 않고 조용히 지나갈 생각에 철책 하나를 있는 힘껏 뽑아보았다.

“흐읍!”

기합을 넣어 힘을 주자 시원한 소리와 함께 아무런 저항도 없이 세 개째 철책이 뽑혔다.

실은 믿기지 않는다는 눈으로 그 장면을 보고 있었다.

그 시선을 피한 아크는 아리안과 둘이서 안으로 들어갔다. 마음을 다잡은 실은 좀 더 안쪽으로 들어가더니, 구덩이에 숨겨둔 램프를 꺼내 왔다.

정말 용의주도하다. 뭔가 다른 목적 때문에 사용하는 것이리라.

“잠깐 기다려. 불을 켤 테니까.”

실은 램프에 불을 붙이려고 부싯돌을 꺼냈다. 그러자 옆에서 아리안이 손가락을 램프에 내밀며 짧게 주문을 외웠다.

『――불이여――.』

아리안의 손끝에서 라이터 불 크기의 작은 불꽃이 치솟았다. 아리안은 램프 접시의 기름에 낮게 깔린 심지를 태워서 불을 켰다.

“굉장해, 누나도 마법사였구나.”

감탄한 듯이 놀란 표정을 지은 실은 들뜬 목소리로 말했다.

아리안은 별거 아니라는 식으로 손을 내저었다. 그러면서 램프의 빛에 비춰진 하수구 안을 둘러본 후 실에게 물었다.

“여기서 영주의 성까지는 얼마나 걸리지?”

“으음~. 한동안 걸어야 돼. 이 주변은 아직 고약한 냄새가 안 나지만, 깊숙이 들어가면 각오하라고.”

불길한 말을 내뱉은 실이 램프를 한 손에 들고 앞장섰다. 대수롭지 않은 지저탐험 정도로 여긴 아크는 차가운 물을 뒤집어 쓴 듯한 기분으로 그 뒤를 따라갔다.

일단 하수구 안의 양 끝에는 사람 한 명이 걸을 수 있는 길을 만들어 놓았다. 직접 하수 속에 발을 담그고 나아가지 않는 것만으로도 다행이리라.

하수구 내부의 벽은 벽돌로 만들어졌는데, 천장에는 들보가 동일한 간격으로 걸쳐져서 탄광의 갱도 같은 분위기를 풍겼다.

아크와 아리안은 그 어두운 하수구를 실의 안내를 받아 오른쪽으로 꺾고 왼쪽으로 꺾어 전진했다. 하수구의 심한 악취로 코가 마비될 무렵, 맨 앞에서 걷던 실의 걸음이 비로소 멈췄다.

그곳은 방금까지 걸어온 하수구 내부의 풍경과 특별히 다른 점은 보이지 않았다. 주변을 둘러봐도 샛길은 물론 아무것도 없었다. 그러나 벽돌벽을 천천히 주먹으로 치자 일부 벽돌이 떨어졌고, 실은 그 안에 손을 넣어 뭔가를 조작했다.

어떤 작동음과 함께 벽돌벽의 한 면이 육중한 소리를 내고 옆으로 미끄러지듯 열렸다. 그러더니 뻥 뚫린 어두운 굴이 모습을 드러냈다. 숨겨진 문인 모양이다.

실의 램프 불빛을 의지해 그 굴로 들어가자 곧바로 긴 계단이 보였다. 계단을 내려간 일행은 질퍽질퍽한 통로로 나왔다.

한 사람이 지나다닐 정도의 폭이었고 샛길도 아무것도 없는 통로였다. 통로를 직진하자 이번에는 조금 전과 반대로 올라가는 긴 계단이 나타났다.

굴의 숨겨진 통로로 들어간 후에는 어느 누구도 입을 열지 않았다. 그래서 지금은 계단을 오르는 발소리만 지하의 축축한 통로에 끝없이 울렸고, 더욱 음울한 분위기를 연출했다.

마침내 계단을 다 오르자 나온 곳은 작은 방이었다. 의자 몇 개와 테이블 하나가 놓여 있었는데, 그 안쪽에는 사각형을 본뜬 천장까지 연결된 계단이 보일 뿐이었다.

램프의 빛에 비춰진 이곳은 아마 숨겨진 방이리라.

"이 안쪽의 계단 위가 영주의 성으로 이어져……."

실은 겸연쩍은 표정을 지으면서 안쪽에 있는 계단을 설명하고 시선을 내렸다.

아크는 실의 그런 태도에 의심을 품으면서도 안쪽의 계단을 올라가 천장부분을 살폈다.

천장에 있는 네모난 부분은 위에서 덮개처럼 닫아 놓았다. 여기를 통해 성 안과 바깥을 드나들도록 만들어진 듯했다.

이 출입구와 숨겨진 방은 보나마나 영주의 비상용 탈출구일 것이다.

아크가 천장부분을 조사하면서 생각에 잠기자, 새파랗게 질린 실이 가까이 와서 갑자기 고개를 깊숙이 숙였다.

"미안해, 아크 나리! 속일 마음은 없었어. 시아의 상처를 낫게 해주는 데에 필사적이었어! 제대로 성 안에 안내할게! 사실 어떤 계획이 있어서——."

"오오! 아무래도 맞은편은 헛간 같은 곳인가보군."

실이 뭔가 잇달아 마구 떠들어대는 가운데 아크가 천장부분을 이리저리 만졌다. 그러자 출입구를 막은 덮개가 들리더니 맞은편의 경치가 보여서 무심코 목소리가 새어나왔다.

덮개를 올리고 성내의 장소를 둘러보자 들창을 통해 들이비친 주홍색 석양으로 물든 먼지투성이 헛간의 모습이 보였다.

"이걸로 성에 들어갈 방법이 생겼군."

아크는 그렇게 말하면서 뒤를 돌아보았다. 믿기지 않는다는 시선으로 아크를 쳐다본 실은 입을 금붕어처럼 뻐끔거리며 여닫았다.

"왜 그러냐, 실?"

"에? 아크 나리!? 그 천장, 커다란 어른 두 명이 덤벼들어도 들어 올리지 못한 건데? 어떻게 천장이 열린 거야?"

실은 말 그대로 놀란 토끼 눈을 했다. 아크가 천장의 덮개를 한손으로 들었다 내렸다 하자, 실은 입을 딱 벌린 채 비틀거리며 다가왔다.

"이 정도는 나한테 별로 문제되지 않는다."

"호, 혹시 천장의 덮개가 가벼운 걸로 바뀐…… 건가?"

아크와 자리를 바꾼 실이 도로 닫힌 천장의 덮개를 들어올리려고 했다. 그러나 실의 가느다란 팔로는 천장의 덮개는 꿈쩍도 하지 않았다. 그래도 다시 힘을 주고 재도전했다.

아크는 실의 뒷모습을 쳐다보며 아리안에게 이후의 예정을 물었다.

"아리안 양, 성내의 잠입은 해가 떨어지고 나서 해도 괜찮겠소?"

"자, 잠깐 기다려! 설마 벌써부터 성 안에 들어갈 거야?"

비로소 실은 현재의 상황을 파악했는지, 허둥지둥 아크와 아리안의 행동을 확인했다.

그 질문을 받은 아크가 작은 방의 의자에 앉아 있던 아리안에게 시선을 향하자, 그녀는 자리에서 일어나 긍정의 뜻을 나타내듯이 조용히 고개를 끄덕였다.

"찾는 물건의 위치를 알아내든 들고 나오든, 일단 성에 잠입해야만 해."

아리안은 폰타를 가슴에 품고 당당한 태도로 그렇게 말했다.

"잠깐만 잠깐만! 지금 나리 일행이 성내로 숨어들어서 소란을 일으키면 곤란해!"

실은 성내의 침입을 주저하지 않고 고개를 끄덕인 아리안과 아크 사이에 허둥지둥 그 작은 몸으로 끼어들며 두 사람에게 그만두기를 호소했다.

"성에 들어가면 곤란하다고 해도 그래서는 우리 목적을 이룰 수 없어."

아리안은 눈앞에서 양손을 펼치고 선 작은 소년을 향해

살짝 불쾌하다는 목소리로 내뱉듯이 말했다.

골절을 치료해준 보수로 샛길이라는 정보를 판 당사자가 그 샛길을 쓰지 말라고 하는 셈이다.

아리안 역시 엘프족의 전사로서 부여받은 임무를 수행하려 하는 것이다. 애매모호한 말을 듣고 아리안이 약간 언짢아하는 반응도 납득이 간다.

"실, 이유를 말해주지 않으면 우리는 당초 목적을 달성할 뿐이다."

아크는 계단에 걸터앉아 실에게 물었다.

실은 시선을 바쁘게 움직이며 망설이는 모습이었지만, 결심을 굳혔는지 조금씩 입을 열기 시작했다.

"호반은 벌써 오랫동안 무거운 세금에 시달려 왔어……. 우리 아빠하고 엄마도 무리하게 일한 탓에 병으로 죽었고……. 사실 조만간 이 도시에서 영민들이 일제히 봉기할 계획이었는데……. 하필 결행일을 앞두고 다른 영주가 암살당하는 사건이 일어났거든. 그때 이후로 도시나 성의 경비가 두드러지게 강화되었단 말이야……."

실의 이야기를 듣던 아리안은 황금색 눈동자를 이리저리 굴리면서 난감한 얼굴로 시선을 내렸다.

이 도시의 이상한 경비강화체제는 아리안이 벌인 영주 암살에 기인한 것이었다. 어쩌면 영주는 엘프족의 습격을 두려워해서 사람들의 출입 등을 감시하고 있었는지도 모른다.

엘프족을 잡아서 매매하던 영주가 살해당했다. 그럼 당연히 엘프족을 사서 자신의 수중에 둔 인물은 경계를 할 게 뻔하다.

"경비 강화에 필요한 병사를 대량으로 고용할 돈은 세금을 더 늘려서 마련한다는 얘기까지 나왔나 봐……. 여기 샛길도 일제히 봉기하기 위해 성의 내통자가 알려준 모양이야. 그치만 경비체제가 바뀌면서 그 내통자도 우리를 도와줄 수 없게 되었어. 원래는 그 천장도 사람의 힘으로 들어 올릴 만한 게 아니지만……."

실은 이따금 아크를 올려다보고 이야기하면서 왠지 말을 꺼내기 어려워했다.

확실히 일제 봉기 전에 이 샛길을 통해 침입해서 한바탕 소동이 벌어지면, 경비가 더욱 강화되거나 최악의 경우에는 이 샛길이 막혀버릴 수도 있다.

실의 입장에서야 일반적으로는 샛길을 쓰지 못한다는 사실을 밝히고 다른 보수를 제시할 셈이었지만, 의도와는 반대로 이쪽이 간단히 샛길을 쓰게 되자 당황했으리라.

이번 일은 디엔트의 영주 암살사건을 일으키지 않았더라면, 이 도시에서 일어난 일제 봉기로 영주는 제거되고 성에 갇혔던 엘프족은 벌써 풀려났을지도 모르는 건가…….

아리안에게 시선을 돌리자 그녀는 폰타를 안고 바닥에 웅크려 앉아 있었다.

역시 자신들도 조금이나마 원인의 일부분을 키웠으므로, 양자의 문제를 단숨에 해결하면 더할 나위 없이 좋을 테지만……. 아크는 그렇게 생각하고 머리를 쥐어짜냈다.

"흐음, 그럼 영민들의 일제 봉기에 섞여서 우리도 성내로 침입하는 건 어떠냐?"

일제 봉기 때 이 샛길을 쓴다는 말은 영주 타도를 목표로 한다는 뜻이리라. 그렇다면 이 샛길을 쓸 때 자신들이 엘프족을 찾아다녀도 문제는 없을 터다.

더구나 내란으로 혼잡한 틈을 타서 목적을 이루면 추격대가 쫓아올 걱정도 없어질 것이다.

"나는 그래도 별로 상관없지만…… 그 봉기란 게 언제 일어나는데?"

아리안은 겨우 기운을 차렸는지 팔짱을 끼고 일단 찬성했지만, 봉기 일정에 우려를 나타냈다.

확실히 일제 봉기의 일정이 한 달 후라고 해서는 곤란하다.

"그건 러브아트 아저씨한테 물어봐야 알아……."

미안하다는 표정으로 고개를 숙인 실은 말끝을 흐렸다.

당연한 일이다. 일제 봉기를 위한 물밑 공작이나 준비를 실 같은 어린아이가 관리할 리는 없다.

요컨대 이번 내란을 일으키려는 인물을 만나서 직접 확인하지 않는 이상 무리이리라. 언뜻 보기에도 수상한 자신들의 요청을 그런 인물이 과연 쉽게 받아들일지 어떨지 모르겠지만…….

——받아들일 가망은 희박한 느낌이군.

아크는 자신이 꺼낸 의견에 내심 혼잣말을 하며 한숨을 내쉬었다.

슬럼에서 이번 일제 봉기를 계획하는 러브아트라는 인물에게 안내해 준다는 실의 제안에 아크와 아리안은 얌전히 따라가기로 했다.

일행은 샛길이 있는 벽을 원상태로 돌려놓고, 하구수의 길을 되돌아갔다. 다리 기둥의 중심부까지 돌아왔을 때에는 거의 해 질 녘이 가까운 시각이었다.

다리를 떠난 아크와 아리안은 빛이 적은 슬럼의 어두운 길을 실의 뒤를 따라 쫓아갔다.

마침내 주위의 건물들보다 약간 나아 보이는 오두막 앞까지 이르렀다.

주변 다른 건물들과 달리 축대 위에 튼튼하게 지어진 목조 오두막이었다. 실이 그 오두막의 현관문을 일정한 리듬을 넣어 두드렸다. 그러자 문이 살짝 열리며 누군가가 작은 목소리로 실과 말했다.

문을 연 인물은 미심쩍다는 눈으로 아크와 아리안을 쳐다보았지만, 묵묵히 실에게 턱짓을 하며 안에 들어가라고 재촉했다.

"얘기를 전하고 올게."

뒤돌아본 실은 그렇게 말하고 혼자 오두막에 들어갔다.

얼마 지나지 않아 아크와 아리안도 출입 허가를 얻었다. 아크는 문 앞에서 엄중히 감시하던 남자를 따라 아리안과 함께 오두막으로 발걸음을 옮겼다.

오두막 안에는 위압감을 주는 얼굴의 남자들 몇 명이 아크와 아리안을 노려보듯이 살폈다. 실내는 어두컴컴했다. 식당 같은 안쪽 방의 커다란 테이블에 앉아 있던 남자 한 명이 날카로운 시선을 던졌다.

산발한 갈색 머리와 콧수염, 여러 상처를 지닌 단련된 팔. 30대 중반 정도로 보이는 그 남자는 도저히 농민 같지 않았다.

식사 중이었는지 보리죽이 남자 앞에 놓여 있었다.

"나 참, 여기에 사람을 부를 때는 미리 연락하라고 했건만……."

남자는 아크와 아리안을 흘끗 곁눈질하더니 숟가락을 내려놓았다. 그리고 옆에 서 있던 실에게 시선을 되돌리고 한숨을 섞으며 말했다.

"죄송해요, 러브아트 씨. 그치만 급한 일이라서……."

실이 사죄를 하고 뭔가 흥분한 듯이 덧붙이려 했다. 러브아트라고 불린 남자는 그런 실의 말을 가로막은 후 아크와 아리안을 매섭게 쏘아보았다.

"아크라고 했나? 그 누름돌 같은 천장덮개를 들어 올리다니 엄청난 힘이군. 더구나 골절을 치료할 정도의 치유마법이라……. 그나저나 우리가 계획을 실행할 때 그 샛길을 쓰게 해달라는 얘기를…… 얼굴도 보여주지 않는 상대인데 어떻게 신용할 수 있다는 거지?"

러브아트는 자못 우습다는 듯이 미소를 띠고 물었다.

아크 자신은 전신 갑주 차림에 투구조차 벗지 않았고, 아리안도 온몸을 잿빛 외투로 감싼데다 입까지 천으로 가린 모습이어서 의심스러운 분위기만 풍기리라.

이런데도 이상히 여기지 말라니, 입이 찢어져도 그렇게 말하지 못한다. 그러나 아크와 아리안이 상대방을 전혀 고려할 필요성이 없다는 점도 사실이다.

"딱히 신용해 주기를 바라지 않는다. 이 얘기를 거절해도 상관없다. 우리는 단독으로 그 샛길을 써서 성으로 숨어들면 그만이니까……."

"뭐라고!?"

아크의 일방적인 주장에 오두막 안의 험악한 남자들이 살기를 띠었지만, 눈앞의 러브아트가 그들을 손으로 제지했다.

"당신들은 성에 볼일이 있지 않았나? 설마 당신들, 엘프인가……?"

이 말에 아크 뒤의 아리안이 살짝 반응했다.

주위의 남자들은 무슨 일인지 모르겠다는 표정으로 서로의 얼굴을 마주보았다.

"왜 그렇게 생각하지?"

"얼마 전에 디엔트령의 영주가 죽었을 때 범인은 엘프족이라는 소문이 한동안 떠돌았던 모양이다……. 그 사건 이후로 이곳의 영주는 멍청하게 보초병을 두고 명령 하나를 내렸지. '엘프족을 영내에 절대로 들이지 마라.' 라고."

아무래도 여기 영주는 몹시 경계하는 듯하다. 옆에서 아리안이 몸을 조금 움직였다.

러브아트는 자신의 추측을 말했지만, 아크와 아리안을 보고 천천히 한숨을 내뱉었다.

"아니, 당신들의 정체나 목적을 알아본들 무의미한가……. 우리도 시간이 별로 남아 있지 않아서 말이야……. 다른 일에 신경 쓸 여력이 없다고 해야 하나."

"호오, 시간이 남아 있지 않다니?"

팔짱을 끼고 미간을 찌푸린 러브아트에게 아크가 묻자, 그는 미간을 손으로 누르며 잠시 눈을 감은 다음 입을 열었다.

"머지않아 이 도시에 왕도로부터 제1왕자와 제2왕자가 온다. 그렇게 되면 반란을 일으키자마자 왕군이 나설 테고, 그 즉시 우리는 전부 단두대행이지. 왕자들이 이곳으로 도착하기 전에 일을 벌여야만 하니까……."

"반란을 일으켜도 결과는 마찬가지 아닌가?"

"……아니, 이번 일은 영주를 먼저 없애면 그 후에는 어떻게든 넘어간다는 계획이다. 왕도의 귀족님한테도 여러 사정이 있다는 얘기지. 게다가 만약 반란의 죄를 묻는 일이 생길 경우에는 그럭저럭 내 목 하나로 끝내도록 매듭을 지을 셈이거든."

러브아트는 콧수염을 쓰다듬으며 입술을 실룩거렸다.

그렇군, 이번 반란을 뒤에서 조종하는 다른 귀족이 있다는 건가. 눈에 거슬리는 귀족을 제거하고 자신의 말을 잘 듣는 자를 앉힐지 아니면 자신의 영지로 삼을지 그 목적은 모르겠지만, 아무래도 권력항쟁의 일부분인 듯싶다.

지금의 영주를 없앤 후 실과 시아를 위해서라도 조금이나마 나은 영주를 데려오기 바랄 뿐이다.

"사실은 왕도의 협력자로부터 상당한 전력을 받기로 했었다……. 그런데 바로 얼마 전에 그 집단이 이 근처의 마수들에게 심하게 당했다더군. 혹시라도 샛길을 쓰지 못하면 아주 불리한 도박을 벌여야 할 처지가 되었지……."

러브아트는 난감하다는 듯이 어깨를 으쓱이며 한숨을 쉬었다.

"그거 안됐군. 그래서 언제 결행하는 건가?"

"내일 아침이다."

"꽤 서두르는군. 우리한테는 좋은 일이지만."

"준비는 이미 마친 상태다. 나머지는 명령을 내리기만 하면 되는데……. 이제부터 동료들에게 전령을 보내면 성내의 협력자도 움직여 줄 테지. 실은 아크 씨를 결행시간 전에 샛길까지 안내하고, 늦지 마라.”

“네!”

러브아트의 지명을 받은 실은 씩씩하게 대답하며 등을 꼿꼿이 폈다.

일단 아크와 아리안, 폰타는 결행시간이 올 동안 시간을 때우게 되었다.

도시의 중앙대로는 갓 어두워진 시간대여서 가게에 불이 켜져 있었다. 술을 마시는 자나 식사를 하는 자, 여자에게 이끌려 창관(娼館)으로 들어가는 자 등 가지각색이다.

호반은 엘프족과 교역하는 린부르트 대공국과 로덴 왕도의 중간 지점에 위치한다. 그래서 엘프제 마도구 등을 왕도에 옮기는 교역로로 성장한 이 도시는 엘프제 수정 램프도 많이 보급되었는지 밤에도 다른 도시들보다 밝고 북적거렸다.

그런 떠들썩한 도시의 한 구역에 자리 잡은 어느 가게 앞. 아크는 대나무잎배를 본떠 만든 식물의 커다란 잎으로 감싼 케밥 같은 고기요리와 차나콩이라 불리는 병아리콩 같은 콩을 소금물에 데친 요리를 포대에 넣어 실의 오두막으로 돌아가는 길이었다.

“흐음, 실의 집이 어디였지…….”

저녁식사를 산 아크는 복잡한 구조의 슬럼에서 방향을 잃은 채 주변을 두리번거렸다.

"이쪽이에요, 아크."

그때 아크의 뒤를 따라오던 아리안이 폰타를 안고 앞장서서 걸었다.

엘프족은 숲 속에서도 방향을 잃지 않는 감각을 지녔다. 그 때문에 도시에서 길을 헤매지 않는지도 모른다. 늘 *우메다 던전에서 미아가 되는 아크로서는 정말이지 부럽기 짝이 없다.

"그건 그렇고 왠지 큰일에 말려든 꼴이 되었네요……."

앞서 걷던 아리안이 그런 말을 흘렸다.

"아리안 양은 인간족을 별로 좋아하지 않는 듯한데, 이번 일로 실과 그들을 도와줘도 괜찮은가?"

"어린아이는 어느 종족이든 어린아이일 뿐이에요. 게다가 지금 이 상황은 적잖이 내가 일으킨 사건에 기인한다고 생각하니까요……."

아리안은 아크에게 시선을 주고 나서 고개를 홱 돌리더니 입을 삐죽 내밀었다.

타 종족이라도 어린아이는 어린아이——그 관점은 엘프족의 사고방식일까 아니면 아리안 자신의 사고방식일까. 어쨌든 무턱대고 배타주의는 아닌 모양이다.

뭐, 아크 자신 같은 자칭 인간족 해골을 어느 정도 받아들

*미로처럼 복잡하게 뒤얽힌 오사카의 우메다역에 펼쳐진 광대한 지하상가. 인터넷 상에서는 지하미궁을 의미하는 '우메다 던전'이나 '세계 유수의 도시형 미로'로 불리며 주목받는다.

여 주는 시점에서 진작 헤아리고도 남는 부분이었다.

더구나——.

"여기 영주에 관해서는 아리안 양이 걱정할 일도 아닐 테지."

그 사건이 벌어지기 전부터 이곳의 영주와 영민들은 서로 매우 반목한 듯싶으니 말이다.

"난 딱히 걱정하지 않아요!"

아리안은 뿌루퉁한 얼굴로 조그맣게 항의하더니, 시선을 돌리고 팔짱을 꼈다.

"그렇군. 조만간 내란으로 영주가 죽게 될 테지만, 우리 계획은 변하지 않을 거요."

"맞아요……. 성내에 잡혀 있을 동포를 구한다. 이번에는 그뿐이에요."

아리안의 굳센 결심을 들으면서 마침내 실의 오두막 앞까지 이르렀다.

오두막 안으로 들어가자, 실과 시아 남매는 소량의 빵과 말린 콩 같은 음식을 침울하게 먹는 중이었다.

"뭐하는 거냐, 실? 건네준 돈으로 저녁을 사지 않은 거냐?"

아크가 캐묻는 말에 실은 불만스럽다는 듯이 무뚝뚝하게 말했다.

"갑자기 형편이 좋아진 것처럼 보이지 않도록 하기 위해서라고. 그리고 이래 봬도 빵을 살 수 있는 돈이 들어왔으니까 충분해."

실의 옆에 있던 시아도 그 말에 크게 고개를 끄덕이며 동의했다.

아무래도 생각보다 식생활이 몹시 쪼들리는 듯하다. 그런 두 아이에게 방금 사 온 식사를 내밀고 아리안과 먹도록 권했다.

처음에는 실도 머뭇거렸지만 여동생을 빨리 회복시키려면 잘 먹을 필요가 있다는 말에 두 아이는 슬슬 손을 뻗어 맛있다는 듯이 한입 가득히 넣었다.

고기와 콩뿐이어서 영양이 약간 치우칠지도 모르지만, 마른 빵과 말린 콩에 물만 곁들인 음식보다는 훨씬 식사다우리라.

"갑옷 아여이는 안 머거요?"

평소에는 거의 입에 대지 못할 고기를 볼이 미어터지도록 먹는 시아가 고개를 갸웃거리며 묻는 몸짓은 왠지 흐뭇했다. 옆에서 지지 않고 고기를 입 속으로 마구 쑤셔 넣는 폰타의 모습과 나란히 비교되어 작은 동물 같았다.

"나는 아까 가게에서 먹었다. 눈치 보지 말고 먹어라."

"응!" "큥!"

아크는 시아의 머리를 쓰다듬으면서 태연하게 거짓말을 했다――그리고 폰타, 너한테 한 말은 아니거든?

아리안은 시야의 한쪽 구석에서 차나콩을 입으로 가져가며 아크에게 흘끗 시선을 던졌을 뿐 딱히 아무 말도 하지 않았다.

무슨 말을 하고 싶은지는 그럭저럭 짐작이 갔다.

다만 아리안은 쉬어야 하는데 외풍이 신경 쓰인다고 흙과 불의 정령마법을 써서 단단히 구운 벽을 만들어 냈다. 덕분에 주위의 건물들보다 꽤 그럴 듯해진 모습을 보니, 아리안도 남의 말을 할 입장은 아니다.

새벽녘, 아크는 아직 해도 뜨지 않은 어두운 하늘을 올려다보았다.

호반의 거리는 쥐 죽은 듯이 조용했고, 긴장의 실을 잡아당긴 것처럼 팽팽해진 공기가 도시 전체를 뒤덮은 느낌이었다.

그런 가운데 석교로 향하는 아크와 아리안, 그리고 실이 내는 발소리만 들려왔다.

일행이 석교의 양쪽 기둥 위에 가로질러 걸쳐진 나무 아래, 하수구 입구 앞에 도착하자 그곳에는 두 명의 남자가 보초를 서며 주위를 엄중히 감시하는 중이었다.

그 두 사람에게 살짝 고개를 끄덕여 인사한 실은 미리 떼어낸 철책 틈을 빠져나가 하수구 안으로 들어갔다.

그 뒤를 아크, 폰타를 안은 아리안이 따라서 들어간 다음 앞서 가는 실을 쫓았다.

아리안이라면 한 번 지나간 길은 헤메지 않고 나아갈 테지만, 약간 방향치인 아크는 얌전하게 안내자의 뒤를 따라가지 않으면 지하미궁에서 미아가 될지도 모른다.

【게이트】를 써서 탈출할 수 있으므로 그다지 심각해질 필요는 없지만 말이다.

이전에 지났던 숨겨진 통로의 벽은 이미 열린 상태였고, 그 주변에는 전사 차림의 우락부락한 많은 남자가 크고 작은 여러 집단으로 나뉘어 무리를 지었다.

통로의 폭은 사람 한 명이 지나다닐 정도여서, 그들은 결행 시의 성내 돌입을 위해 대기 중이리라.

어둡고 축축한 숨겨진 통로를 거쳐 긴 계단을 오르자, 작은 방의 불안한 램프 불빛 아래에는 지저분한 남자들이 나란히 선 모습이 보였다.

다들 저마다 가죽 갑옷이나 경갑을 몸에 걸치고 무기를 지닌 채 긴장한 표정을 지었다.

가장 안쪽의 성내로 통하는 계단에는 어제 만난 러브아트가 갑옷 차림으로 앉아 아크와 아리안이 오기를 기다리고 있었다.

"여어, 왔나. 예전 부하 위병들도 이번 봉기에 참가하게 됐다. 오른팔에 하얀 띠를 감은 녀석들은 같은 편이니 주의해 주게."

"호오, 원래 위병이었나……."

"이래 봬도 대대장이었다. 영주에게 반항해서 지금은 이 꼴이지만."

러브아트는 유쾌하다는 듯이 콧수염을 실룩이고 웃었다.

"성내 돌입 후의 계획은 어떻죠?"

어둠침침한 방 안에 녹아들 것 같은 잿빛 외투 속에서 아리안이 황금색 눈동자로 엿보며 러브아트에게 물었다.

"돌입 후에는 먼저 두 패로 갈라진다. 이 통로 앞은 성문과 내문 사이의 안뜰에 지어진 자재창고지. 우선 성문 조는 도개교의 확보와 성 바깥의 아군을 끌어들일 거요. 성 밖의 위병들은 다른 동료들이 대기소를 습격할 테니 신경 쓰지 말게. 이걸 지닌 녀석들을 중심으로 성 내문을 파괴하는 게 최우선이니까."

그렇게 말하고 러브아트가 품에서 꺼낸 물건은 주먹 크기만 한 둥근 구체였다.

그 검은 구체는 도자기 같은 반원의 그릇을 합친 형태였는데, 끈으로 위아래를 묶듯이 감아놓았다. 꼭 *호로쿠다마 비슷한 형태를 띠었다.

"버스트 볼이군요."

검은 구체를 본 아리안은 조금 놀랐는지 두 눈을 크게 떴다.

---

*호로쿠다마 : 수류탄의 일종. 일찍이 전국시대에 세토나이카이를 중심으로 세력을 자랑한 무라카미 수군은 도자기에 화약을 채운 '호로쿠다마'를 무기로 써서 비할 데 없이 강력한 성능을 발휘했다

“누님은 아는 게 많군. 그렇소, 이걸 성 내문의 경첩에 잘 던지면 간단히 날려 버리거든.”

“버스트 볼은 마정석을 기폭제로 사용한 폭파 마도구라서 상당히 고가라고 들었는데……?”

“왕도의 협력자한테 받은 선물이오. 이거 하나로 금화 수십 개가 사라지는 물건이지.”

아무래도 버스트 볼이란 마법을 사용한 수류탄인 듯하다. 그처럼 많은 돈이 드는 물건을 넘겨주다니, 왕도의 협력자라는 인물은 자금이 매우 넉넉한 자이거나 고위 귀족인지도 모른다.

“그럼 슬슬 시작해 볼까…….”

러브아트의 조용한 그 한마디가 방 안에 대기하던 남자들에게 적막과 긴장감을 안겨주었고, 자연히 그들의 시선이 아크를 향했다.

재촉하는 그 시선에 아크는 방 안쪽의 계단을 올라가서 천장부분의 덮개에 손을 댔다.

실내의 공기가 단숨에 긴장도를 높였고, 다들 마른침을 삼키며 아크에게 시선을 집중했다.

아크가 살짝 힘을 주어 천장덮개를 밀어 올리자 무겁게 스치는 소리를 내면서 솟아올랐다. 이윽고 성내로 이어지는 입구가 천천히 열렸다.

실내에 가득 찬 긴장감이 놀람과 동요로 바뀌는 가운데

러브아트는 재미있다는 듯이 웃고는 부하 남자들에게 지시를 내렸다.

“감탄만 하지 말고 맡은 역할이나 얼른 해내라. 두 명은 천장을 떠받치는 장치에 제동을 걸어 고정한다. 네 명은 자재창고 주변에 보초를 서는 놈들이 있으면 침묵시켜라. 그리고 실은 땅굴에서 대기하는 녀석들을 불러와라.”

“알았어요!”

안내역을 맡은 실은 씩씩하게 대답하더니, 발길을 돌려 방 밖에서 대기하는 남자들에게 달려갔다.

러브아트의 지시에 따라 방 안의 다른 남자들은 계단을 통해 은밀하게 성내로 침입했다.

숨겨진 통로와 이어진 이 방의 천장을 누르는 덮개는 밑으로 떨어지는 천장 같은 구조였는지, 근처에 천장을 쇠사슬로 매달기 위한 도르래 장치가 있었다. 남자 두 명이 도르래의 손잡이를 돌려서 쇠사슬을 감아올렸다. 그 후 미리 가져온 튼튼한 막대기를 손잡이에 끼운 다음 끈으로 묶어 고정시켰다.

아크가 손을 살며시 떼자 천장은 허공에 매달린 상태로 고정되었고, 무장한 남자들이 샛길 안쪽에서 차례차례 올라왔다.

이 방은 자재창고 속의 숨겨진 공간인 듯했고, 정면의 벽처럼 보이는 문이 열리면 자재창고로 나갈 수 있었다.

숨겨진 문 너머의 자재창고 안쪽에서는 정면문을 살짝 열어 그 틈으로 바깥의 동정을 살피는 네 명의 남자가 눈에 띄었다. 그들 뒤에서는 습격조가 수중의 장비 등을 확인하고 준비를 갖추었다.

정면문의 남자들이 뭔가 수신호를 보내자 고개를 끄덕인 러브아트는 모여 있던 습격반에게 신호를 보냈다.

자재창고의 정면문에서 거침없이 나온 남자들이 두 무리로 나뉘어 흩어졌다.

성문과 도개교를 확보하러 향한 집단이 허리를 낮춘 채 성벽을 따라 이동했다. 활을 든 자들은 성벽 위에서 보초를 서는 위병들을 노리고 화살을 날렸다.

곧이어 목이나 머리에 화살을 맞은 위병들이 성벽에서 떨어졌다.

다시 두 번째 화살을 시위에 메기고 쏘자 위병들의 수는 순조롭게 줄어들었지만, 그중 한 명이 화살을 맞고 굴러 떨어지면서 주위에 커다란 소리를 울렸다.

성벽 외곽탑의 위병 한 명이 그 소리를 들었는지 하품을 하면서 보러 왔다. 그때 공교롭게도 성벽을 따라 나아가던 집단이 들키고 말았다.

잠시 후 성내 일대에 싸구려 금속을 두드리는 듯한 새된 종소리가 울려 퍼졌다.

경종 소리에 성내가 갑자기 시끄러워지기 시작했다.

새벽의 어슴푸레한 하늘 아래, 기세를 올려 검을 맞부딪치는 소리가 여기저기에서 들려왔다. 그 소리는 시간이 흐를수록 점점 커져 갔다.

성 내문으로 향하던 집단도 보초를 서는 위병들과 교전 상태에 들어가며 잇달아 노호가 메아리쳤다.

위병에게 밀리는 남자의 뒤로 달려온 다른 위병이 싸움에 끼어드나 싶더니 동료 위병을 등 뒤에서 찌르는 광경도 보였다. 그 위병은 오른쪽 어깨에 하얀 띠를 두르고 있었다.

아크와 아리안은 소란스러운 안뜰을 느긋하게 걸으며 자신들의 목적인 엘프족이 갇혀 있을 법한 건물을 찾아 나섰다.

아크가 검은 외투로 당당하게 돌아다니자 눈에 띄는지 이따금 위병이 무서운 기세로 돌진해 왔지만, 머리를 살짝 때렸더니 그 자리에서 흰자위를 드러내고 쓰러졌다.

『——터져라. 적을 죽여라——.』

성 내문으로 향한 집단의 남자들 몇 명이 똑같은 주문을 외친 후 무리에서 빠져나왔다. 그들은 성 내문을 겨냥하여 손에 든 검은 구체를 던졌다.

곧바로 폭음이 울려 퍼졌고 폭염과 폭풍이 성 내문 부근에서 작렬하자, 주변의 위병들이 잔해와 열풍과 함께 날아갔다.

그러나 내문 아래의 경첩만 파괴되었을 뿐 위의 경첩은

피해를 입지 않은 듯했다. 연기가 걷히면서 다시 모습을 드러낸 내문은 폭발로 인하여 곳곳이 파이고 덜커덕거렸지만 여전히 멀쩡했다.

"빌어먹을! 위력은 변명할 여지가 없어도, 던져야 할 순간을 맞추기 어렵군!"

러브아트가 문을 올려다보며 욕설을 내뱉었다.

확실히 수류탄 같은 폭발물로 높은 곳의 표적을 폭파하기 위해서는 상당한 기술이 필요하리라.

"밀어라아!! 문이 너덜거린다! 밀어붙여어!!"

러브아트가 큰소리로 외쳤다. 그러자 주위의 위병들을 처리한 남자들이 문을 부수려고 계속 모여들었다.

"문을 사수해라아!! 수비대는 성벽에서 화살을 쏴라아!!"

성 내문 옆의 위병대 대장으로 보이는 남자가 호령을 내렸고, 그에 호응하여 안쪽에서 성 내문을 되미는 듯한 구호가 들렸다.

더구나 성 내문으로 몰려온 반란자들을 제거하고자 성벽 위에 속속 나타난 궁병들이 화살을 쏘려는 자세를 취했다. 그러나 반란자들 후방에 대기하던 이들이 밑에서 화살을 날려 그들을 떨어뜨렸다.

성 내문을 사이에 두고 교착상태가 만들어졌다.

아크는 이런 곳에서 언제까지나 밀쳐내기 놀이로 시간을 낭비하기 싫었다.

"비켜어어어어어어어!!!"

고함을 지른 아크가 떼 지어 모인 자들의 중심으로 뛰어들자, 인파가 좌우로 갈라지면서 성 내문 앞까지 이르는 길이 생겨났다.

그 길을 전속력으로 질주한 아크가 정면의 문을 향해 *살인전사도 새파랗게 질릴 숄더 어택을 꽂아 넣었다. 그러자 성 내문을 지탱하던 상부 경첩도 내부에서 반란자들을 막던 위병들도 성 내문이 부서지면서 마른 잎처럼 멀리 나가떨어졌다. 정면에는 커다란 입구가 나타났다.

그 광경에 주변 일대는 한순간 모든 소리가 멎었고 적막이 내려앉았다. 그저 멀리서 성문을 둘러싼 싸움 소리만 바람을 타고 이 자리에 들려올 뿐이었다.

"문이 열렸다아아!! 돌격해라아아아아아!!"

적막이 지난 후 제정신을 차린 러브아트가 있는 힘껏 목소리를 쥐어짜 내고 성 내문으로 내달렸다.

러브아트의 행동에 퍼뜩 정신이 든 자들이 기세를 올려 그를 따랐다. 그리고 성 내문이 날아간 모습을 멍하니 지켜보던 위병들에게 덤벼들었다.

단숨에 그 자리가 혼란의 도가니로 바뀌는 가운데 후방에서 둔탁한 충돌음이 들리며 환성이 들끓었다.

---

*살인전사(殺刃戰士) : 미국의 프로레슬러이자 전설적인 태그팀 '리전 오브 둠'의 멤버인 로드 워리어 호크. 일본에서는 살인전사라는 별명으로 불렸다. 서 있는 상대를 향해 도움닫기를 하여 어깨부터 상대에게 부딪치는 기술이 주특기 중 하나다. 숄더 블록이나 숄더 푸쉬 또는 숄더 차지 등으로 알려져 있다.

아마 정면문의 도개교가 내려졌으리라.

이윽고 성문 쪽에서 땅울림과 함성이 진동했다. 성관(城館)으로 돌입한 자들은 그들에게 다가오는 세력을 알아차리고 순식간에 사기가 올랐다.

반면에 위병들은 앞다투어 패주하여 뿔뿔이 흩어졌다.

전투의 흐름은 거의 결정되었다고 보아도 좋으리라. RPG 게임의 최종보스 같이 뭔가 비장의 한 수라도 꺼내면 별개일 테지만, 딱히 그런 게 있는 것처럼 보이지도 않는다.

가끔씩 적의 마법사인 듯 여겨지는 자가 속임수 비슷한 마법을 펼쳤지만, 아크가 토시로 아무렇게나 튕겨내고 얼굴을 두드리자 찍소리도 못하고 쓰러졌다.

남은 일은 성관을 수색해서 엘프족만 찾으면 그만이다.

"아리안 양, 지금 관내를 조사하는 게 좋겠소."

"그래요."

아크는 바로 뒤에 따라오는 아리안에게 말을 걸었다. 그 후 그 둘은 빠른 걸음으로 영주의 성관을 향했다.

정면의 두쪽문은 이미 부서졌고, 안에서는 반란자들에 의한 약탈이 이루어지는 중이었다.

"이 자들은 압정에 반항해서 봉기한 게 아니었어요?"

아리안은 눈앞의 약탈행위를 보고 미간을 찌푸렸다.

뭐, 모든 사람이 고결한 정신을 바탕으로 들고 일어났을 리는 없다. 오히려 인류의 역사 속에서는 비교적 자주 목격

하는 장면이기도 하다. 이렇게 말하는 아크 자신도 디엔트에서는 똑같은 짓을 벌였으므로 딱히 그들에 대해 아무 말도 하지 못했다.

아크는 고용인 여성에게 검을 휘두르며 뒤쫓던 남자를 스쳐 지나듯이 후려치고 복도를 나아갔다.

우선 늘 그렇듯이 지하감옥부터 뒤지기로 했다.

지하로 이어지는 계단은 금세 찾을 수 있었다. 그 계단을 내려가자 어두컴컴한 지하감옥이 나타났다.

이미 보초병은 달아났는지 아무도 없었다. 철격자 우리가 즐비했지만, 늙은 남자나 수염을 기른 연령미상의 남자들뿐이었다. 정작 중요한 엘프족의 모습은 보이지 않았다.

일단 성관 내부의 방을 이 잡듯이 샅샅이 살폈다. 그러던 중 3층의 어느 후미진 방에서 엘프족과 함께 있는 훼방꾼을 발견했다.

호화롭고 세련된 실내 장식으로 꾸며진 방의 한복판. 거기에는 이곳과 어울리지 않게 울툭불툭한 쇠사슬에 철구가 달린 족쇄를 찬 엘프 여성 한 명이 피 묻은 촛대를 손에 쥐고 있었다.

정성껏 땋아 올린 녹색이 섞인 금발, 엘프족 특유의 긴 귀, 목에 채워진 검은 금속제 목걸이, 몸에 걸친 얇은 비단 드레스. 그 여성의 짙은 초록색 눈동자는 아크와 아리안을 응시하지 않았다.

"형님, 이거 진짜 엘프인데!? 처음 봤어, 난!"

"멍청아, 냉큼 촛대를 빼앗고 얌전히 시켜! 다른 놈이 갖고 가게 생겼잖아!!"

방에 먼저 와 있던 남자 둘은 그 엘프족을 전리품으로 챙기고 돌아가려는지, 그녀를 붙잡으려고 조금씩 다가갔다.

그러나 엘프 여성의 발밑에는 머리에 피를 흘리고 엎어진 또 다른 남자 한 명이 보였다. 아무래도 섣불리 접근하다가 마침 그녀의 손에 집힌 촛대에 얻어맞아서 쓰러진 모양이었다.

다만 족쇄에 쇠사슬로 이어져 걸리적거리는 철구가 행동범위를 제한하는 이상 오래 버티지 못하고 붙잡힐 것이다.

"거기 있는 여성은 우리가 찾던 인물이다. 미안하지만 물러나 주실까."

아크가 두 남자를 향해 뒤에서 말을 걸었다.

"뭐!? 당신, 느, 늦게 와 놓고 전리품을 가로채려 하다니 비겁하잖아!!"

다른 남자에게 형님이라 불린 건장한 체격의 남자는 굳은 표정을 지으며 거칠게 항의하는 한편 엘프 여성을 자신들의 전리품이라고 주장했다.

그런데 남자의 반응을 보건대 아크가 성 내문을 날려버린 광경을 목도한 듯했다. 남자의 표정이나 태도에는 눈에 띄게 두려워하는 감정이 묻어났다.

남자를 향해 아무렇지 않게 발걸음을 옮기자, 그는 반사적으로 검을 뽑아 자세를 취했다.

보아하니 육체언어로 대화를 나누고 싶어하는 눈치였다. 아크는 남자에게 한 걸음 만에 간격을 좁히자마자 백핸드 블로우처럼 손등으로 관자놀이를 때렸다.

간단히 의식을 잃은 남자는 그대로 방구석까지 나뒹굴었다.

"이 자식이! 동료 아니었냐! 무슨 짓이야!!"

남동생인 듯한 남자는 조금 전의 남자와는 달리 겁에 질린 모습은 없었다. 적개심을 드러낸 남자는 무기를 들고 덤벼들었지만, 얼굴에 주먹을 얻어맞는 순간 이를 흩날리면서 방의 벽에 격돌하고는 잠잠해졌다.

"협력은 했다만, 동료가 된 기억은 없다."

적당히 봐주었으므로 죽지는 않으리라.

아크가 남자 둘과 노는 동안 아리안은 엘프 여성에게 다가가더니, 깊숙이 눌러쓴 외투의 후드를 벗고 정체를 밝혔다.

"구해 주러 왔어요."

다크엘프인 아리안을 본 여성은 놀란 표정으로 짙은 초록색 눈동자를 크게 떴다.

"설마 구해 주러 오리라고는 생각지도 못했어요……. 바깥이 소란스러운데 무슨 일이죠?"

"영주에 대한 반란이에요. 그 사이 여기서 탈출할게요.

열쇠는 어디 있는지 알아요?"

말을 걸면서 웅크리고 앉은 아리안이 엘프 여성의 발목에 채워진 족쇄의 열쇠 구멍을 만졌다.

"열쇠는 나를 산 영주 남자가 늘 갖고 다녀요."

아리안의 질문에 막힘없이 대답한 그 엘프 여성은 분하다는 표정이었다.

"아리안 양."

이번에 일어난 반란의 목표물을 열쇠 때문에 찾으러 갈 시간이 아까웠다. 더구나 그 영주가 항상 열쇠를 지니고 있다는 보장도 없다.

아크의 뜻을 알아차렸는지, 아리안이 그 자리에서 비켜났다.

"조금만 참으시오."

아크는 그 말만 하고 다리 족쇄와 철구를 잇는 쇠사슬을 잡더니 힘을 주었다. 금속이 삐걱거리는 소리를 내면서 쇠사슬 일부분이 서서히 비틀어지고 늘어났다.

"흠!"

기합을 넣어 쇠사슬을 좌우로 잡아당기자 요란한 파쇄음을 울리며 끊어졌다.

쇠사슬이 변형의 압력을 견디지 못한 듯싶었다. 제철 기술이 낮은지 아니면 싸구려 쇠사슬이었는지 모르겠지만, 어쨌든 결과는 좋았다.

다만 엘프 여성의 다리 족쇄는 역시 이곳에서는 벗길 수 없었다. 쇠사슬과 달리 발목에 채워진 족쇄는 약간 부수기 어려운 형태여서, 최악의 경우 엘프 여성의 발목뼈를 부러뜨릴 우려도 있다.

"나머지 다리 족쇄는 마을로 돌아간 뒤에 떼어 내도 괜찮을 테지."

아크는 손에 남은 쇠사슬의 잔해를 그 자리에 내버려 두고 일어났다.

사로잡힌 엘프족 여성은 두 눈을 휘둥그레 뜨며 놀랐지만, 자유롭게 움직일 수 있는 다리를 어루만지더니 눈물을 흘리면서 아크와 아리안에게 머리를 숙였다.

"남은 건 『마나바이트컬러』네요."

아리안의 말에 고개를 끄덕인 아크가 엘프 여성의 목에 걸린 『마나바이트컬러』를 해제 주술 마법으로 풀어내자, 방 밖에서 누군가의 고함이 울려 퍼졌다.

"프리슈 드 호반 백작을 물리쳤다아!!!"

맞은편에서도 반란의 매듭을 지은 듯했다.

그 목소리와 함께 저택 안팎에서 오른 함성이 작은 파도처럼 퍼져나갔다.

더 이상 이곳에 오래 머물 이유는 없었다. 아크는 아리안과 서로 고개를 끄덕여 보인 후 라라토이아까지 이어지는 【게이트】를 열고, 영민들의 승리로 들끓는 호반성을 떠났다.

제4장 왕도 올라브 동란

다음 날, 라라토이아에서 아리안과 함께 호반을 내려다볼 수 있는 장소로【게이트】를 사용하여 이동했다. 그곳부터는【디멘션 무브】로 전이를 반복하며 곧장 로덴 왕국의 왕도를 향해 나아갔다.

어제는 호반에서 구해준 엘프족 여성을 라라토이아의 딜런 장로에게 맡기고, 그대로 하룻밤을 묵은 후 오늘 아침에 라라토이아를 떠났다.

아크는 이번에도 아리안 집안의 욕실을 실컷 즐기고 맛있는 식사를 대접받았지만, 아무 때나 그곳을 이용할 수도 없는 노릇이어서 슬슬 어딘가에 자신만의 거점을 갖고 싶어졌다.

금화 1000개 이상을 늘 짐자루에 넣고 다니는 현실이 더욱 그런 욕구를 부채질하는 요인이 된 느낌은 부정할 수 없다.

아리안의 모친인 그레니스에게 언제든지 놀러 와도 좋다는 말을 들었지만, 곧이곧대로 받아들여서 정말 내키는 때에 갈 수도 없다.

더구나 어떤 조건이 붙었는데, 폰타를 데리고 와야 한다는 단서를 넣었다.

여성과 어린아이를 농락하는 폰타의 수완에는 두 손 두 발을 다 들었다.

그런 폰타는 항상 앉는 자리인 아크의 투구 위에 달라붙더니, 전이하는 순간 뒤바뀌는 한가로운 경치를 바라보면서 하품을 하는 중이었다.

호반에서 왕도까지의 거리는 마차로 이틀 정도 걸리고, 【디멘션 무브】를 쓰면 한나절도 지나지 않아 도착한다.

게다가 이 주변의 풍경은 완만한 평야가 계속되고 마을이나 밭뿐인 까닭에 전망이 좋다. 【디멘션 무브】를 쓰면 상당한 거리를 전이 가능하다.

다만 역시 왕도로 이어지는 가도는 지나다니는 사람들이 많았다. 그래서 남의 눈에 띄기 쉬우리라는 점을 고려하여, 가도를 조금 벗어난 장소를 선택하고 전이를 되풀이했다.

이윽고 정면에는 북쪽에서 남쪽으로 흐르는 커다란 강이 나타났다.

그 강은 하늘에서 쏟아지는 햇빛을 반사하여 빛의 띠로 바뀌었고, 잔잔한 흐름을 가로놓아 시야 끝까지 뻗어 나가는 평원에 경계선을 그려 냈다.

그 경계선에 걸쳐진 큰 다리 너머로 이곳에서도 그 크기를 뚜렷이 알 수 있는 둥근 원형의 거대한 도시가 저 멀리 보였다.

사중의 방벽으로 둘러싸인 그 거대도시는 이 세계에 오고 나서 본 어떤 도시보다도 컸다. 이 압도적인 자연강자의 세계 속에서 인간의 영역을 고집하는 그 모습은 어딘가 말로 표현하기 어려운 풍경으로 눈앞에 다가왔다.

"압권이란 이런 걸 두고 하는 말인가……."

왕도가 보이고 나서 다시 가도로 돌아온 일행은 다른 사람들 틈에 섞여 도시를 향했다.

호반에서 이곳 왕도 올라브로 오려는 주된 이유는 이후의 정보 수집을 위해서였다.

수중에 지닌 엘프족 매매계약서에 적힌 인물들. 남은 이름은 룬데스 드 랜드발트와 드라소스 드 발리시몬이었는데 아마 다들 남자이리라.

내란이 일어나 정세가 불안해진 호반을 떠난 일행은 이 두 인물의 정보를 찾고자 사람들과 정보들이 가장 많이 모여드는 왕도를 목적지로 삼은 것이다.

그 왕도 바로 앞에는 강폭이 넓은 라이델강이 흐르는데, 그 강에 놓인 큰 다리를 오가느라 북적대는 사람들과 마차들이 먼 곳에서도 보일 정도다.

그 다리를 건너면 왕도로 직접 들어갈 수 있는 구조는 디엔트와 동일한 양식이지만, 다른 점은 다리 앞의 제3방벽과 제4방벽 사이에도 시가지가 펼쳐진다는 사실이다.

라이델강에 놓인 다리를 건너자, 왕도의 방벽이 몹시 가까워졌다.

높이 30m를 넘는 방벽은 라라토이아처럼 거목이 없는 평원에 우뚝 솟아 있었다. 그래서 보다 두드러졌고 높이를 늘인 듯한 착각마저 들었다.

지금 보이는 왕도의 동문 폭은 10m 남짓이다. 수많은 사람과 짐마차 등이 끊임없이 출입하는 모습은 도시가 얼마나 융성한지 여실히 보여줬다.

도시로 들어가는 짐마차 대열의 바로 옆에는 사람들이 줄지어 늘어섰다. 아크는 잇달아 문 너머로 삼켜지는 사람의 물결을 바라보며 아리안과 둘이서 왕도에 진입하기 위한 행렬을 기다렸다.

마침내 위병 앞까지 줄이 줄어들어 자신들의 차례가 되었다.

위병 남자는 아크를 흘끗 쳐다봤을 뿐 딱히 아무런 감정도 드러내지 않았다. 그는 아까부터 지겹도록 되풀이해온 말을 정말 귀찮다는 듯이 입에 담았다.

"신분증 또는 출입세는 한 사람당 1세크다."

사무적인 그 말에 아크도 묵묵히 은화 2개를 건네자, 위병 남자는 턱짓으로 문을 가리키더니 얼른 가라는 표정을 지었다. 그리고 다음 순서를 기다리는 사람을 똑같이 상대했다.

일행은 올려다볼 만큼 커다란 문을 거쳐, 처음으로 이 로덴 왕국의 왕도 올라브에 들어섰다.

동문을 지나자 문의 폭과 비슷할 정도의 돌바닥이 깔린 대로가 뻗었고 양쪽에는 상점들이 즐비했다. 그 사이를 수많은 사람이 오가는 모습은 거대한 상점가를 방불케 하는 광경이었다.

다양한 복장을 걸친 채 대로를 지나다니는 그 사람들은 이 활기 넘치고 북적거리는 왕도에 꽃을 곁들이는 역할을 맡았다.

투구 위의 폰타가 그런 번화한 풍경을 고개를 이리저리 정신없이 움직이면서 살피는 게 전해졌다.

그처럼 몹시 떠들썩한 분위기를 보여주는 왕도였지만 인구가 늘어나면 어느 도시나 떠안는 문제인지, '*화재와 싸움은 에도의 꽃' 이라는 말처럼 거리의 대로에서 말다툼을 벌이는 집단으로 인하여 사람들이 웅성거렸다.

질이 나쁘고 근골이 건장한 남자들 몇 명이 한 남자를 상대로 생트집을 잡는 듯하지만, 아무리 봐도 불리한 쪽은 지금 시비를 거는 남자들이리라.

상대 남자는 머리에 터번 같은 모자를 두르고 입가도 천으로 가려서 눈언저리밖에 보이지 않았다. 그러나 남자의

---

*에도(지금의 도쿄)에는 목조 건물이 밀집해 화재가 자주 나 불 끄는 인력의 활약이 두드러졌고, 에도 토박이는 성미가 급해 요란한 싸움을 자주 벌였다는 점에서 유래한 말.

신장은 2m를 거뜬히 넘어서 아크보다 머리 하나는 더 컸고, 주위를 빙 둘러싼 사람들 속에서 유난히 눈에 띄었다. 또한 고스란히 드러낸 알몸의 상반신은 철저하게 단련한 강철 근육이 솟아올라서 살아 있는 갑옷이나 마찬가지였고, 그 위에는 망토 같은 외투를 걸쳤다.

구경하러 모여든 사람들로 정신이 없는데도 불구하고, 조금 떨어진 장소에서 보는 아크도 알 만큼 그 거구의 남자는 이질적인 존재감을 내뿜었다. 어딘가의 *세기말 패자가 풍기는 패기마저 환각처럼 보여줄 듯한 기척이 감돌았다.

"이, 이 자식아! 우리 구역에서 잘난 체하지 말라고!!"

터번을 두른 세기말 패자 앞에서 있는 힘껏 허세를 부리며 대드는 모습은 오히려 불쌍해 보이기조차 했지만, 이런 무뢰배들이 얽힌 영역 다툼에서는 얕보이면 패배라는 암묵적인 규칙이라도 있는 것처럼 과감하게 시비조로 남자를 몰아붙였다.

그러나 상대방 남자는 눈앞의 작은 동물에게 전혀 위협을 느끼지 못한 듯이 흘끗 시선을 내렸을 뿐, 그대로 지나가려 했다.

"새끼야, 무시하지 말라니까아아!!"

주위의 남자들은 그 태도를 보고 단숨에 분노했는지, 허

---

* '북두의 권'에 등장하는 호쿠토 라오우. 신장 210cm, 체중 145kg. 북두신권 역사상 최강자라는 평가를 받았으며 괴력의 소유자다.

리에 찬 단검을 뽑아 터번 남자를 겨누며 고함을 질렀다.

구경꾼들은 칼부림 사태가 벌어질 듯한 그 광경에 조그맣게 비명을 지르더니, 이들을 둘러싼 원을 넓히면서 뒤로 물러났다.

그러나 곧이어 들려온 소리는 이제 막 터번 남자를 향해 고함을 지른 무뢰배들의 비명이었다. 어느새 바싹 접근한 터번 남자는 양손에 한 명씩 상대의 머리를 쥐고 *아이언 클로 기술처럼 무뢰배 둘을 천천히 공중으로 들어올렸다.

"기야아아아아아아아!! 머리가! 머리가아아아!!"

"그만둬어!! 그만둬어어!!!"

두 명의 남자는 꼴사납게 울부짖으면서 발버둥 쳤지만, 머리에 파고든 터번 남자의 손가락은 가차 없이 두개골을 조이며 삐걱거리는 소리를 냈다.

너무나 압도적인 힘의 차이를 드러낸 광경은 주변의 소란을 잠재웠고 일종의 이상한 적막을 만들어 냈다. 당장에라도 남자들의 두개골이 부서질 듯싶었다.

"네놈들!! 거기서 무슨 짓이냐!!"

이때 구경꾼들의 후방에서 이 소란을 들은 위병들이 군중을 헤치고 다가왔다. 위병들을 본 구경꾼들은 괜한 일에 말려들기 싫다는 듯이 거미 새끼가 흩어지는 것처럼 사방으로

*손바닥 전체로 상대의 얼굴을 붙잡은 후 손끝의 악력을 사용해 서서히 조여 기브업을 노리는 프로레슬링 기술. 프리츠 폰 에릭의 필살기인 '아이언 클로'라는 명칭은 그가 독자적으로 사용하는 명칭이었다.

달아났다.

시선을 돌리자 방금까지 남자들의 얼굴을 조인 터번을 두른 세기말 패자도 동시에 모습을 감추었다. 그저 넓적다리 사이로 대소변을 흘리고 기절한 남자 두 명만 땅바닥에 나뒹굴 뿐이었다.

"야만스러운 곳이네요……."

아리안은 남자들이 싸지른 대소변의 악취를 맡더니, 외투 속에서 얼굴을 찌푸리며 탄식했다.

"조금 야만스럽고 사람들이 많을수록 섞여들기도 쉽소. 우리한테는 좋은 일이지."

아크는 아리안과 그런 대화를 나누는 한편 소동이 일어난 장소에서 빠른 걸음으로 멀어졌다.

"먼저 숙소부터 잡고 분담해서 정보를 찾기로 할까……."

"그래요……."

위병들을 피해 거리를 나아가는 와중에 아크가 이후의 예정을 말하자, 인파에 질려 있던 아리안도 동의했다.

잠시 대로를 걷던 아크는 근처를 지나는 행인 한 명을 붙잡아 길을 물었다.

"미안하오만 여관을 찾고 있소. 어디 괜찮은 곳을 모르시오?"

"네? 아, 저기…… 그, 그렇군요. 기사님이라면 제2구획으로 가는 게 낫지 않을까요?"

갑자기 낯선 갑옷 기사가 말을 걸자, 청년은 두 눈을 휘둥그레 뜨고 당황하면서도 정중하게 대답해주었다.

청년의 이야기로는 현재 위치한 제4구획은 그야말로 서민들의 터전이고, 중심의 왕성에 가까워질수록 신분이 높은 자나 부유층이 사는 구획이 펼쳐지는 듯하다.

다만 제1구획은 귀족의 거리인 듯해서 평범한 일반인이 제1방벽의 문을 지나는 일은 거의 없다고 한다.

아크는 청년에게 고맙다며 은화 1개를 건네고 헤어진 후 아리안과 나란히 대로를 걸었다.

동문에서 뻗은 이 대로는 제2구획까지 가로지르기 때문에 도시의 중앙부로 이동할 수 있다. 아크와 아리안은 이윽고 제3방벽의 문에 이르렀다.

높이 20m 정도의 상당히 멋진 제3방벽은 좌우로 이어졌다. 그 방벽을 따라 밑에는 몇 개의 노점이 줄지어 늘어서서 번화가를 연상시켰다.

제3방벽의 문에는 양쪽에 위병이 서 있을 뿐 딱히 검열을 하지는 않았다. 그 문을 지나자 조금 전의 시끄러운 느낌은 살짝 가라앉았지만, 여전히 많은 사람으로 바글거렸다. 다른 점은 제4구획은 거의 목조가옥인데 비해 제3구획부터는 석조가옥이 늘어나서 약간 산뜻한 풍취를 연출했다.

도시 중앙의 고급스러운 장소를 가더라도 시선만 끌게 되는 이상, 여관은 제3구획에서 찾기로 했다.

대로를 벗어나 길가에 즐비한 상점들 옆의 샛길을 나아가자, 커다란 수로가 대로의 안쪽을 따라가듯이 흘렀다. 그 수로에는 짐이나 사람을 실은 곤돌라 비슷한 작은 배가 지나다녔는데, 그 광경만 보면 베네치아 같았다.

배들이 오가는 수로 위에는 석교가 놓여 있어서, 그 다리를 건너면 거주구가 나타난다.

여관 외에도 주점이나 식사를 주는 가게도 보였다. 대로만큼은 아니었지만, 이 일대도 사람들의 왕래가 잦아서 북새통을 이루었다.

"저쪽 여관은 괜찮은 분위기네요."

아리안이 그렇게 말하며 가리킨 방향에는 한 채의 깔끔한 3층짜리 여관이 세워져 있었다. 그곳에 들어간 아크는 자신과 아리안의 숙소 두 개를 잡아두고 방에는 들어가지 않은 채 다시 거리로 나왔다.

일단 오늘 밤 머물 여관은 정했으므로 거리에서 각자 정보 수집을 하기로 했다. 아크는 여관 앞에서 아리안과 헤어져 거리를 향해 발걸음을 옮겼다.

이 도시는 그동안 들른 도시들보다 훨씬 큰 까닭에 아크는 미아가 되지 않도록 알기 쉬운 대로 부근을 걷자고 마음먹었다.

――게다가 뒷골목에 들어간들 대단한 정보를 얻을 것 같지도 않으니까. 아크는 자신에게 그런 핑계를 속으로 중

얼거리면서 대로를 나아갔다.

이번 정보 수집에는 그다지 고생할 요소는 없으리라.

어쨌든 프리슈 드 호반은 호반이라는 영지의 귀족이었다. 그렇게 따지면 나머지 두 사람도 이름에 붙은 영지를 소유했을 가능성이 높다.

요컨대 랜드발트와 발리시몬이라는 이름의 영지 또는 도시를 알아보면 된다.

그런 정보를 가장 자세히 알 만한 족속, 아마 상인에게 묻는 게 최고일 터다.

아까 여관을 찾으러 지나던 길에 딱 들어맞는 장소를 본 기억이 떠올랐다.

다시 제3방벽을 거쳐 아크는 방벽을 따라 노점들이 늘어선 한 구획으로 발길을 돌렸다. 일용잡화부터 신선한 식품, 수상한 공예품에 이르기까지 다양한 물건들을 벌여놓은 상인들이 행인들에게 말을 걸었다.

지금 보이는 대부분의 노점들은 채소 같은 청과물을 많이 다루어서, 투구 위에 달라붙은 폰타가 흥미진진하다는 듯이 꼬리를 흔들었다.

"큥!"

노점을 구경하며 걸을 때 폰타가 어떤 가게에서 유독 크게 반응했다.

노인 한 명이 나무통의 말린 딸기를 달아 파는 그 노점 앞은 새콤달콤한 딸기 냄새가 희미하게 나서 폰타의 코를 몹시 자극한 모양이다.

“노인장, 두 통만 주시겠소. 먹을거리는 여기에…….”

아크는 짐자루에서 작은 가죽 주머니를 꺼낸 후 노점상을 운영하는 노인에게 건넸다.

“예이. 매번 감사합니다요, 기사님.”

노인은 느릿한 동작으로 나무통의 말린 딸기를 그릇으로 퍼 올려서 가죽 주머니에 넣었다.

“그런데 노인장. 좀 묻고 싶은 말이 있소만, 이 주변에 랜드발트 혹은 발리시몬이라는 영지나 도시를 아는가?”

아크의 질문에 노인은 말린 딸기를 담은 그릇을 손에 든 채 고개를 갸웃거리더니, 뭔가 떠올렸다는 듯이 고개를 크게 끄덕이며 활짝 웃었다.

“오오, 랜드발트라면 알다마다요. 이곳 왕도에서 서쪽 가도를 나아가다 보면 있는 항만도시를 랜드발트라고 하죠.”

“호오? 서쪽인가. 그럼 거리는 어느 정도요?”

그릇을 나무통 위에 올려놓고 팔짱을 낀 노인은 미간을 찌푸리며 허공을 응시했다.

“으음~. 마차로 엿새쯤 걸리는 거리였지 싶은데…….”

마차로 엿새라, 거리가 꽤 먼 셈이군…….

“또 하나, 발리시몬이라는 이름은 들어보았소?”

“아뇨, 전혀요. 처음 듣습니다요.”

노인은 방금처럼 잠시 허공을 응시했지만, 이내 고개를 가로젓고 한숨을 내뱉었다.

"그런가. 미안하오, 노인장. 이건 사례요."

두 통의 말린 딸기를 받은 아크는 정보료와 합쳐서 은화 5개를 노인에게 쥐어주었다.

노점 주인인 그 노인은 두 눈을 휘둥그레 떴지만, 금세 이 빠진 입으로 환한 미소를 지었다.

그곳을 떠난 아크는 폰타에게 말린 딸기를 주면서 다른 노점을 돌아다녔다. 그러는 한편 발리시몬에 대해 물어보았지만, 그 이름을 아는 사람은 없었다.

랜드발트의 정보를 순조롭게 모은데 반해 발리시몬에 관한 정보는 조금도 얻지 못했다. 뭔가 전제가 잘못 됐나 고민할 때 뒤에서 누군가가 불쑥 말을 걸었다.

"오랜만입니다."

그 무미건조한 목소리는 왠지 귀에 익었다.

아크가 뒤돌아보자, 어딘가에서 본 기억이 나는 이가 서 있었다.

커다란 모자를 머리에 눌러쓰고, 푸른색 눈동자로 아크를 바라보았다. 가지런히 자른 약간 짧은 검은 머리를 살랑이며 움직이기 쉬울 듯한 검은 옷차림의 소녀 한 명이 나타난 것이다.

신장 150cm 정도의 몸집이 작은 소녀에게 도시 아가씨의 인상은 없었고, 팔다리에 각각 토시와 각반을 착용한데다 허리에는 단검을 찼다.

눈앞의 소녀는 아크의 투구 위에 달라붙은 폰타를 향해 한순간 눈동자가 쏠렸지만, 금방 시선을 되돌리고 아크를 똑바로 쳐다보았다.

아크는 낯이 익은 맑은 푸른색 눈동자를 가만히 바라보며 기억을 더듬었다.

"흐음……, 분명히 본 것 같기는 하다만……."

"……디엔트에서는 일이 잘 풀린 듯해서 다행입니다."

그 소녀는 시선을 피하지 않고 억양이 없는 목소리로 입을 열었다. 아크는 그 말을 듣자 디엔트에 자리 잡은 인신매매범들의 거점에서 마주친 고양이 귀를 가진 닌자의 모습이 뇌리를 스쳤다.

"오오, 지난번의 닌자소녀인가."

무심코 내뱉은 아크의 말에 반응했는지, 소녀의 가느다란 눈썹이 꿈틀거렸다.

"닌자……. 역시 잘못 들은 게 아니었군요."

조그맣게 중얼거린 소녀는 그 작은 몸을 있는 힘껏 꼿꼿이 세워 아크를 올려다보았다.

"당신과 잠깐 얘기를 나누고 싶습니다만…… 괜찮을까요?"

진지한 눈빛으로 묻는 말에 아크가 묵묵히 고개를 끄덕이

자, 소녀는 사람들이 많이 지나다니지 않는 골목으로 데려갔다. 아크는 잠자코 소녀를 따랐다.

소녀는 주위의 인기척에 신경 쓰며 조금 마음을 가라앉히고 나서 말을 꺼냈다.

"인사가 늦었습니다. 제 이름은 치요메. 인심일족(刃心一族)의 여섯 닌자 중 한 명입니다."

소녀가 밝힌 그 이름은 상당히 일본식이다, 그건 그렇고——.

"인심일족?"

생소한 명칭에 대한 의문이 무심코 입으로 튀어나왔다.

"인은 칼날(刃), 심은 마음(心)을 뜻하는 말로 '견디고 참는 자' 라는 의미입니다."

눈앞의 소녀 치요메가 아크의 물음에 속시원하게 대답해 주었다.

어떻게 생각해도 '참을 인(忍)' 의 한자를 풀어썼다고 밖에 여겨지지 않는 일족명이다.

머릿속으로 그런 고찰을 하자, 치요메라고 자신을 소개한 소녀는 푸른색 눈동자로 마주 쳐다보며 아크를 재촉했다.

무언의 압박을 받은 아크도 순순히 신분을 밝혔다.

"내 이름은 아크, 나그네다. 사정이 있어서 지금은 각지를 떠돌아다니지."

"그렇군요……. 그런데 아크 님, 어째서 저를 닌자라고 불렀습니까?”

치요메는 아크의 대답을 한마디도 놓치지 않겠다는 듯이 촉촉한 눈동자로 뚫어지라 보았다.

치요메의 말을 통해 그녀가 닌자를 아는 것처럼 느껴졌지만, 아크 자신과 마찬가지로 이세계에 떨어진 존재 같지도 않았다.

“흐음, 우리 고국에서는 치요메 양과 비슷한 복장의 밀정을 ‘닌자’라고 부른다오.”

아크도 질문에 대답하고 치요메의 모습을 살폈다.

치요메는 그 대답을 듣고 살짝 눈을 감더니, 납득했다는 표정을 지었다.

“역시 그렇습니까……. ‘닌자’란 우리 일족에게만 전해지는 숨겨진 이름. 그걸 아는 아크 님은 초대(初代)님과 동일한 나라의 출신이겠군요.”

아무래도 ‘닌자’라는 말은 인심일족 사이에서만 전해 내려오는 듯했다. 따라서 이 이름을 아는 자는 필연적으로 그 말을 가르쳐준 초대님이라는 인물과 동향 사람이거나 인심일족에 한정된다는 걸까…….

그렇다면 치요메가 언급한 초대님은 자신과 같은 일본인 또는 닌자를 아는 지구인이 틀림없다. 초대라고 말하는 걸 보아하니 대를 거듭한 자손이라는 건가.

“참고로 현재는 몇 대째인지…… 물어도 되겠소?”

"……지금은 초대님으로부터 헤아려 22대째님이 일족을 이끕니다."

어느 정도는 예상했지만, 설마 22대나 대를 이어왔다니. 당연히 그 초대님이라는 자도 살아있지 않으리라.

"그럼 그 초대님은 이미 생존하지 않는가?"

"네. 초대님은 600년 전쯤, 박해를 받던 묘인족(猫人族) 일부를 거느리고 새로운 일족을 일으켰습니다. 그게 인심일족입니다."

"흐음, 그나저나 어째서 내게 그 얘기를 하는 거요?"

아크는 이전에 아리안의 아버지인 딜런에게 수인종족은 박해를 받아 일방적으로 노예사냥을 당했다는 이야기를 들었다.

그런데 인간족의 도시, 더구나 사람들이 가장 많은 왕도에서 변장했다고는 해도 자신에게 당당히 말을 걸었다. 거기에 더해 일족의 사정을 스스로 털어놓는 짓은 엄청난 리스크를 동반하는 위험한 행동일 터다.

"모쪼록 아크 님이 도와주셨으면 하는 일이 있습니다."

치요메의 행동을 의아하게 여기자, 그녀는 더욱 대담한 발언을 내뱉었다.

디엔트에서의 기억을 돌이키면 치요메가 당장 이토록 위험을 무릅쓰며 인간족의 도시에 잠입한 상황을 비추었을 때 어떤 일인지 저절로 짐작이 간다.

"치요메 양, 그대들이 말하는 그 '일'에 관해서 인간족인 내게 조력을 구하는 건 상관없소?"

아크가 묻는 말에 치요메는 푸른색 눈동자를 가늘게 뜨고 조용히 고개를 끄덕였다.

치요메가 도움을 바라는 일은 아마 이 왕도에 사로잡힌 그녀의 동포들——산야의 민족의 노예해방을 거들어주는 것이리라.

그러나 인간족에게 받는 박해로부터의 해방을 인간족인 자신에게 도움을 청하다니 대체 무슨 속셈일까.

치요메는 뭔가 의도를 지닌 듯하지만, 자신도 엘프족의 아리안에게 힘을 빌려주는 상황이어서 그리 경솔하게 대답할 수는 없다.

"나는 현재 엘프족의 협력자로 움직이고 있소. 그대들을 도와주는 건 도리에 어긋나네."

아크의 말을 듣던 치요메는 잠시 생각에 빠진 듯한 표정을 보이더니 얼마 지나지 않아 입을 열었다.

"그럼 아크 님이 협력한다는 그 엘프족을 만나게 해 주십시오. 만약 이번 일로 아크 님의 도움을 얻을 수 있다면, 보수 외에 정보도 드리도록 하죠."

억양이 거의 없는 목소리였지만, 조금 도전적인 느낌이 드는 치요메의 그 말이 살며시 귀에 배어들었다.

"호오, 정보라니……?"

"아크 님 일행은 그 매매계약서에 적힌 인물을 찾는 걸로 압니다만…… 아닌가요?"

치요메는 푸른색 눈동자로 날카롭게 아크를 응시했다.

"거기까지 짐작했나……. 하지만 세 사람 가운데 두 사람은 이미 알아냈다."

"그렇습니까……. 그럼 남은 사람은 드라소스 드 발리시몬뿐이겠군요."

눈앞의 소녀는 아무것도 아니라는 듯이 말하며 입꼬리를 올렸다.

치요메는 매매계약서의 내용을 아는 데에 그치지 않았고, 아크가 소재를 밝혀내지 못한 나머지 인물의 이름까지 정확히 맞추었다.

"……그만큼 안다는 말은 그 인물의 신원을——."

"네. 알고 있답니다."

역시 괜히 닌자가 아니라는 걸까.

확실히 정보는 탐이 났지만, 그 정보를 얻기 위해서는 수인족들의 노예해방을 도와주어야 할 터다.

아크로서는 기꺼이 협력할 수는 있어도 이 왕도에서 너무 요란하게 눈에 띌 만한 작전행동을 취한다면 깊이 고민해 볼 일이다.

새삼스러울지도 모르는데 그동안의 일이 세상에 공공연히 알려져서 본격적으로 수배자 신세가 될 경우에는 이후의 여행이 힘들어진다.

그러나 아크가 매매계약서에 적힌 세 사람 가운데 두 사람을 알아냈다고 하자, 치요메는 망설임 없이 나머지 인물로 발리시몬의 이름을 댔다.

그 이유는 세 사람 중에서 가장 파악하기 어렵다는 확신을 가졌기 때문이리라.

이렇게 된 이상 마구잡이로 거리를 돌아다녀도 간단히 발리시몬의 신원을 캐내지 못할 것이다. 그러기는커녕 발리시몬의 이름을 묻는 수상한 인물의 정보가 퍼지게 된다.

딜런은 일전에 수인족들은 레브란 제국의 밀정집단을 잇는 후예라고 말했다. 정말 정보에 대해서는 수인족들이 뛰어나리라.

일단 돌아가서 아리안과 상담해 보는 게 좋을지도 모르겠군…….

"한번 이 일을 상담하고 나서 대답을 들려주겠소."

"저도 데려가 주십시오. 아크 님이 협력한다는 그분에게 직접 말씀드리겠습니다."

아직 앳된 모습이 남은 치요메는 흔들림 없는 푸른색 눈동자로 아크를 응시했다.

아마 이 닌자소녀와 동행해도 아리안을 해치지는 않으리라——조금 걱정은 되어도 그렇게 생각했다.

"알겠소. 그럼 치요메 양, 안내하리다."

치요메를 뒤에 데리고 대로로 들어선 아크는 제3방벽의 문을 지나 다시 앞을 나아갔다. 치요메는 몸집은 작았지만, 딱히 뒤처지지도 않고 잘 따라왔다.

치요메와의 긴 대화에 질린 폰타는 투구 위에서 꾸벅꾸벅 조는지 이따금 미끄러져 떨어질 뻔했다. 그때마다 아크가 폰타를 제자리에 앉히면서 여관으로 돌아왔다.

숙소는 3층의 방이었다. 아크는 그곳으로 치요메를 불러 들였다.

방에 있는 의자를 치요메에게 권하고, 자신은 침대에 걸터앉았다.

겨우 졸음이 깬 듯한 폰타도 침대 위에서 앞발을 제자리에 내딛으며 굳은 몸을 확인했다.

실내에 내린 침묵이 왠지 묘한 경계를 낳았다.

닌자소녀 치요메는 무엇 때문인지 안절부절못하고 폰타와 자신을 바라보았다.

"치요메 양, 뒷간은 1층이오."

"아닙니다!"

서먹서먹한 분위기를 바꾸기 위해서였지만 별로 표정을 바꾸지 않는 치요메가 그 말에 약간 얼굴을 붉히며 곧바로 내뱉듯이 대답했다. 어리게 보여도 어엿한 숙녀인 셈이다.

그런 치요메에게 짐자루에서 작은 가죽 주머니를 꺼내어 건네주었다.

자신의 의도를 이해하지 못한 치요메는 머리에 의문부호를 띄웠다. 그러나 가죽 주머니의 내용물에 폰타가 침대 위에서 반응하자, 치요메는 비로소 알아차린 눈치였다.

아크는 아까부터 치요메가 안절부절 못하는 시선을 던진 상대를 소개했다.

"소개가 늦었지만, 이 녀석은 솜털 여우 폰타. 나무 열매나 과일을 좋아하오."

치요메는 그 말을 들으면서 자신의 손에 쥐어진 말린 딸기를 내려다보고, 조금씩 다가오는 폰타를 향해 웃음을 띠었다.

폰타는 치요메의 발밑에서 갈팡질팡하며 말린 딸기를 바라보았다.

여전히 의자에 앉아 있는 치요메의 무릎 위로 올라올 만큼 친해지지는 않았으리라. 다만 그렇게 되는 것도 이미 시간문제일 테지만 말이다.

치요메가 손에 든 말린 딸기를 주뼛주뼛 가까이 가져가자, 폰타는 커다란 솜털 꼬리를 좌우로 흔들어 감정을 드러냈다. 말린 딸기를 맛있다는 듯이 씹어 먹는 폰타를 보면서 치요메도 눈을 가늘게 뜨고 어렴풋이 미소를 흘렸다.

"인간족인 아크 님이 정령수를 길들여서 놀랐습니다……."

말린 딸기를 주고 폰타의 털을 쓰다듬던 치요메가 그렇게 중얼거렸다.

"이 녀석은 비교적 아무한테나 잘 따르는 거 같아서 말이지……."

아크가 쓴웃음을 지으며 대답했지만, 치요메는 고개를 가로저었다.

"아뇨, 정령수는 사람의 악의에 민감합니다. 이런 사람의 도시에서 편하게 쉴 수 있는 건 아크 님을 절대적으로 신뢰하기 때문이겠죠."

치요메의 말을 들은 아크는 폰타에게 도로 시선을 돌렸다――그곳에는 어느덧 말린 딸기로 농락당해 치요메의 무릎 위에서 졸라대는 폰타의 모습이 보였다.

뭐, 치요메의 말을 그대로 믿는다면 아크 자신은 폰타의 애착인형 같은 포지션이리라.

아크는 그 문제를 별로 깊게 생각하지 않았고, 달리 신경 쓰이는 일을 물었다.

"그러고 보니, 첫 대면에 어떻게 내가 엘프족을 구하러 왔는지 알았소?"

치요메와 처음 마주쳤을 때 아크를 인신매매범으로 단정하기는커녕 오히려 목적을 거리낌 없이 추측했다.

보통 그 장소에서 갑옷 기사를 보면 인신매매범들의 동료라고 판단해도 이상하지 않다.

그 질문을 듣고 고개를 든 치요메는 두 눈동자를 똑바로 아크에게 향했다.

"우리나 엘프족, 인간족은 저마다 특징적인 냄새를 풍깁니다. 정령수를 길들인 아크 님에게서는 매우 희미하게 엘프족의 냄새가 났습니다. 다만——."

치요메는 잠시 말을 끊고 머뭇거렸지만, 마음을 굳혔는지 시선을 들어 다시 입을 열었다.

"아크 님한테서는 좀 특이한 냄새, 아니 기척을 느꼈습니다. 여태껏 느껴 보지 못한 기척이었습니다."

치요메의 시선은 가만히 아크의 투구 안을 들여다보듯이 푸른 홍채를 조였다.

알맹이는 전신 해골이므로 딱히 냄새의 발생원이 될 만한 요인은 적은 게 당연하다.

치요메의 눈동자는 뭔가를 알아차렸다는 듯한 분위기가 깃든 것처럼 보이기도 했지만, 단순히 아크 자신의 괜한 걱정일지도 모른다——.

방 안에 약간의 침묵이 흐른 후 문을 두드리는 소리가 들렸다.

이 방을 찾아올 이는 그리 많지 않다. 어서 들어오라는 대답을 하자, 평소의 눈에 익은 잿빛 외투를 걸친 인물이 문을 열고 발걸음을 실내로 내딛었다.

외투 겉으로도 알 수 있는 커다란 가슴을 흔들면서 나타난 그 인물은 의자에 앉아 폰타에게 말린 딸기를 주던 치요메와 시선이 맞았다.

둘 사이에 잠깐 적막이 흘렀다. 그러나 누가 먼저랄 것도 없이 아리안은 외투를 벗었고, 치요메는 줄곧 눌러쓴 커다란 모자를 벗었다.

아리안은 다크엘프 특유의 옅은 자주색 피부와 뾰족한 귀를 드러냈고, 치요메는 검은 머리 위에서 쫑긋거리는 고양이 귀를 보여주었다.

"소개하겠소, 치요메 양. 이쪽이 내가 협력하는 엘프족의 아리안 양이오."

아리안은 살짝 고개를 숙여 인사한 다음 시선을 아크에게 보내며 따지듯이 황금색 눈동자를 가늘게 떴다.

"아리안 양, 이쪽은 이전에 얘기했다시피 디엔트에서 정보를 준 인심일족의 치요메 양이오."

"처음 뵙겠습니다, 아리안 님. 인심일족의 치요메입니다."

무릎에 앉힌 폰타를 바닥에 내려놓은 치요메는 의자에서 일어나 아리안에게 오른손을 내밀었다.

치요메의 검은색 고양이 귀가 아리안을 살피듯이 쫑긋거렸다.

똑같이 오른손을 내민 아리안도 치요메의 손을 잡으며 인사를 나누었다.

"아리안 그레니스 메이플이에요. 정보제공은 감사했어요."

"메이플의 전사입니까……. 캐나다 대삼림 내에서도 정예라고 들었습니다."

치요메는 아리안의 오른손을 마주잡더니 감탄한 눈빛의 푸른색 눈동자를 그녀에게 고정시켰다.

아무래도 닌자일족은 엘프족의 정보도 어느 정도 갖고 있는 듯했다. 아리안도 조금 놀란 표정으로 눈앞의 작은 닌자 소녀를 바라보았다.

"그런데 여기에 이 아이가 있는 이유를 말해줄래요?"

아리안은 큰 가슴을 흔들며 허리에 손을 얹더니, 아크와 작은 몸집의 치요메에게 번갈아 시선을 던졌다.

치요메의 겉모습은 어린아이 같지만 그녀의 말과 행동은 어른이나 다름없기 때문에 '아이' 라는 호칭은 약간 위화감이 든다. 그러나 당사자인 치요메는 그다지 신경 쓰는 눈치도 아니다.

아니, 자세히 보면 꼬리 끝이나 고양이 귀를 쫑긋거리며 반응한다. 의외로 마음에 든 건지도 모른다.

"그전에 우선 아리안 양의 정보 수집 성과를 물어봐도 되겠소?"

아리안은 치요메에 관한 설명을 요구했지만, 그녀의 정보 수집 성과에 따라서는 이후의 이야기가 완전히 달라질 가능성도 있다.

그렇게 생각한 아크가 아리안에게 묻자, 그녀는 갑자기 불쾌한 표정을 짓더니 미간을 찌푸렸다.

"전혀 없었어요……. 외투를 걸치고 거리를 돌아다녔을

뿐인데, 뭣 때문인지 이상한 남자들이 자꾸 꼬여서——. 덕분에 정보 수집을 할 상황이 아니었어요."

땅이 꺼져라 한숨을 내쉬고 푸념한 아리안의 얼굴은 지쳐 보였다.

어깨를 크게 으쓱이는 동작에 아리안의 커다란 가슴이 흔들리며 그 존재감을 주장했다.

아마 외투를 입어도 보기 드문 존재감을 드러내는 아리안의 가슴이 남자라는 나방을 끌어들이는 벌레잡이 등의 역할을 맡았으리라.

아리안과 함께 걸을 때는 딱히 말을 거는 남자들이 없었던 기억을 떠올리건대 아크 자신이 방충제의 효과를 발휘했는지도 모른다.

같은 남자로서 그 기분을 이해하지 못하는 바도 아닌 까닭에 애매모호하게 맞장구를 쳐 두었다.

"나는 남은 두 사람 가운데 한 명인 랜드발트의 정보를 얻었소. 그리고 나머지 인물은……."

이때 치요메가 스스로 앞에 나서며 다음 말을 이었다.

"거기서부터는 제가 말씀드리겠습니다……."

치요메는 담담한 표정으로 아까 자신과 나눈 이야기를 아리안에게 들려주었다.

아리안도 눈을 감으면서 조용히 귀를 기울였다.

"——나는 별로 상관없어요."

치요메가 대강의 설명을 끝내자, 아리안은 깊이 고려하지도 않고 입을 열기 무섭게 수인족들의 노예해방전에 참가하기로 동의했다.

정작 의뢰를 꺼낸 치요메 본인은 아리안의 말에 놀란 표정이었다.

아크 자신의 일을 짐짓 모른 체하고 넘어가는 꼴이지만, 그렇게 간단히 결정해도 좋은 안건은 아닌 듯싶은데 괜찮은 걸까?

치요메 일족 같은 산야의 민족, 요컨대 인간족으로부터 수인이라 불리는 종족은 엘프족처럼 조약을 맺은 것도 아니어서, 인류국가의 입장에서는 그들을 노예로 다루어도 법률 위반이 되지 않는다.

인권 따위는 없고 거의 동물과 마찬가지 취급을 받는다. 더구나 이런 시대에 동물보호법을 바라기도 무리다.

"이번 일에는 아크가 관여하지 않아도 돼요. 내가 정한 거니까……."

아크가 고민에 빠져들자, 아리안이 애써 냉정한 말투로 알렸다.

눈처럼 하얀 머리를 나풀거린 아리안이 긴 속눈썹을 지닌 눈꺼풀을 뜨며 황금색 눈동자로 아크를 가만히 응시했다. 그 표정은 슬픔을 띠고 있는 듯이 보였다.

아리안의 말을 들은 검은 고양이 닌자의 귀가 살짝 움직였다.

"동포들이 노예로 사냥당하는 모습을 보는 심정은 나도 잘 알아요……."

아리안이 내뱉은 말은 여관 숙소에 고요하게 울렸지만, 분노의 감정을 품고 있었다.

"나도 도와주지 않겠다는 말은 아니지만, 다만 너무 두드러진 행동은 피하고 싶소."

주된 이유는 아크 자신을 위해서이기는 해도, 엘프족이 이번 일에 얽힌 사실이 세상에 드러나면 앞으로 점점 행동하기 어려워질 터다.

실제로 호반에서는 그 때문에 경계태세가 강화되었고, 그 결과 호반 내에 쌓인 불씨를 더욱 불타오르게 하는 요인을 낳았다.

아리안도 생각하는 바가 있는지, 약간 고민하는 얼굴로 눈썹을 찡그렸다.

"그런데 구체적으로 어떤 형태의 협력을 하게 되나?"

이 자리에서 끙끙거려도 끝이 나지 않는다.

먼저 자신들이 어떻게 치요메의 인심일족과 협력할지는 그 내용에 따라 방책이 바뀐다.

의중을 떠보는 말에 치요메는 아크와 아리안에게 번갈아 시선을 보내고는 헛기침을 한 번 했다.

"이 왕도에서 가장 큰 노예상회를 저희라는 미끼를 써서 습격할 겁니다…….”

아무래도 제일 눈에 띄는 작전 같다.

게다가 가장 큰 노예상회를 상대로 미끼를 써서……. 설마하니 싸우다 죽을 각오로 임하는 작전에 외부의 협력을 불렀다고는 여기지 않지만…….

“치요메 양, 미끼라는 게 뭔가?”

아크는 침착한 말투로 치요메에게 작전의 개요를 물었다.

아리안도 그 점이 마찬가지로 신경 쓰였는지 잠자코 귀를 기울였다.

“말 그대로의 의미입니다. 이 왕도에서 가장 큰 노예상회인 에츠아트 상회는 중앙과의 연줄도 튼튼한 까닭에 아마 습격을 받으면 곧바로 위병들이 모여들 겁니다. 최악의 경우에는 왕군도 달려올 가능성이 있습니다.”

“계속해서 위병들이 들이닥치면 붙잡힌 그대의 동포들도 도주하지 못할 텐데?”

아크가 자신이 가진 전이마법을 염두에 두지 않고 극히 일반적인 견해를 꺼내자, 아리안도 같은 의견인지 고개를 한 번 끄덕이며 동의했다.

“에츠아트 상회에 갇힌 동포들을 일단 해방시키더라도, 무사히 도망치기란 매우 어렵겠죠. 하지만 동시에 습격하는 다른 네 군데의 동포들은 그 혼란을 틈타 왕도 밖으로 탈출할 계획입니다.”

"동포를 미끼로 써서 다른 이들을 달아나게 한다는 건가?"

그 지독한 작전 내용을 듣자 살짝 험악한 말투가 튀어나왔다.

"모두 구출할 수는 없습니다. 백 명을 구하는 일에 열 명의 희생을 치러야 한다면, 저는 그렇게 할 뿐입니다."

똑바로 쳐다보는 푸른색 눈동자 속에 어렴풋하게 망설임이 보였다.

뛰어난 닌자라고 해도 겉모습은 열서너 살의 소녀다. 동포들을 희생해서 이루어야 하는 작전에 아무런 감정도 느끼지 못할 리 없으리라.

그런데도 필사적으로 고개를 들고 앞을 본다. 자신들의 처지에 한탄하는 게 아니라 있는 힘껏 발버둥 치면서 살아가는 것이다. 그 모습을 제삼자의 잣대로 재려는 짓은 오만한 걸까——.

무심코 치요메의 머리에 손을 얹은 아크는 그녀의 작은 몸을 짓누르는 중압감을 떨쳐내듯이 부드러운 흑발과 쫑긋 세운 고양이 귀를 어루만졌다.

발밑에서는 폰타도 치요메의 다리에 바싹 다가가서 목덜미의 폭신한 털을 비벼대며 위로했다.

치요메의 맑고 푸른 눈동자가 자신을 올려다보았다.

그리고 자조 섞인 미소를 흘렸다.

조금 눈에 띄는 게 어떻다는 거냐——치요메의 웃는 얼

굴이 보고 싶다, 이유는 단지 그것만으로도 충분할 터다. 자신이 지닌 힘으로 그 소망을 이룰 수 있다면, 인간족의 나라에서 수배자로 몰리는 것쯤이야 대단한 일도 아니리라.

그렇게 될 경우에는 엘프족의 마을에서 신세를 져도 좋고, 산야의 민족에게 둘러싸여 지내도 나쁘지는 않다. 어쨌든 산야의 민족은 다들 짐승 귀 속성이다. 일본의 서브컬처를 사랑하는 자에게는 이상향 같은 환경이다.

속으로 그런 변명을 늘어놓을 때 아리안이 의아하다는 시선을 보냈다. 그 시선의 의미를 왠지 모르게 알았다.

고개를 끄덕인 아크는 실내를 둘러보고 그 풍경을 기억에 새겼다.

"【게이트】!"

마법을 기동시키자 푸르스름한 빛의 마법진이 떠올랐고, 곧이어 방에 있던 세 명과 한 마리의 발밑에 펼쳐졌다. 폰타는 마법진의 빛에 달라붙어서 장난치듯이 뒹굴었다.

치요메는 바닥에 전개된 마법진을 보고 놀란 표정을 지으며 고개를 들었지만, 다음 순간에는 경치가 확 달라지더니 주위는 어느새 숲 속으로 바뀌었다.

눈앞에는 큰 바위를 끌어안은 듯한 거목이 솟아 있었고, 그 주변에는 탁 트인 풀숲이 보였다.

풀숲에는 이곳의 풍경과 어울리지 않는 침대와 의자가 놓여 있었다.

【게이트】의 발동효과범위에 들어온 여관의 비품까지 함께 전이된 것이다.

치요메는 사방을 두리번거렸고, 머리 위의 귀는 상황을 파악하기 위해 바쁘게 움직였다.

아리안도 갑자기 전이마법을 발동시킨다고는 예상하지 못했는지, 약간 어이없다는 표정으로 한숨을 내쉬었다.

——방금 본 시선의 의미를 엉뚱하게 받아들인 걸까?

우선 이번 작전에서 가장 도움이 될 법한 【게이트】를 치요메에게 직접 보여준 후 그 전이마법을 고려하여 작전을 다시 세우는 것부터 시작할 생각이었는데 말이다.

"치요메 양, 이 일에는 우리도 기꺼이 힘을 빌려주겠소."

"여기는…… 대체 어디입니까?"

치요메는 아크가 부르는 소리에 겨우 제정신을 차린 것처럼 그렇게만 물었다.

"지금 있는 이곳이 아마 아네트 산맥 기슭의 숲이었던가."

아크는 주위를 살피면서 치요메의 질문에 대답했다. 아리안도 그 대답이 맞다는 듯이 고개를 끄덕였다.

"아네트 산맥…… 역시. 아크 님도 시공인술(時空忍術)을 쓴 거군요!?"

아크의 대답을 듣고 다시 주변을 확인하던 치요메는 조그맣게 중얼거렸다.

"시공인술?"

“네! 초대 한조 님도 장거리를 순식간에 이동하는 시공인술을 익히셨다고 전해집니다. 아크 님도 쓰실 수 있나 보군요.”

딱히 이건 인술이 아니라, 단순한 전이마법이지만…….

자신이 기억하기로는 상급직 닌자에게 시공인술 같은 스킬은 없었다. 그러나 이 세계로 전이했으리라 여겨지는 자들이 모두 자신과 동일한 게임을 하고 있었다는 확신은 갖기 어렵다.

그 때문에 전이마법을 시공인술이라고 불렀을지도 모른다. 초대의 이름이 한조라면 상당한 닌자 마니아였던 걸까…….

“치요메 양의 이름은 본명이오?”

아크는 조금 의문스러운 점을 치요메에게 물었다.

“아뇨, 이 이름은 일족 중에서 실력이 높은 여섯 닌자가 대대로 이어받습니다.”

치요메는 약간 자랑스럽다는 듯이 가슴을 내밀며 대답했다.

그렇다면 치요메라는 이름의 바탕은 유명한 *쿠노이치였던 ‘**모치즈키 치요메’로부터 가져왔으리라. 여섯 닌자라고 했으니 그 밖에도 ***키리가쿠레 사이조나 ****사루토비 사스케

---

*쿠노이치 : 일반적으로 여자 닌자를 지칭하는 용어.

**모치즈키 치요메 : 시나노쿠니의 모치즈키 성주 모치즈키 노부요리의 아내이며 전국시대의 쿠노이치로 알려짐.

***키리가쿠레 사이조 : 전승상의 가공의 인물. 사루토비 사스케와 어깨를 나란히 하고, 사나다 십용사 중에서 특히 인술에 뛰어나다.

****사루토비 사스케 : 창작물에 등장하는 가공의 닌자. 단, 모델이 된 인물이 실재했다는 설도 있다. 사나다 유키무라를 섬기는 사나다 십용사 가운데 제일의 실력자다.

도 있는 걸까.

머릿속으로 그런 생각을 떠올렸을 때 아리안이 말을 걸었다.

“일단 나머지 얘기는 여관으로 돌아가서 하지 않을래요?”

이곳은 마수 등이 돌아다니는 숲 속이다.

다들 무력이 뛰어나서 근방의 마수에게 밀리지는 않지만, 이런 장소에서는 침착하게 작전행동을 재검토할 수 없다.

아까와 마찬가지로 마법을 발동시킨 아크는 전이하기 전에 기억해 둔 여관 숙소의 풍경을 떠올렸다.

마법진이 전개되고 눈부시게 빛나더니, 침대와 의자를 포함하여 한순간에 여관의 숙소로 돌아왔다.

“큥?”

폰타는 발밑의 풀숲이 딱딱한 나무 바닥으로 바뀌자 앞발로 탁탁 두드리며 살폈다.

치요메도 감탄한 것처럼 실내를 둘러보고, 마법의 효과를 확인하려는 듯이 고개를 끄덕였다.

“아크가 도와준다면 조금 전에 본 전이마법을 쓸 수 있는데——.”

말을 끊은 아리안이 ‘어떡할래요?’ 라는 표정으로 아크를 바라보았다.

그 시선을 받은 아크는 그대로 치요메에게 눈길을 돌렸다.

어쨌든 이번 작전의 구체적인 일정 등은 치요메만 안다.

"아크 님의 그 인술은 마법이었습니까……. 그걸 쓴다면 ──."

팔짱을 낀 치요메는 뭔가 조그맣게 중얼거리면서 습격작전에 전이마법을 짜 넣는 방법을 고민하는 눈치였지만, 고개를 홱 들더니 방금 보여준 전이마법에 관하여 질문을 던졌다.

"아크 님, 그 전이마법이라는 건 어디까지 전이할 수 있습니까?"

"지금으로서는 내가 기억한 특정 장소라면 어디서든 전이 가능하오."

【게이트】는 현재 거리에 따른 제한은 없고, 기억하는 장소로 눈 깜짝할 사이에 이동한다.

설령 포위된 건물에서라도 이 마법을 이용하여, 먼 장소로 안전하게 이동할 수 있다. 요컨대 농성을 하며 적을 끌어들인 후 간단히 탈출하면 된다.

치요메는 다시 전이마법의 전이 가능한 인원과 제한 및 발동 횟수 등도 물었지만, 아크 스스로도 불확실한 사항이 많아서 대강의 추측만 알려주었다.

다만 게임을 기준으로 말하자면 【게이트】를 백 번 사용해도 문제는 없을 터다. 소비마력이 【게이트】보다 훨씬 높은 소생마법인 【리제너레이티브】을 그토록 썼는데도 멀쩡했으니 그 점은 별로 걱정하지 않는다.

전이마법의 특성을 대충 들은 치요메는 살짝 흥분한 표정이었다.

그 후 셋이서 머리를 맞대어 노예상회의 습격 계획안을 재고했지만, 큰 줄기는 거의 변함없이 놔둔 채 해방시킨 동포들과 농성전을 벌이기로 의견을 모았다.

"아크 님, 갑작스럽지만 오늘밤 습격계획의 변경을 동료들에게 전하고 오겠습니다. 그동안 습격준비를 부탁드립니다."

약간 들뜬 목소리로 말한 치요메는 숙소의 창문에서 뛰쳐나가 지붕으로 올라갔다. 그러고는 지붕을 타고 가볍게 달리기 시작했다.

그 모습을 지켜보며 아크는 치요메가 뛰쳐나가기 전에 남긴 말을 머릿속에서 되뇌었다.

"아리안 양…… 나한테는 계획실행이 오늘밤이라고 들렸는데……?"

"……나도 그렇게 들렸어요."

숙소의 창문을 통해 보이는 경치 어느 곳에서도 치요메를 찾지 못했다.

"어쩔 수 없군. 우리도 가능한 한 준비를 해 볼까……."

기운을 낸 아크는 옆에서 창밖을 살피던 아리안에게 말했다.

"준비라고 해도 정확히 뭘 할 건데요?"

아크는 의아한 얼굴로 묻는 아리안을 향해 자신만만하게

집게손가락을 세우고 선언했다.

"정체를 들키지 않도록 얼굴을 가릴 물건을 사러 갈 거요."

비교적 진지하게 제안한 그 말에 아리안은 못마땅하다는 듯이 흘겨보았다.

"잠깐만요, 이미 투구를 쓴 시점에서 충분하잖아요?"

아픈 사람이라도 대하는 것처럼 바라보는 아리안에게 아크는 자신이 심사숙고하여 검토한 결과라는 사실을 눈물을 머금고 말했다. 해골 몸이라서 눈물은 나오지 않았지만 말이다.

평소에도 화려한 갑옷의 대부분은 검은 외투로 감추고 다니지만 머리만큼은 그대로다. 잠입할 장소에 호화롭고 화려한 투구를 쓴 도적이 나타나면 몹시 눈에 띈다. 작전이 잘 풀린다 하더라도 나중에 수배령이 떨어지고 이 투구가 수색 대상이 되면 앞으로 인간족의 도시에서는 활동하기 어려워진다.

여태 그 모습으로 영주 저택 등에 잠입하지 않았냐고 따지면 그 말도 맞지만, 이번 상대는 국법을 어긴 영주나 인신매매를 하는 범죄 집단이 아니다.

산야의 민족을 사로잡기는 했어도 인간족의 국법으로는 지극히 정당한 노예상회를 습격해야 하는 것이다. 도적은 오히려 자신들이고 표면화되어 수사를 받는데다 상대를 끌어들이는 미끼 역할이다──주의해서 신원을 숨겨 두는 게 바람직하다.

"하지만 나한테는 필요 없어요……. 이걸로 충분해요."

아크의 역설에 아리안은 일단 납득은 해 주었지만, 변장 도구의 구입은 쌀쌀맞게 거절했다. 아리안은 자신이 걸친 잿빛 외투를 가리키고 아크에게 보여주듯이 다시 깊숙이 눌러썼다.

결국 아리안을 여관의 숙소에 남긴 아크는 자기 혼자 변장도구를 구하기로 했다. 또 여관을 나온 아크는 제3방벽의 노점이 늘어선 한 구획으로 되돌아갔다.

그곳을 지나쳤을 때 조금 신경 쓰인 수상한 공예품을 파는 노점으로 발걸음을 옮겼다.

바닥에 깔린 천 위에는 민속공예품 같은 다양한 물품이 펼쳐져 있었다——기분 나쁜 동물의 장식물이나 용도를 알 수 없는 기구, 게다가 제사용인지 음침한 가면 등 여러 종류였다.

아크가 그 노점 앞에서 발길을 멈추자, 노점 주인인 듯한 남자가 만면에 미소를 띠고 맞이해주었다.

"어서 오십시오, 나리. 뭔가 끌리는 물건이라도 있으십니까?"

포동포동 둥근 얼굴에 콧수염을 기르고 여러 가지 색의 명주실로 짠 요란한 겉옷을 걸친 무척 수상쩍은 상인이 두 손을 비비면서 물었다.

아크는 진열된 몇 개의 가면 중 하나를 손에 집었다.

거무스름한 사람의 얼굴을 본뜬 목조 가면이었다. 눈은 속이 텅 빈 형태로 어둠을 나타냈고, 찢어진 듯이 올라간 입은 섬뜩하게 웃는 표정이었다. 가면 뒤쪽에는 어떤 새의 깃털 장식을 달아서 머리를 푹 덮는 것처럼 만들었다.

그 이상한 가면을 바라보고 있자, 상인이 잽싸게 말을 걸었다.

"역시 나리는 보는 눈이 높으시군요! 그건 동 레브란 제국에서 동쪽으로 더욱 깊숙이 들어간 곳, 제국의 지배도 아직 미치지 않는 미개한 땅에 사는 부족의 가면입니다. 마를 다스리는 힘을 지닌 '스도우' 라고 불리는 그곳의 술사가 제사를 지낼 때 쓰는 매우 진귀한 물건이죠."

미심쩍어 보이는 얼굴로 신바람이 나서 떠드는 상인의 이야기를 흘려들으며 아크는 손에 든 가면을 살폈다. 이 가면이라면 투구 위에 덮어쓸 수 있는데다 문양도 독특해서 개인적으로 상당히 마음에 들었다.

"얼마요?"

"이 물건은 쉽게 손에 들어오는 게 아니라서 가격은 20소크입니다."

금화 20개――노점 주인은 함박웃음을 짓고 그렇게 대답했다. 무심코 가면을 내려놓고 돌아서자, 당황한 노점 주인이 뒤에서 큰소리로 자신을 붙들려 했다.

"노, 농담입니다, 나리! 15소크, 15소크는 어떻습니까?"

"10소크다."

노점 주인이 제시한 금액보다 더 낮은 가격을 말하고 마주보았다. 노점 주인은 목덜미에 땀을 흘리면서도 미소를 띤 채 서서히 가격을 낮추며 흥정했다.

그 결과 13소크로 매듭을 지었다.

목조 가면에 금화 13개란 서민의 입장에서 보자면 엄청난 바가지 금액일지도 모른다. 이런 물품은 가격이 있으나 마나다. 자신이 그 물품의 가치를 얼마나 찾아내는지에 따라 가격은 싹 바뀐다. 아크는 처음에 제시된 20소크의 가격으로 이 가면을 사도 별로 상관없었지만, 노점 주인이 부르는 값을 순순히 내는 게 언짢았던 것이다.

대금을 치른 아크는 짊어진 짐자루에 가면을 챙긴 다음 왔던 길을 돌아갔다.

우선 구하려고 한 물건은 손에 넣었다. 남은 일은 이번 작전의 개요를 파악하고 있는 치요메와 자신의 고용주인 아리안과 더불어 이후의 대응을 함께 의논하기만 하면 된다.

로덴 왕국의 왕도 올라브의 중심에 위치하는 왕성. 날이 저물어 어슴푸레해진 실내를 수정형 램프 마도구로 밝게 비

추는 어느 방에서 핏대를 세운 한 남자가 손에 쥔 은 술잔을 바닥에 내던졌다.

내동댕이쳐진 술잔은 금속음과 둔탁한 소리를 울리면서 방구석으로 굴러갔다. 술잔에 가득 찬 와인이 쏟아지며 주변에 좋은 향기를 풍겼다.

남자가 집어던진 술잔을 다른 두 남자는 시선으로 좇았다. 이윽고 술잔이 멈추자 서로 시선을 나눈 후 다시 핏대를 세우는 남자에게 눈길을 돌렸다.

"젠장!! 어째서냐! 호반 백작이 왜 이 시기에 죽냐고!?"

가죽 소파에서 엉거주춤 일어난 남자는 술잔을 던진 손을 있는 힘껏 쥐었다. 단정한 용모를 잔뜩 일그러뜨리며 푸른 눈동자를 분노로 물들이는 한편 금발을 마구 흩뜨리고 거친 숨을 내뱉는 자는 제2왕자인 다카레스 시시에 카를론 로덴베트란이었다.

"영민들의 일제 봉기에 따른 이번 혼란으로 현재는 호반과 연락이 닿지 않습니다."

다카레스 왕자에게 시선을 고정시킨 두 남자 중 한 명이 심각하게 입을 열었다.

백발이 섞인 갈색 머리와 멋진 수염을 기른 노년에 접어든 인물이었지만, 그의 몸은 늙음을 느낄 수 없을 정도로 체격이 우람했다.

이 나라의 7공작가인 올스테리오 가의 당주이자 왕군 3

군을 통괄하는 대장군 마르도일러 드 올스테리오 공작은, 호반에 보낸 연락병으로부터 받은 보고를 다카레스 왕자에게 짤막하게 전했다.

"가도에 헌티드 울프만 나타나지 않았어도 지금쯤 섹트의 숨통을 끊었을 텐데!"

"전하, 만약 그랬더라면 예정대로 호반으로 가서 반란에 말려들었을지도 모릅니다."

마수에게까지 원망을 뱉어내기 시작한 다카레스 왕자를 향해 마르도일러 대장군 옆에 있던 또 한 명의 남자가 달래듯이 말했다.

대장군이 젊어진 듯한 외모와 건장한 체격을 지닌, 군복 차림이 잘 어울리는 그 남자는 이 나라의 삼장군 중 한 명인 세트리온 드 올스테리오 장군이었다.

그러나 세트리온 장군의 말에 다카레스 왕자는 더욱 흥분한 듯이 지껄여댔다.

"오히려 좋은 기회가 아니었더냐! 반란의 혼란을 틈타 섹트를 없앨 수 있었건만!"

다카레스 왕자의 서슬에 두 장군은 누구라고 할 것 없이 조그맣게 한숨을 내쉬었다.

원래는 호반 백작과 공모하여 섹트 왕자의 모살을 꾸밀 셈이었지만, 마수의 출현 때문에 호반으로 이어지는 가도의 안전이 위협을 받았다. 그런데 공교롭게도 협력자였던 호반 백작이 그 사이에 영민들의 일제 봉기에 의한 반란으로 제거된 것이다.

"이번 일은 운이 나빴다고 밖에는 달리 드릴 말씀이 없겠군요. 다음 기회를 노려야겠습니다……."

마르도일러 대장군도 약간 분하다는 목소리로 말했다.

그처럼 뜻밖의 사건들로 말미암아 올라브에 주둔하는 왕군 일부는 가도의 안전 확보와 호반령의 사태 진정화를 꾀하기 위해 이미 왕도에서 출발한 상태였다.

주변 정세가 진정될 때까지는 왕도에서 나가기 어려워졌고, 오래 전부터 예정된 호반 방문이 흐지부지 사라졌다.

그렇다고 준비기간도 갖지 않은 채 갑작스럽게 다른 방문지를 선정할 수도 없는 노릇이다.

"유리아나 그 계집애도 어느새 린부르트로 떠나서 손을 쓰지도 못한다!"

다카레스 왕자가 그런 욕설을 중얼거리고 있을 때 누군가가 방문을 약간 세게 두드렸다.

"마르도일러 님! 화급한 용건으로 찾아뵈었습니다!"

그 말에 재빨리 반응한 세트리온 장군은 방문을 살짝 열고 나가더니, 밖에 서 있는 전령병에게 어서 보고하도록 재촉했다.

경례를 올린 전령병은 목소리를 낮추어 세트리온 장군에게 귓속말을 했다.

한 번 고개를 끄덕인 세트리온 장군은 전령병을 물러가게 한 후 방으로 돌아와서, 전해들은 내용을 아버지인 마르도일러 대장군의 귀에 대고 속삭였다.

"뭐냐?"

두 사람의 대화를 지켜보던 다카레스 왕자는 불쾌하다는 듯한 목소리를 숨기려고도 하지 않고 마르도일러 대장군을 노려보며 물었다.

그 시선에 마르도일러 대장군은 방금 들은 말을 간략히 다카레스 왕자에게 이야기했다.

"전하, 성 아래의 에츠아트 상회 본관이 습격을 받은 모양입니다. 습격자는 상당한 실력자인지 군에도 상회의 구원 요청이 와 있습니다…… 어쩌시겠습니까?"

그 보고 내용을 들은 다카레스 왕자는 관자놀이를 누르며 미간을 찌푸렸다.

"뭣 때문에 계속해서 이렇게 문제만 터지는 거냐!"

에츠아트 상회는 사들인 엘프족을 팔아 치우기 위해 그 판로를 활용하던 거대 상회다. 따라서 상회장으로부터의 구원요청을 무시하기란 불가능하다.

다카레스 왕자의 저주를 머금은 듯한 목소리가 실내를 가득 채웠지만, 크게 한숨을 내뱉고 나서 마르도일러 대장군에게 험악한 시선을 던졌다.

"아버지에게는 나중에 내가 어떻게든 변명하마. 네놈은

신속히 대응 가능한 인원을 이끌고 진압에 나서라. 특별히 대장군이 움직이는 거다, 그놈들에게 듬뿍 빚을 안겨 줘라."

"알겠습니다."

다카레스 왕자는 입술을 실룩거렸다. 그러자 세트리온 장군도 덩달아 희미한 미소를 입가에 띠었다.

마르도일러 대장군은 다카레스 왕자의 말을 받들어 한쪽 무릎을 꿇고 고개를 숙이더니 빠른 걸음으로 방에서 물러났다.

그 모습을 지켜본 세트리온 장군은 다카레스 왕자에게 돌아서서 천천히 입을 열었다.

"전하. 실은 일전의 호반에서 벌어진 반란에 엘프족 같은 자들이 관여했다는 미확인 보고가 있습니다."

"뭐라고!?"

이후의 예정 등을 생각하던 다카레스 왕자는 그 한마디에 퍼뜩 제정신을 차리고 세트리온 장군의 얼굴을 쏘아보았다.

"이번 에츠아트 상회 습격은 어쩌면 그들 짓일지도 모릅니다."

"……그게 무슨 말이냐?"

되묻는 다카레스의 왕자의 말투에는 자연히 긴장감이 배었다.

"디엔트 후작이 몰래 숨겨두었으리라 여겨지는 엘프족이 그 사건 이래 모습을 감추었다는 보고를 받았습니다. 그리고 호반 백작에게는 이전에 다른 엘프족을 넘겨주었다고 합니다. 호반 쪽의 엘프는 아직 확인이 되지 않았지만, 아마……. 실제로 그 일과 관련된 후작과 백작이 둘 다 죽은 것도 사실입니다."

세트리온 장군은 애써 냉정하게 그 질문에 대답했다.

"설마 뒤에서 조종하던 나까지 노린다는 건가? 아무리 그래도 그건 지나친 우려일 테지……. 무엇보다 왕성 내로 숨어들 수는 없다."

"하지만 이들 일련의 사건들이 내부 협력자에 의해 이루어졌다면……. 디엔트의 성채도 견고했는데 결과는 보시는 대로입니다. 성 아래의 소동이 양동작전일 경우 전하의 목숨을 노리는 무리가 이곳에 연줄을 대었을 가능성도 있습니다."

"……나더러 어떻게 하라는 거냐?"

"알려지지 않은 장소에 몸을 감추는 게 현명할 것 같습니다. 제1구획에 저택을 마련해두었으니 먼저 그리로 향하시지요, 전하."

잠시 머뭇거리던 다카레스 왕자가 금세 고개를 끄덕였고, 세트리온 장군이 방밖의 전령병을 다급히 보냈다.

"전하, 뒷문에 마차를 대기시키겠습니다. 서두르십시오."

조용한 목소리로 말한 세트리온 장군은 소수의 근위병들을 데리고 왕자와 함께 성내의 뒷문을 향했다.

왕족과 친족이나 그들과 긴밀히 지내는 자들이 지날 수 있을 듯한 통로를 가는 탓에 아무도 없는 앞길을 서두르는 일행의 발소리만 울렸다.

마침내 다다른 뒷문에 왕가의 문장을 조그맣게 새긴 검고 수수한 마차가 밤인데도 램프를 켜지 않은 채 미끄러지듯이 왔다.

말을 탄 네 명의 근위병이 마차의 앞뒤를 호위했다.

세트리온 장군이 마차 문을 열었다. 그러자 다카레스 왕자는 쫓기듯이 올라탔고, 세트리온 장군도 그 뒤를 이었다.

두 사람을 태운 마차는 곧 채찍 소리를 울렸다. 부드럽게 가속한 마차가 성문의 뒷문을 빠져나갔다. 성문에 배치된 보초병들은 마차의 문장을 흘끗 쳐다볼 뿐 잠자코 마차를 내보냈다.

검은 마차는 귀족들의 저택이 늘어선 제1구획의 돌바닥이 깔린 대로를 달리면서 힘차게 나아갔다.

마차 안에는 무거운 분위기만 감돌았고, 그 자리를 차체의 진동과 말발굽 소리가 채웠다.

그때 갑자기 말이 울부짖으면서 마차가 급하게 멈춰 섰다. 그 때문에 다카레스 왕자는 앉아 있던 의자에서 중심을 잃었다.

“웬 놈이냐!?”

마차 바깥에서 근위병이 누군가를 향해 외쳤지만, 대답은 들려오지 않고 격렬한 칼싸움 소리가 나기 시작했다.

"세트리온! 어찌 된 일이냐!?"

다카레스 왕자는 마차 창문으로 어둠 속의 가도를 엿보았다. 그러나 칠흑 같은 그림자만 꿈틀거리는 게 겨우 보일 뿐이었다.

"전하, 침착하십시오. 아무것도 걱정할 필요 없습니다."

세트리온 장군은 허리에 찬 아름다운 장식이 달린 가느다란 검을 뽑더니 다카레스 왕자의 앞가슴을 찔렀다.

맞은편의 다카레스 왕자는 무슨 일이 벌어졌는지 모르겠다는 얼굴로 자신의 가슴에 꽂힌 은색 검과 세트리온 장군의 평소와 마찬가지인 표정 사이에서 시선을 이리저리 움직였다.

"……어, 째서……?"

입가에서 피거품을 뿜은 다카레스 왕자는 그 말만 내뱉고는 힘없이 머리를 수그리며 숨이 끊어졌다.

그 순간을 헤아린 것처럼 어떤 인물이 마차 문을 열고 들어왔다.

세트리온 장군은 다카레스 왕자의 앞가슴에 박힌 검을 아무렇게나 뽑아냈다. 그리고 재빨리 검집에 검을 넣고 한쪽 무릎을 꿇으며 그 인물을 맞이했다.

"아무래도 일이 잘 풀렸나 보군…… 수고했다."

키가 크고 밝은 갈색 머리에 단정한 용모를 지닌 남자는 입가에 엷은 미소를 띠었다. 그 남자는 한쪽 무릎을 꿇은 세

트리온 장군에게 치하의 말을 건넸다.

"황송한 말씀이옵니다."

시선을 든 세트리온 장군은 눈앞의 의자에 앉은 섹트 론달 카를론 로덴 사디에 제1왕자를 올려다보았다.

"하지만 이 절박한 상황에서 이런 책략은 훌륭하군."

"아뇨, 성 아래에 다수의 수인들이 숨어든 사실은 벌써 파악한 상태였습니다. 그래서 에츠아트 상회에도 무슨 일이 생기면 도움을 요청하라는 명령을 미리 내려 놓았고요."

"멋진 솜씨야. 그건 그렇고 이전에 호반에 뿌려둔 불씨가 이제야 겨우 불타오른 건 운이 좋았어."

용모가 단정한 섹트 왕자가 입가를 살짝 실룩이며 웃었다.

"네. 그 준비 작업을 위해 모은 전력이 유리아나 님을 습격하는 데 도움이 되었습니다. 창구 역할을 맡던 자의 처리도 이미 끝냈습니다."

"유리아나 녀석의 움직임은 진작부터 알았지. 하지만 마수들 덕분에 그 전력도 반파되어서 호반의 반란은 좀 더 늦어질 거라 생각했는데……."

섹트 왕자는 어깨를 으쓱했다.

"그 마수들의 활약이 오늘 일로 이어진 걸 고려하면, 아주 손해를 입었다고도 할 수 없습니다만……."

"그렇군, 거치적거리는 사교놈들도 녀석들이 치워 주었으니 말이야. ……조금 전 유리아나의 유품도 도달했다. 이 일이 정리되면 다카레스의 음모로 죽었다고 사건의 진상을 공표하겠다."

짧게 한숨을 내쉰 섹트 왕자는 묵묵히 한쪽 무릎을 꿇은 자신의 충신을 내려다보며 안타깝다는 표정으로 말을 걸었다.

"남은 건 마르도일러인가……. 미안하군, 자네 아버지에게 손을 대는 짓을 시켜서."

"아닙니다, 동쪽의 패권주의에 심취한 아버지를 이 나라에 두는 건 위험합니다. 상황이 악화되기 전에 제거해 드리는 것도 자식의 도리겠지요——."

섹트 왕자의 말에 세트리온 장군은 담담히 고개를 가로저으며 대답했다.

"그런가——. 이제 슬슬 각본에 맞춰 주어야겠지?"

"네."

마차 안에서 두 사람의 시선이 얽혔다. 섹트 왕자가 재촉하듯이 고개를 끄덕이자, 세트리온 장군은 손에 든 검을 다시 뽑았다.

"너무 심한 부상은 입히지 마라. 그렇다고 주저해서도 안 된다."

섹트 왕자의 까다로운 주문에 세트리온 장군은 깊숙이 고개를 숙였다. 그리고 검집에서 뽑은 검을 신중하게 거머쥐더니 단숨에 섹트 왕자의 왼팔을 그었다.

"크!"

섹트 왕자는 짤막한 신음을 흘리며 고통스러운 표정을 지었다.

옷이 찢어진 섹트 왕자의 왼팔은 요란하게 피를 튀어서 중상처럼 보였다.

상처를 얼른 살핀 세트리온 장군은 검을 검집에 도로 넣고 섹트 왕자에게 내밀었다.

"전하, 그럼 계획대로 신전에서 치료를 받으시고, 이번 사건의 보고를 부탁드리겠습니다."

세트리온 장군이 건넨 검을 받은 섹트 왕자는 이마에서 땀을 흘리며 고개를 끄덕였다.

그러자 잽싸게 마차를 내린 세트리온 장군은 마부에게 어서 신전을 향하도록 지시를 내린 후 이들로부터 멀어졌다.

쥐 죽은 듯이 고요해진 어두운 밤 속의 가도에 채찍 소리가 울렸고, 램프를 켠 검은 마차가 돌바닥이 깔린 대로를 질주하기 시작했다.

세트리온 장군은 마차의 뒷모습에서 잠시도 시선을 떼지 않았다. 그러나 가까이 다가온 부하 기사들을 확인하고는 목적지가 있는 방향의 하늘을 올려다보았다.

"에츠아트 상회로 서두른다."

세트리온 장군의 조용한 음성이 주위의 기사들에게 긴장감을 안겨주었다.

◆◇◆◇◆

로덴 왕국 제3구획에 건물을 지은 에츠아트 상회.

왕도에 있는 노예상회 가운데 가장 큰 이 상회는 부유층이 지내는 제2구획 근처의 방벽 옆에 자리를 잡아서 많은 손님이 찾는 듯하다.

그곳에서 다루는 노예는 인간족의 경우 범죄자나 몸을 판 사람, 또는 빚의 담보로 사로잡힌 이는 물론 전쟁포로 등 그 내력도 다양하다.

한편 인간족에게 수인이라고 불리는 자들을 용병단 등이 마을을 습격하여 포획한 전과로 내다 팔면 그들을 사들인 노예상회가 다시 판매하는 모양이다.

스스로를 산야의 민족이라고 일컫는 수인들은 짐승 귀나 꼬리를 지닌 겉모습이 특징적이다. 인간족에 비해 대체로 뛰어난 신체능력을 사람들이 두려워하여 기피나 배척의 대상으로 여겨지기도 한다.

다만 월등한 신체능력을 가진 산야의 민족은 혹독한 광산노동 같은 곳에서 써먹기 편한 노역자로 거래되어 수요가 높은 노예상품 취급을 받는다고 한다.

로덴 왕국 중앙부에서 붙잡힌 그들 대부분은 이곳 왕도의 노예상회에 모여드는데, 귀족들이나 부호들이 육체노동력으로 사 간다. 그 때문에 왕도에는 많은 노예상들이 가게를 차린다.

에츠아트 상회는 그중에서도 최대 규모인 까닭에 건물도 상당한 크기를 자랑한다.

우뚝 솟은 담이 4층 정도의 높이를 뽐내는 건물 전체를 둘러싸는데, 리벳으로 보강한 정면문은 주변의 일반적인 상점의 문 구조와는 다르다.

근처 뒷골목의 그늘에 몸을 감춘 여러 명의 그림자가 그 튼튼해 보이는 정면의 대문을 살폈다.

평소와 마찬가지로 잿빛 외투를 깊숙이 눌러쓰고 옅은 자주색 피부와 뾰족한 귀를 덮은 이는 다크엘프 전사이기도 한 아리안이다.

그리고 아리안의 옆에는 검정 일색의 닌자 복장을 걸친 거한이 커다란 몸을 움츠리듯이 숨어 있었다.

그 남자는 낯이 익었다.

왕도에 들어왔을 때 소동을 일으키던 거한이다. 지금은 그때의 터번 대신 치요메와 똑같이 검은색 판금을 덧댄 하치가네를 이마에 둘렀고 입을 마스크로 가렸다.

그러나 알몸의 상반신은 철저하게 단련한 강철 근육을 아낌없이 드러냈고, 양팔에는 투박한 금속제 토시를 찼다.

아크의 모습도 충분히 위압적이었지만, 그 거한도 만만치 않았다.

이번 양동작전을 위해 에츠아트 상회 습격의 전력으로 치요메가 데려온 인물이다. 그도 치요메처럼 묘인족이자 인심 일족의 여섯 닌자 중 한 명이며 이름은 고에몬이라고 한다.

치요메와 달리 은색과 검은색이 섞인 머리는 거무스름한 피부나 커다란 키에 어울려서 고양이라기보다는 호랑이를 떠올리게 하는 풍채다. 고양이 귀를 쫑긋거리는 우락부락한 거한의 어디에 수요가 있는 걸까.

아크는 그런 생각을 하면서, 목표로 삼은 건물에 시선을 돌렸다.

어두운 밤의 암흑 속에 가라앉은 거리는 빛이 흐릿하기도 해서 좀처럼 앞이 내다보이지 않았다. 그러나 에츠아트 상회를 에워싼 높은 담장 위에 조그맣게 움직이는 검은 그림자가 난데없이 나타났나 싶더니, 가볍게 지면에 내려선 그 그림자는 뒷골목에 숨은 일행에게 소리도 내지 않고 달려왔다.

그림자의 정체는 치요메였다. 목덜미에 감은 진홍색 목도리가 꼬리를 끌듯이 나부끼며 가까워졌다.

"오래 기다리셨습니다. 다른 습격 담당자들도 준비를 마친 듯합니다. 나머지는 이쪽이 미끼가 되어 이곳 상회로 얼마나 많은 수의 위병들을 끌어모을 수 있느냐에 달렸군요."

뒷골목 그늘에 모여 있던 일행 곁으로 다가온 치요메는 다른 노예상회를 습격할 예정인 부대의 준비가 끝났다는 사실을 알렸다.

치요메는 낮에 만났을 때의 옷차림이 아니라 닌자 복장으로 몸을 감쌌다. 칠흑처럼 짙은 밤에 섞여들어 망설임 없이 달리는 자태는 그야말로 닌자라 부르기에 꼭 들어맞았다.

밤눈이 밝은데다 날래고 가벼운 몸놀림은 역시 고양이의 힘을 지닌 묘인족답다고 해야 할까.

아크가 그 사실에 감탄하자 치요메도 아주 싫지는 않은지 조금 들뜬 표정을 지었다.

"초대 한조 님도 산야의 민족이야말로 선택받은 민족이고, 그중에서도 묘인족은 지고의 존재라는 말씀을 하셨습니다."

치요메가 자랑스러워하는 초대 한조로부터 전해졌다는 그 말은 자신의 머릿속에서 『짐승 귀 최고! 고양이 귀 최강!』이라고 엉뚱하게 번역되어 환청으로 들려왔다.

뭔가 초대와는 서로 통하는 구석이 있군――그 환청을 귀에서 몰아내고 문득 떠오른 의문을 물었다.

"그 초대 한조 님도 묘인족이었소?"

"아뇨, 초대님은 인간족이었습니다. 당시의 레브란 제국에서 밀정을 생업으로 삼은 초대님은 불우한 환경에 놓인 묘인족을 보호하고 자신의 부하로 거두셨습니다. 그게 오늘날 인심일족의 초석을 이루었습니다."

"호오, 지금은 제국에 소속하지 않는 건가?"

"네. 당초 초대님이 이끄는 저희는 매우 우수한 밀정집단이었지만, 그 공적이 커질수록 초대님의 힘을 두려워한 듯싶습니다. 따라서 몇 번이나 암살 대상이 되었고, 그때마다 모조리 피한 초대님은 점점 경외의 존재로 여겨졌다는 말을 들었습니다."

이야기를 하는 치요메는 약간 어두운 얼굴이었다.

혼자 너무 큰 힘을 가지면 사람들의 두려움을 사는 건 필연적이다. 더구나 주위를 굳힌 세력은 인간족이 아니라 묘인족이었기 때문에 더욱 의혹과 배척을 받았으리라.

"그 후 제국 황제의 권위가 어느 시기에 떨어지면서 차기 황제 다툼이 시작되자, 초대님은 각 파벌이 서로 싸우도록 암약하셨다고 합니다. 훗날 대규모 내란이 일어났을 때 그 혼란을 틈타 저희 일족을 이끌고 제국을 떠나신 것으로 압니다."

레브란 제국은 로덴 왕국 북부에 위치한 엄청나게 큰 나라다. 현재 동서로 분열된 상황은 초대 한조가 일부분 기인했다는 걸까…….

아크와 치요메가 그런 대화를 나누고 있자, 옆에서 이야기를 듣던 아리안이 불쑥 말을 걸었다.

"저기, 이제 그만 시작해야 하지 않아요?"

여태 침묵을 지킨 고에몬도 동조하듯이 고개를 끄덕였다.

"그렇군요. 그럼 계획대로 정면을 고에몬과 아크 님에게 맡겨도 괜찮을까요?"

치요메가 눈치를 살피듯이 묻자, 아크는 과도하게 고개를 끄덕여 보였다.

"문제없소, 나와 고에몬 공이 놈들을 꼼짝도 못하게 해주지."

그 말에 고에몬도 자신 있다는 듯이 힘차게 엄지손가락을 세웠다. 고개를 끄덕인 치요메는 옆에 대기한 아리안에게 푸른색 눈동자를 향했다.

"저희는 에츠아트 상회의 뒤쪽으로 침입하겠습니다. 따라오십시오."

치요메는 말을 끝내자마자 뒷골목에서 잽싸게 뛰쳐나가 그림자를 타듯이 상회의 벽을 따라 달리며 밤의 어둠에 섞여 들었다. 아리안은 치요메를 추격하는 형태로 힘들이지 않고 뒤쫓았다.

아크는 그 둘의 뒷모습을 지켜보고 나서 고에몬에게 시선을 돌렸다.

고에몬도 뭔가를 알아차렸는지 고개를 크게 끄덕인 후 거구를 일으켜 대로로 나아갔다.

고에몬을 뒤따른 아크는 그와 함께 에츠아트 상회의 정면문 앞에 늘어서듯이 섰다.

"어디 가 볼까."

아크는 자신의 말을 신호로 삼은 것처럼 두쪽문을 향해 뛰어들었다. 옆의 고에몬도 거기에 뒤질세라 거구를 움직였다.

『토둔(土遁), 파성근순(破城筋盾)!!』

고에몬이 자세를 취하고 낮게 가라앉은 목소리로 외치자, 그의 거구가 희미하게 빛을 뿜어내나 싶더니 양어깨 주변에 바위로 만들어진 듯한 갑옷이 나타났다.

아무래도 인술을 사용한 모양이다——아니, 이 세계에서는 마법일까?

바위 갑옷을 두른 고에몬과 아크가 나란히 달리며 정면문에 몸을 부딪쳤다.

"누ㅇㅇㅇㅇㅇㅇㅇㅇㅇㅇㅇ음!!!

"흐ㅇㅇㅇㅇㅇㅇㅇㅇㅇㅇㅇ음!!!"

고에몬과 아크의 기백이 넘치는 목소리가 밤거리에 메아리쳤고, 사방에는 무시무시한 굉음이 울렸다.

리벳으로 보강한 에츠아트 상회의 크고 육중한 목제 대문이 강력한 몸통 박치기의 충격을 견디지 못해 날아가면서 문 맞은편에는 무참한 모습이 펼쳐졌다.

마침 정면의 광장 부근을 순찰하던 보초 인원 몇 명이 운 나쁘게 말려들었는데, 그 참상을 다른 동료들이 믿기지 않는다는 눈으로 넋을 잃고 바라보았다.

그리고 그 시선은 느닷없이 침입한 아크와 고에몬에게 집중되었다.

"괴, 괴물……."

보초를 서던 남자 한 명이 아크를 쳐다보고 그렇게 중얼거렸다.

평소처럼 갑옷 위에 걸친 검은 외투를 앞이 벌어지지 않도록 밧줄로 허리 부분을 묶은 탓에 닌자 복장처럼 보이기도 한다.

더구나 아까 노점에서 산 허무와 조소를 아로새긴 듯이 섬뜩한 제사 가면은 새의 깃털 장식을 곁들여 전체적으로 이상한지, 아리안에게 '기분 나쁘다' 라는 말을 들었을 정도다.

확실히 괴물로밖에 보이지 않을 모습이지만, 실은 은근히 마음에 든다.

보초들은 아크의 기이한 차림새를 목격하고 엉거주춤하게 섰다. 그러자 고에몬은 거구와 어울리지 않는 민첩한 동작으로 단숨에 간격을 좁히며 파고들더니, 눈 깜짝할 사이에 주먹만 휘둘러서 그들을 날려 버렸다.

"적습이다아————!!! 도적들이 들어왔다아!!!"

"수인들이다!! 지원군을 불러와라!!"

겨우 제정신을 차린 보초 몇 명이 목청이 터져라 안쪽 건물을 향해 외치자, 건물 내부가 약간 소란스러워지기 시작했다. 곧이어 정면 입구에 다부진 체격의 남자들이 무장을 하고 서서히 모여들었다.

이쪽의 예상대로다. 지금쯤 치요메와 아리안이 뒤쪽에서 건물 내로 침입하고 있을 터다.

"수인 따위가 인간 거리에서 무슨 짓이냐!? 이곳이 에츠아트 상회라는 걸 알고 벌이는 행패냐!?"

아크와 고에몬의 주위에는 무기를 든 십수 명의 남자가 퇴로를 가로막듯 둘러싸며 목적을 물었다.

그중에서 인상이 험악한 남자가 엷은 웃음을 띠고 다가왔다.

"네놈들, 이런 짓을 하고도 무사히 넘어갈 거라 생각하는 거냐!!?"

그러나 아무 말도 하지 않은 아크는 섣불리 접근한 그 남자를 힘껏 후려쳐서 대답을 대신했다.

순간적으로 주변의 분위기는 딱딱해졌고, 남자들에게서 무서운 살기가 흘러넘쳤다.

"죽여도 상관없다! 이 녀석들을 단단히 교육시켜라!!"

용병 같은 남자가 손에 든 검으로 아크를 베려 했지만, 그레니스와는 비교조차 되지 않을 만큼 느린 동작이었다.

간단히 검을 피한 아크는 남자의 얼굴에 무지막지하게 팔을 휘둘렀다. 둔탁한 소리를 낸 래리어트로 코와 이가 부러진 남자는 구르듯이 날아가서 벽에 격돌했다.

그때를 노리고 다른 남자가 덤벼들었다. 그러나 아크는 갑옷의 토시로 그 공격을 튕겨낸 다음 자세를 흩뜨린 남자의 복부에 주먹을 꽂아 넣었다. 남자는 그대로 양 무릎을 꿇더니 그 자리에서 잔뜩 몸을 움츠리고는 꼼짝도 하지 않았다.

이번에 맞서 싸울 상대에게는 늘 메고 다니는 검이나 방패도 필요없다——그 장비들은 현재 숙소의 침대 아래에 잠들어 있다. 게다가 갑옷만으로도 이 몸은 충분히 흉기다.

경갑을 걸친 남자 두 명이 동시에 찌른 창을 피한 아크는 그 창의 손잡이를 붙잡아 힘을 주었다. 창은 마른 나무처럼 가벼운 소리를 내며 부러졌고, 당황해서 뒤로 물러나려는 두 용병에게 주먹을 때려 박았다.

"크헉!!" "케헥!!"

갑옷이 움푹 들어간 두 용병은 흰자위를 드러내며 신음 소리만 남긴 채 쓰러졌다.

고에몬에게도 몇 명의 남자들이 달려들었지만, 그는 아크와 달리 상당한 무술 실력을 지녔는지 순식간에 상대들을 쓰러뜨렸다.

거구인데도 최소한의 동작으로 몸을 비틀어 공격을 피했고, 그 틈에 강한 완력으로 때려눕혔다——아크는 그처럼 물 흐르듯이 이어지는 체술을 무심코 멍하니 바라보았다.

아크가 고에몬의 싸움에 잠깐 시선을 빼앗겼을 때 어깻죽지로 충격이 전해지면서 금속끼리 서로 스치는 귀에 거슬리는 소리가 울렸다.

"헤헷, 뒤가 텅 비었는데!?"

그 우쭐한 목소리를 들은 아크가 천천히 돌아보니, 한 남자가 검 끝을 어깨에 찔러 넣고 있었다.

그러나 겉에 입은 외투를 살짝 베었을 뿐 검신은 그 안의 갑옷을 상처 하나 내지 못하고 가로막혔다.

아크가 어깨를 파고든 검을 손가락으로 집어 들자, 당황한 남자는 검을 잡아당기기 위해 안간힘을 썼다. 불행히도 아크의 힘이 더 셌기 때문에 남자는 곧바로 검을 놓은 후 허리에 찬 예비 단검을 뽑았다.

"……이 새끼야!"

아크는 욕설을 내뱉는 남자에게서 빼앗은 검을 양손으로 손잡이와 검신을 쥐듯이 잡고 힘을 넣었다. 금세 날카로운 금속음과 함께 검은 손잡이 윗부분부터 간단히 부러졌다. 아크는 검의 잔해를 남자 앞에 보란 듯이 내던졌다.

"뭐, 뭐야!?"

아크가 어안이 벙벙해진 남자의 얼굴에 주먹을 안겼다. 그러자 얼굴이 망가지며 날아간 남자는 뒤에서 둘의 싸움을 살펴보던 남자들 몇 명의 집단과 충돌하고 잠잠해졌다.

그리고 기껏해야 몇 분 만에 문 앞의 광장은 결말이 났다.

주변에는 신음소리를 내고 웅크린 남자들뿐이었다. 멀쩡히 서 있는 이는 아크와 고에몬밖에 없었다.

그러나 그도 잠시, 이 소동을 알아차렸는지 다수의 위병이 문 앞으로 몰려왔다.

"웬 놈들이냐!? 폭력을 멈추고 지금 당장 투항해라!!"

위병들 중 대장으로 보이는 남자가 창을 들이밀며 위압적인 태도로 투항을 명령했다.

"이거야 원, 벌써 다른 손님인가……."

아크가 투덜거리면서 뒤돌아보자, 위병대의 몇 명이 조그맣게 비명을 질렀다.

"뭐, 뭐냐, 저 괴상한 놈은!?" "또 한 놈은 수인이잖아!?"

투항을 명령한 위병대 대장도 막상 아크를 목격하고 경악한 표정으로 한 걸음 물러났다. 그 반응에 아크가 소리를 죽여 웃음을 흘렸더니, 위병대 대장이 얼굴을 시뻘겋게 물들이며 분노를 드러냈다.

"녀석들을 붙잡아라!!!"

그 호령에 따라 어느새 수십 명의 집단으로 불어난 위병이 창을 거머쥐고는 조금 전의 용병들처럼 에워싸듯이 접근했다.

그러나 제각각 덤벼든 용병들과 달리 2인 1조의 구성을 최소 단위로 6~8명의 조직을 이루어 공격해오는 움직임은 역시 훈련받은 병사들다운 느낌이다.

고에몬은 그 움직임을 견제하려는 목적인지, 근처에 나뒹굴던 용병 한 명을 한 손으로 들어 올린 다음 서서히 에워싸려는 위병들을 향해 힘차게 내던졌다.

커다란 남자――더구나 경갑이라 해도 갑옷을 착용한 인간이 가볍게 허공을 날았고, 거기에 휘말린 위병들은 한데 엉켜 쓰러졌다. 대열이 흐트러진 순간을 놓치지 않은 고에몬이 간격을 좁히자, 주변의 위병들은 호흡을 맞추어 창을 계속 찔러댔다.

그 찌르기를 훌쩍 뛰어넘은 고에몬은 폭풍 같은 발차기를 휘둘렀다. 위병들은 논밭의 허수아비처럼 맥없이 공중으로 날아가더니 주위의 동료들까지 끌어들여 나가떨어졌다.

그러나 남아 있던 위병들이 도약 후의 빈틈을 노리고 고에몬에게 창을 찔렀다.

『토둔, 견근갑개(堅筋甲鎧)!! 흠!!』

고에몬은 낮게 가라앉은 목소리로 외치면서 착지와 동시에 보디빌더 비슷한 자세를 취했다. 힘을 준 몸이 희미하게 빛났다. 강철 근육으로 만들어진 상반신은 문자 그대로 금속질의 성질을 띠었다.

위병들이 찌른 몇 개의 창은 피부를 찌르기는커녕 휘어져서 무기의 용도를 잃었다.

"이, 이 녀석의 몸, 왜 이래!?"

위병들은 경악과 의혹이 담긴 목소리를 내뱉었다. 그러나 눈 깜짝할 사이에 자세를 푼 고에몬은 동요하는 위병들을 덮쳤고, 비명과 노호가 울리는 가운데 그들을 쓰러뜨렸다.

아무래도 고에몬은 금방 마무리를 지을 듯싶었다.

아크가 자신을 둘러싸듯이 다가서는 위병들에게 시선을 돌리자, 그들은 극도로 긴장한 표정을 지었다.

아까 부주의하게 뒤에서 어깨를 찔린 일을 반성한 아크는 언제라도 몸이 즉시 반응하도록 약간 중심을 낮추었고, 그 자세로 양손을 벌린 채 살짝 흔들흔들 움직이며 상대가 어떻게 나오는지 기다렸다. 그러나 옆에서 보면 섬뜩한 주술 가면을 뒤집어쓴 인물이 수상한 의식을 치르기 위해 춤을 추는 것처럼 여겨지리라.

조금 전부터 위병들은 누가 앞장설지를 놓고 서로 미루기만 할 뿐 전혀 달려들 기색이 보이지 않았다.

“안 오겠다면 내가 가지.”

“우왓! 이쪽으로 왔다!!”

아크가 먼저 공격하려고 기세등등하게 뛰어가자, 위병들은 허둥지둥 대열을 갖추며 창을 쑥 내밀었다. 그러나 외투 속의 『벨레누스의 성스러운 갑옷』에는 위병들의 창 따위야 새로 자란 나뭇가지나 마찬가지여서 쉽게 휘었다.

“크아아아아아앗!!”

대열을 짠 집단을 아크가 몸통 박치기로 들이받았더니, 사람이 가볍게 날아가 대열에 커다란 구멍을 만들었다. 흐트러진 대열 안에서 아크는 위병들이 창을 내던지고 허리의 검을 뽑으려는 행동을 막듯이 하나하나 때려눕혔다.

“젠장!! 물러나라, 물러나아!!”

아크의 맹공을 버틸 수 없었는지, 그 호령을 들은 위병들은 뿔뿔이 흩어져 달아났다. 그러나 재빨리 그들을 뒤쫓듯이 앞으로 나섰을 때 갑자기 다수의 화살이 날아왔다.

그 화살들을 팔을 휘둘러 떨어뜨린 아크는 다시 정면의 문 앞에 늘어선 위병들을 보았다. 어느새 상당한 인원의 위병들이 진을 치고 대열을 정비하여 지휘관 남자의 호령에 따라 일제히 활을 겨누었다.

"고에몬 공!"

"!?"

아크의 외침이 닿기 무섭게 위병대에서 두 번째 화살을 쏘았다.

뒤로 크게 뛰어 화살 세례를 피한 아크와 고에몬이 상회의 건물까지 밀려나자, 이번에는 방패를 든 위병대가 궁수대 앞으로 나와 전진하기 시작했다. 그 방패 부대 뒤에는 아까 같이 창을 거머쥔 위병들이 질서정연하게 대열을 짜고 한 걸음 한 걸음 거리를 좁혔다.

고작 두 명을 상대로 군대식처럼 인원수로 뭉개 버릴 속셈인 듯하다.

아크가 옆에 있는 고에몬에게 눈길을 돌렸다. 마침 고에몬도 아크를 보고 조용히 고개를 끄덕인 후 엄지손가락을 세웠다.

아크도 고에몬을 따라 엄지손가락을 세우며 고개를 끄덕여주었다.

의미는 모른다. 그러나 왠지 알 수 있다.

——이제 큰 기술로 끝낸다.

커다란 상회라고 한들 어차피 이곳은 실내의 광장이다. 아무리 애써도 전개 가능한 병사 수에는 한계가 있고, 좁은 장소의 밀집한 상태는 군대로서는 위험하기 짝이 없다.

『토둔, 암아초권(巖牙招拳)!!』

고에몬은 양손에 착용한 토시를 가슴 앞에서 맞부딪친 다음 두 주먹을 지면에 내리꽂았다.

판판하게 깔린 돌바닥은 산산이 부서졌고, 땅이 갈라지면서 생겨난 무수한 돌조각이 잇달아 퍼져나갔다.

“【록 팽(암석예아)】!!”

마도사 직업의 중급 범위 마법――발동한 마법은 지면을 찢고 날카로운 엄니 같은 바위들을 몇 개나 생성하더니, 거대한 턱이 사냥감을 삼키듯이 위병대에게 밀어닥쳤다.

“녀석들은 마법사다!!”

“도망쳐어!! 이런 곳에 있다가는 죽는다!!”

대열을 이루어 죽 전진하던 위병들은 닥쳐오는 마법의 위협에 정신없이 무기를 버리고 문으로 몰려갔다.

고에몬의 인술과 아크의 마법이 그들을 추격하듯이 육박했다. 도중에 두 기술이 부딪치자 엄청난 굉음과 땅울림이 발생하더니 마법의 움직임이 단숨에 빨라졌다. 충격과 함께 바위의 엄니는 목표를 잃은 것처럼 주위를 무차별적으로 덮쳤다. 광장에는 무수한 가시를 지닌 바위 덩어리가 지면을 통해 사방으로 튀어나왔다. 곧이어 바위의 비가 이 일대, 상회의 건물과 보도 등에 쏟아졌다.

비명과 노호, 흙먼지가 자욱하게 끼는 가운데 건물 안까지 대피한 아크는 고에몬과 시선이 맞았다.

"……뜻밖이군."

고에몬이 약간 눈을 휘둥그레 뜨며 중얼거렸다.

그 말에 동의하듯이 아크도 고개를 끄덕였다. 인술과 마법이 충돌해서 상쇄된 느낌이 아니었다. 오히려 융합하여 폭주한 듯한 인상이다.

이 세계에서는 마법끼리 격돌하면 저런 현상을 일으키는 걸까?

그러나 고에몬의 반응을 보니 처음 겪는 일인 모양이었다. 조금 전의 현상에 한눈을 팔았기 때문이리라——아크와 고에몬은 상회 건물이 내는 불길하게 삐걱거리는 소리를 미처 알아차리지 못했다.

"!?" "!?"

뒤늦게 눈치챘을 때는 상회 건물의 천장 일부분이 무너지는 장면이 시야에 들어왔다.

정확히 정면문 부근에서 굉음이 울렸을 무렵, 치요메와 아리안은 예정대로 에츠아트 상회의 뒤쪽 외벽 위에 서서

저택 내의 동정을 살피던 참이었다.

"시작했나 봅니다."

"그렇네요……."

"큥!"

치요메가 건물 그늘에서 보이지 않는 정면 주변으로 시선을 돌리며 중얼거리자, 옆에 있는 아리안도 그 말에 고개를 끄덕였다. 아리안의 어깻죽지를 붙잡고 매달린 폰타가 그녀를 흉내 내듯이 따라서 짖었다.

상회의 뒤쪽은 좁은 골목에 면한 탓이기도 한지 가로등도 없었고, 하늘에서 비추는 달빛조차 거부하여 시야를 온통 새카맣게 칠하듯이 어둠으로 물들였다.

그러나 밤눈이 밝은 묘인족인 치요메와 다크엘프족의 아리안에게는 그다지 앞을 못 볼 정도의 어둠은 아니었다.

"뒤편에는 보초가 없군요……."

담장 위에서 아래를 내려다본 치요메가 눈을 가늘게 뜨고 주위를 확인했다.

"그럼 잘 됐네요, 이때 얼른 침입하죠."

높은 담에서 뛰어내린 아리안은 마법을 발동시켜 계단처럼 솟아오른 지면에 착지했다.

잿빛 외투를 바람에 살짝 나부낀 아리안이 소리도 없이 내려오자, 그 모습은 건물의 그늘에 섞이듯이 어둠과 동화되었다——아니, 어깨에 올라탄 폰타만 어둠 속에 떠올랐다.

담장 위에서 아리안의 곁에 훌쩍 뛰어내린 치요메는 한쪽 무릎을 꿇은 자세로 이리저리 시선을 던졌다.

석조 건물인 상회의 뒤에는 격자 창문만 높이 늘어섰을 뿐 입구는 없었다.

재빨리 건물에 몸을 바싹 붙인 치요메는 벽을 따라 달리더니, 모퉁이에서 앞쪽의 모습을 엿보았다.

“아리안 님, 옆에 입구가 보입니다. 저기를 통해 안으로 들어가죠.”

치요메는 말을 끝내기 무섭게 가뿐히 달려서 상회 건물 측면에 위치한 입구에 달라붙었다. 판금과 리벳으로 보강한 목제 여닫이문의 손잡이에는 누군가가 금속제 자물쇠를 달아놓았다.

뒤에서 쫓아온 아리안이 치요메의 어깨 너머로 그 문의 자물쇠를 들여다보고는 한숨을 내뱉었다.

“……마법으로 날릴래요?”

아예 힘으로 해결하자는 아리안의 시원스러운 제안에 치요메는 조용히 고개를 가로저은 후 품에서 가느다란 쇠붙이를 꺼내어 자물쇠 구멍에 꽂았다.

시간상으로는 몇 초쯤이리라. 치요메가 자물쇠의 열쇠 구멍을 쇠붙이로 만지작거렸다. 곧이어 ‘짤가닥’ 하면서 뭔가가 맞물리는 소리가 울렸다. 열린 자물쇠는 치요메의 손에 의해 어렵지 않게 벗겨졌다.

"굉장하네요, 치요메 양."

아리안의 감탄한 목소리에 약간 얼굴을 붉힌 치요메가 조그맣게 머리를 흔들었다.

치요메는 삐걱거리는 목제 여닫이문을 살며시 열고 먼저 안으로 미끄러지듯 들어갔다.

해가 떨어진 한밤중, 건물 내는 곳곳에 설치한 램프형 마도구의 빛밖에 없어서 몹시 어둠침침한데다 앞이 제대로 보이지도 않았다. 시야 끝에 희미한 빛이 있으면 오히려 다른 장소의 어둠이 더 짙어진다. 덕분에 검은 닌자 복장의 치요메는 그림자처럼 어둠 속으로 섞여 자취를 감추었다.

"정면에 도적 두 명이 침입했다!!"

"얼른 움직여! 시키는 대로 왕성에 연락을 넣어!!"

건물 안쪽에서 남자들의 성난 목소리가 들렸고, 탁탁 발소리를 내며 지나갔다. 허둥대는 꼴이 치요메와 아리안에게까지 전해졌다.

치요메가 안으로 사라진 다음 아리안도 그녀를 따르듯이 여닫이문을 거쳐 상회의 건물에 들어갔다. 그러나 마침 무장한 용병 남자가 뛰어나오다 여닫이문 앞에 있던 아리안과 시선이 마주쳤다.

"뭐야!? 네놈, 누구——!!?"

남자는 고함을 지르려고 했다. 그 순간 벽 구석의 그늘에서 치요메가 불쑥 나타나 남자의 마지막 목소리를 지우듯이 단검으로 성대를 그었다.

단말마의 비명을 지르지도 못한 채 목을 누르며 엎어진 남자를 치요메가 잘 보이지 않는 그늘로 끌고 가려 했다. 그러나 남자의 체중이 생각보다 무거워서 끙끙대자, 여닫이문을 닫고 들어온 아리안이 남자의 몸을 가볍게 옮겨주었다.

"폐를 끼쳤습니다, 아리안 님."

"힘쓰는 일이라면 맡겨줘요. 아크랑 그쪽 일행이 시간을 끌 동안 빨리 끝내죠."

고맙다는 인사를 하는 치요메에게 아리안은 아무것도 아니라는 듯이 손을 내저으며 갈 길을 재촉했다. 치요메는 고개를 끄덕이고 건물 안쪽을 향했다.

좁은 복도를 빠져나가 도착한 곳은 약간 천장이 높은 방이었다. 통로를 따라 몇 개의 철격자 우리를 설치한 듯했는데, 그 안에는 다양한 모습의 이들이 사로잡혀 있었다.

치요메 같은 묘인족부터 늑대의 귀와 꼬리를 가진 낭인족(狼人族), 엘프와는 다른 의미로 긴 귀를 지닌 토인족(兎人族) 등 여러 종족들은 소동이 일어난 바깥으로 시선을 보내고 귀를 기울였다.

엘프족과 달리 마법적인 소양이 낮은 산야의 민족에게는 『마나바이트컬러』처럼 마력억제 마도구 따위를 달지 않았다.

반면, 신체능력이 뛰어난 그들의 움직임을 제한하기 위해서인지, 양팔다리에 각각 쇠사슬로 이은 철제 수갑과 족쇄를 채웠다.

"감옥에 갇힌 이들은 전부 산야의 민족 같네요."

아리안이 주변의 감옥을 들여다보면서 중얼거리자, 가까운 감옥에 있던 몇 명이 깜짝 놀란 얼굴로 살짝 물러섰다.

"다, 당신들은 대체……."

수상해 보이는 둘의 존재를 알아차린 한 명에게서 누구에게랄 것도 없이 정체를 묻는 목소리가 새었다.

그러나 그 말을 가로막듯 안쪽에서 노예상회의 경호원 같은 자들이 언성을 높이며 달려왔다.

"뭐하는 놈들이냐!? 어디로 숨어든 거냐!!"

"치요메 양, 저쪽은 내가 막을게요!"

그 말만 남긴 아리안은 경호원들을 향해 검을 뽑고 뛰어갔다.

무기를 든 경호원들도 맞서 싸우려 했지만, 별로 넓지 않은 통로에서 움직일 수 있는 인원은 기껏해야 한두 명이었다. 경호원들은 누가 먼저 나설지를 시선으로 주고받았다. 바로 그 틈을 노리고 단숨에 육박한 아리안이 휘두르는 은빛 빛줄기가 그들 사이를 누볐다.

경호원들은 어안이 벙벙해져서 뒤돌아보았지만, 곧이어 통로의 돌바닥에 피를 뿌리며 서로 포개지듯 쓰러졌다. 아리안은 검에 묻은 끈적끈적한 피를 떨쳐내더니, 다시 조용히 검 끝을 경호원들에게 겨누고 잿빛 외투 속의 황금색 눈동자를 가늘게 떴다.

검의 압도적인 기량 차이와 위압을 목격한 후방의 경호원들은 얼굴을 굳힌 채 뒷걸음질했다.

감옥에 갇힌 산야의 민족도 노예상회에 고용된 경호원들이 일방적으로 쓰러지는 모습을 마른침을 삼키며 지켜보았다.

치요메가 입가의 검은 마스크를 내리고 외쳤다.

"저는 인심일족의 치요메, 당신들을 구하러 왔습니다! 이곳에서 풀어줄 테니, 제 지시를 따라주십시오!"

치요메는 산야의 민족에게 그 사실을 알리고는, 아까 침입할 때 사용한 자물쇠 해제용 쇠붙이를 꺼내어 눈앞에 보이는 감옥의 열쇠 구멍에 꽂아 넣었다. 그리고 조금 전과 마찬가지로 겨우 몇 초만에 감옥의 철격자 문은 금속이 삐걱거리는 소리를 울리며 열렸다.

치요메의 말을 들은 산야의 민족은 감옥문이 열리자 갑자기 웅성거리기 시작했다.

"어이, 방금 인심일족이라고 했지!?"

"정말이냐!? 구해주러 온 건가!?"

산야의 민족 사이에서 인심일족의 이름은 몹시 유명한 까닭에 모르는 자는 없었다.

수감 생활로 몹시 지친 이들의 눈동자에 희망의 빛이 켜졌다.

"이 안에 자물쇠를 딸 수 있는 분은 없습니까!?"

치요메가 흥분한 산야의 민족에게 묻자, 곧 몇 명이 손을 들었다. 치요메는 당장 그 자들의 손목에 채워진 수갑을 벗겨낸 후 자신이 지닌 다른 쇠붙이를 건네주었다.

"분담해서 동포들을 풀어 주세요! 그리고 싸울 수 있는 분들은 쓰러진 경호원들의 무기를 들어 주세요!"

치요메는 손을 움직여 잇달아 감옥의 동포들을 풀어 주면서, 자유로워진 처지를 기뻐하고 열광하는 이들에게 큰소리로 외쳤다.

"알았다! 맡겨 줘!!"

"무기는 남자가 들어! 저 누님한테 가세하자!!"

풀려난 산야의 민족은 치요메의 지시를 따르듯이 주변의 동포들을 풀어주는 일을 거들거나 나머지 경호원들과 맞서 싸우기 위해 손에 무기를 들고 감옥에서 기어 나왔다.

그때 동일한 갑옷을 몸에 걸친 위병 집단이 아리안의 후방, 위층으로 이어지는 계단에서 질서정연하게 뛰어내려오듯이 모여들었다.

"도적들과 노예들을 놓치지 마라! 포박이 무리라면 죽여라!!"

위병 집단의 대장 남자가 부하들에게 명령을 내리기 무섭게 전원이 허리의 검을 뽑았다. 그 순간 하나의 그림자가 눈으로도 쫓기 힘들 만큼 빠르게 그 집단을 향했다.

『수둔(水遁), 수랑아(水狼牙)!!』

위병 집단에게 다가간 치요메가 닌자 만화 같이 인을 맺고 인술을 발동시키자, 그곳에는 어느새 물로 만들어진 1m 남짓한 늑대 세 마리가 그녀의 주위에 나타났다. 늑대들은 치요메의 지시를 받더니 의사를 지닌 것처럼 위병 집단을 덮쳤다.

"뭐야, 이 녀석은! 마법사냐!?"

위병 대장이 경악한 표정을 지으며 뒤로 물러났다.

치요메가 펼친 인술인 수랑들은 위병들이 휘두르는 검을 재빨리 빠져나갔다. 커다란 아가리를 벌린 수랑들이 위병들의 팔다리를 물고 늘어지자, 구멍이 숭숭 뚫린 이들은 비명을 지르면서 나뒹굴었다.

이따금 위병들의 검이 수랑들을 베었지만, 물로 만들어진 몸에는 평범한 검이 효과가 없는지 검신은 그냥 지나쳤다.

맞서 싸우려던 아리안은 동작을 멈추고 치요메를 응시하듯이 굳어서 그 광경을 바라보았다.

그러나 그도 잠깐이었을 뿐, 금세 치요메의 뒤를 쫓은 아리안이 혼란에 빠진 위병들에게 돌진했다. 둘이서 협력한 아리안과 치요메는 부상당한 위병들의 숨통을 차례차례 끊었다.

때마침 무기를 든 산야의 민족 남자들도 경호원들을 무찌르고 달려왔다.

신체능력이 높은 종족인 그들의 참전은 다수의 훈련된 위병대라고 해도 막기 어려웠다. 계속 쓰러지는 위병들의 무기를 빼앗아 손에 쥔 산야의 민족은 더욱 인원을 늘리는 결과를 낳더니 위병대를 눈 깜짝할 사이에 와해시켰다.

그동안 풀려난 산야의 민족은 벌써 70명 가까이 되었다. 위병들과 싸우는 자, 다른 동포들을 구하는 자 등 상당한 수의 인원이 참전했다.

이때 엄청난 땅울림과 함께 굉음이 울려 퍼졌고, 뒤이어 상회 건물이 크게 흔들렸다. 그와 동시에 건물 내로 강풍과 흙먼지가 거칠게 불어 닥쳤다. 고스란히 노출된 많은 기름 램프들이 꺼지면서 주변 일대는 암흑에 휩싸였다.

치요메와 아리안, 산야의 민족과 위병들까지도 놀라 움직임을 멈추었다. 얼마 지나지 않아 그 적막은 다시 양측의 노호가 소용돌이치는 칼싸움 소리로 바뀌었다.

그러나 짙은 어둠 속에서 인간족의 위병들은 밤눈이 밝은 산야의 민족과 달리 상대방을 눈으로 보기도 힘들었다. 결국 동료 위병들끼리 칼부림하는 일마저 벌어진 그 싸움의 흐름은 어이없는 형태로 매듭을 지었다.

위병들과 경호원들의 시체를 그럭저럭 치운 산야의 민족이 모두 무사한지 서로 확인할 때 상회 건물의 정면 입구 쪽에서 두 개의 큼지막한 그림자가 나타났다.

한 명은 온몸에 흙먼지를 뒤집어쓴 230cm는 될 법한 반라의 거구 묘인족이었고, 또 한 명도 똑같이 흙먼지를 덮어썼지만 온몸이 검정 일색인데다 새의 깃털 머리 장식이 달린 섬뜩한 가면을 쓴 이상한 차림새의 남자였다.

그 모습을 본 주위의 산야의 민족 사이로 단숨에 긴장감이 흘렀다.

한쪽은 동포, 나머지 한쪽은 정체불명의 존재. 나란히 걸어오는 그들에게 어떤 대응을 취해야 좋을지 모른 산야의 민족은 자신들을 구해준 아리안과 치요메를 바라보았다.

그런 가운데 아리안에게 붙잡혀 있던 폰타가 기쁘다는 듯이 솜털 꼬리를 요란하게 흔들며 이제 막 나타난 상대를 부르는 것처럼 짖었다.

"큥! 큥!"

그제야 크게 한숨을 내뱉은 아리안이 잿빛 외투의 후드를 내리며 자신의 옅은 자주색 피부와 뾰족한 귀를 드러냈다. 그러자 산야의 민족은 여태껏 동포이고 인심일족으로 여긴 자가 엘프족이었다는 사실에 놀라서 아리안에게 시선을 모았다.

그 중심에서 정체를 드러낸 아리안은 약간 황당하다는 표정을 지으면서도, 자신들에게 다가오는 이들 중 한 명인 섬뜩한 가면을 쓴 자를 향해 눈길을 보냈다.

◆◇◆◇◆

"으~음, 죽는 줄 알았다……."

무너져 내린 천장의 잔해 속에서 기어 나온 아크는 흠뻑 뒤집어쓴 흙먼지를 털어내고 주위를 살폈다.

방금 일어난 마법 폭주의 영향을 받아 상회 정면의 1층 천장 일부분과 벽이 부서진 덕분에 2층을 올려다볼 수 있게 되었다. 상회 앞의 광장은 심하게 파였고, 정면의 외벽도 허물어져서 잔해 더미로 변했다. 그 안에는 많은 위병의 모습도 엿보였다.

바람이 흙먼지를 씻겨내면서 주변에 적막이 돌아왔다. 잠시 후 정면에서는 돌바닥이 깔린 대로를 질서정연하게 밟는 발소리가 밤거리로 울려 퍼졌다.

바람을 타고 들린 그 소리는 엄청난 인원의 집단이 이곳으로 다가온다는 사실을 전해주었다.

위병의 증원군인가 아니면 진압을 위한 군대의 투입인가. 예상보다 상대의 움직임이 빠르다. 어쨌든 별로 느긋하게 있을 시간은 없다고 판단한 아크는 붕괴한 잔해를 헤쳤다.

"고에몬 공! 고에몬 공, 무사하시오!?"

아크가 고에몬의 이름을 부르며 잔해를 뒤졌다. 그러자 조금 멀리 떨어진 장소의 잔해로부터 근골이 우람한 팔이 쑥 튀어나오더니, 다시 그 아래에서 흙먼지투성이의 고에몬이 잔해를 날리고 나타났다.

"오오, 무사했구료, 고에몬 공!"

"……문제없다."

아크가 고에몬이 무사한지 확인하기 위해 말을 걸자, 그는 가슴 근육을 떨면서 대답했다. 고에몬은 머리 위에 달린 고양이 귀를 살짝 쫑긋거리며 정면의 앞쪽――어둠에 잠긴 거리를 바라보았다.

역시 고에몬도 자신들에게 가까워지는 뭔가를 알아차린 듯했다.

"증원군이 이쪽을 향하는 모양이오. 하지만 이 잔해더미와 부상당한 위병들을 무시한 채 곧바로 공격해오지는 않을 거요. 풀려난 자들을 그 틈에 바깥으로 옮겨야겠소."

이후의 대응을 제안한 아크에게 고에몬도 다른 의견은 없는지 고개를 끄덕였다. 그리고 잔해 더미에서 뛰어내리기 무섭게 상회로 발길을 돌렸다.

아크도 고에몬을 따라가듯이 그의 뒤를 쫓았다.

상회의 정면 홀을 거쳐 안쪽으로 이어지는 문을 들어가자, 그곳에는 어두컴컴한 철격자 감옥을 같은 간격으로 설치한 방이 모습을 드러냈다.

감옥을 들여다보았지만 아무도 갇혀 있지 않았다. 텅 빈 감옥들을 지나 더 깊숙이 이동하여 다수의 인기척이 느껴지는 장소로 나오자, 이미 풀려난 많은 산야의 민족이 보였다.

치요메나 고에몬처럼 고양이 귀와 꼬리를 가진 자, 늑대 같은 늠름한 자부터 토끼귀를 지닌 자까지 그야말로 다종다양한 이들이 있었다. 짐승 귀 만세를 외쳐야 하는 시점일까.

아크가 약간 흥분한 마음으로 그들을 이리저리 쳐다보자, 이윽고 자신들을 알아차린 자들과 시선이 맞았다. 그러나 경계하고 겁에 질린 듯한 기색이 단번에 늘어났다.

뜻밖의 반응에 고개를 갸웃거릴 때 어딘가에서 폰타가 짖어대는 소리를 들었다.

그쪽으로 얼굴을 돌린 아크는 잿빛 외투의 후드를 내린 아리안과 눈길이 마주쳤다. 무엇 때문인지 자신을 어이없다는 듯이 바라보는 아리안에게 또 고개를 갸웃거렸더니 그녀가 천천히 입을 열었다.

"아크, 슬슬 그 가면을 벗는 게 어때요? 다들 무서워하잖아요."

아리안의 말에 비로소 자신을 어떻게 받아들일지 떠올린 아크가 손뼉을 쳤다.

"오오, 이제 보니 계속 가면을 쓰고 있었군. 하지만 의외로 이 모습이 마음에 들었소."

아크는 들뜬 기분으로 가면의 깃털 장식에 묻은 먼지를 털어냈다. 그러자 바람을 탄 폰타가 아리안의 어깨에서 아크의 가면으로 뛰어오른 후 깃털 장식에 그 작은 몸을 파묻었다.

"큥☆ 큥☆"

어쩐지 평소보다 폰타는 들떠 보였다. 가면 위의 깃털 장식 속에서 장난치는 폰타를 달래고 있자, 치요메가 현재의 전황을 고에몬에게 물었다.

"고에몬, 정면의 상태는 어떤가요?"

"……다수의 증원군이 이쪽으로 몰려오는 중이다. 아크 님과 함께 충분히 발을 묶어놓았으니, 여기에 쳐들어올 때까지는 좀 더 시간이 걸릴 거다."

고에몬은 과묵해서 별로 수다스러운 인상은 아니었지만, 치요메의 질문에 낮게 가라앉은 목소리로 막힘없이 대답하며 엄지손가락을 세우고 아크에게 시선을 돌렸다.

그 말에 팔짱을 낀 아크도 크게 고개를 끄덕였다. 가면 위에 올라탄 폰타는 그때마다 미끄러져 떨어질 뻔하다가 허둥지둥 깃털 장식에 매달려 돌아갔다. 아크는 그 모습을 일부러 무시하면서 자신들의 정황을 확인하기 위해 아리안을 쳐다보았다.

"아리안 양, 우리 상황은 어떻소? 이곳에 있는 자들이 전부요?"

산야의 민족 사이에서는 그들을 구해주러 온 아리안이나 치요메에게 말을 거는 아크와 고에몬을 보고 뒤늦게 그 둘이 동료라는 인식이 퍼진 듯했다. 아크는 조금 안도한 표정을 지은 산야의 민족을 바라보면서 물었다.

주변의 감옥은 거의 열린 것 같았지만, 아직 수갑을 찬 자나 먼저 자유롭게 움직일 수 있도록 족쇄를 푸는 이의 모습 등이 눈에 비쳤다.

"산야의 민족은 대부분 풀려났어요. 위층은 애당초 노예를 가두는 장소도 아니었고, 남은 데는 이 건물의 가장 깊숙한 곳뿐이네요."

아리안은 안쪽에 보이는 약간 커다란 두쪽문을 가리키며 대답했다.

아리안과 치요메는 상회의 뒤쪽에서 침입했다고 여겼지만, 가장 깊숙한 곳에는 출입구도 없었다. 오로지 이 중앙에 자리 잡은 방의 입구를 통해서만 들어가는 구조인 모양이었다.

"그럼 고에몬에게 여기를 맡기고 저는 안쪽을 살피겠습니다."

치요메가 고에몬을 향해 시선을 던지자, 그도 알았다는 듯이 고개를 끄덕였다.

"우리도 동행하도록 하지. 안쪽에 사로잡힌 이들이 있다면 그들을 미리 왕도 밖으로 탈출시키겠소. 그러고 나서 이곳에 남은 자들을 옮기면 이 작전은 대체로 마무리될 거요."

아크의 말에 아리안도 묵묵히 고개를 끄덕이며 동의했다.

"알겠습니다. 일단 최후의 탈출은 계획대로 하죠. 이 안으로 바깥의 증원부대를 유인한 후 때를 봐서 고에몬이 건물을 파괴하고, 아크 님의 전이술로 왕도를 벗어나겠습니다."

치요메는 마지막 순서를 점검하듯이 아크와 고에몬에게 시선을 주었다.

처음에 이 제안을 듣고 난 아크는 난색을 보였다. 그러나 치요메와 아리안은 어째서 아크가 그 일을 꺼려하는지 의문을 품고 고개를 갸웃거렸다.

병사들을 조금이라도 휘말리게 하는 형태로 건물을 붕괴시키지 않을 경우, 이들은 금세 새로이 편성되어 다른 노예상회에서 구출활동을 하는 부대에게 증원군으로 가기 때문이다.

다만 지금 이 건물을 포위한 위병들이나 군인들은 도적의 포박과 치안유지가 본래의 목적이다. 그들은 욕심에 사로잡혀 사람을 죽이는 도적이나 자신의 손으로 사람을 납치하여 팔아치우는 악한도 아니다.

그러나 용병이란 돈을 받은 대가로 의뢰주의 적과 싸우는 존재다――그 점은 원래 세계의 용병도 마찬가지다.

아크는 가벼운 마음으로 용병을 선택했지만, 자신이 게임에서 종종 접하는 '모험자' 같은 직업으로서의 인식만 지녔다는 사실을 그제야 뼈저리게 깨달았다.

그렇다고 이번처럼 산야의 민족을 일방적으로 사냥해서 노예로 삼는 행위를 눈감아줄 수 있느냐고 묻는다면 그 또한 아니리라.

아크는 치요메의 시선을 받고 고개를 끄덕였다.

"어서 서두르죠."

탈출 준비를 하는 산야의 민족과 고에몬을 남겨둔 일행—아리안과 치요메, 그리고 아크와 머리 위의 폰타—는 건물 안쪽에 위치한 두쪽문을 밀고 들어갔다.

문 너머는 건물 벽으로 둘러싸인 안뜰이었다.

그 안뜰 안쪽에는 커다란 문이 보였고, 그곳에 다수의 험상궂게 생긴 문지기 남자들이 일행을 노려보며 서 있었다.

몸집이 큰 남자의 팔에 목을 휘감긴 어린아이 두 명이 발버둥 치며 괴로워하는 모습이 보였다. 사람과 달리 머리에 짐승 귀가 달린 아이들은 누더기를 걸친 산야의 민족의 소녀들이었다.

아크 일행을 발견한 남자는 경악한 표정을 지었지만, 금세 분노한 얼굴로 바뀌더니 침을 튀기면서 고함을 질렀다.

"이 새끼들! 웃기지도 않은 꼴하고는! 알고 있다. 네놈들 '해방자' 라는 짐승들이지!? 이 녀석들이 어떻게 되든 좋다는 거냐? 그래?"

"우리는 해방자가 아니다, 내 이름은 아크. 아이들을 풀어주지 않겠는가?”

아크는 가슴을 펴고 당당하게 이름을 밝혔다. 그러면서 어린아이들을 풀어주기를 요구한 뒤에야 자신의 실수를 퍼뜩 깨달았다.

——망했다, 일부러 가면을 쓰면서까지 얼굴을 가렸는데, 스스로 정체를 드러내다니.

자신의 섣부른 행동에 속으로 머리를 감싸 쥐었지만, 마주한 상대방은 오히려 인질이 효과를 나타냈다고 생각한 눈치였다. 몸집이 큰 남자는 비열한 미소를 머금으면서 두 소녀의 목을 휘감은 팔에 더욱 힘을 주었다.

“시끄러! 그럼 저항하지 마라!! 무기를 내려놓고 이쪽으로 차!”

“헤헷, 설마 이런 곳에서 다크엘프족 여자를 보게 될 줄이야…….”

몸집이 큰 남자가 침을 튀기며 버럭 소리를 질렀다. 그러자 아크 뒤의 아리안에게 음탕한 시선을 던진 주위의 남자들은 히쭉거리고 무기를 거머쥐었다.

“인간족이란 약한 자를 방패로 삼는 게 일반적인 수단인가 보군요.”

분노한 아리안은 몹시 불쾌하다는 듯이 말을 내뱉은 다음 그녀의 고운 눈썹을 치켜 올렸다.

치요메와 아리안은 손에 든 무기를 내려놓고 남자들에게

발로 차면서 그들을 노려보았다. 그러나 전혀 개의치 않은 남자들은 오히려 한층 더 짙은 비웃음을 띠었다.

아마 자신들에게 맞설 방법이 없어졌다고 판단했기 때문일 테지만, 잘못 짚어도 한참 잘못 짚었다.

일행을 에워싼 남자들이 대수롭지 않게 거리를 좁혔다. 몸집이 큰 남자는 거리가 한 걸음 정도로 줄었을 때 승리를 확신한 듯이 단번에 휘파람을 불며 웃었다.

"거기 기분 나쁜 가면을 쓴 놈은 죽여! 뒤에 있는 둘은 전리품이다, 죽이지 마라! 이제 곧 군이 맞은편 감옥에서 뛰쳐나간 짐승들을 도로 잡아올 거다. 그리고 상회의 나리한테 엘프 여자를 팔면 우리는 내일부터 엄청난 부자다!!"

일제히 고함을 지른 남자들이 아크를 향해 무기를 내려친 순간 아크는 【디멘션 무브】를 발동시켜 몸집이 큰 남자의 뒤로 전이했다.

주변의 남자들은 방금까지 눈앞에 있던 아크를 놓치자, 소스라치게 놀라면서 무기를 바닥에 헛손질했다.

"뭐야!? 사라졌다고!!?"

동요하는 목소리를 낸 몸집이 큰 남자의 배후——아크는 그의 머리를 양손으로 붙잡아 자신을 돌아보도록 홱 비틀었다.

뼈를 부수는 둔탁한 소리와 함께 남자의 머리가 바로 뒤를 향하면서 시선이 맞았다.

눈동자를 크게 뜨고 경악한 남자의 표정은 순식간에 지워졌다. 남자는 목 아래의 근육이 느슨해졌는지, 팔에 안은 아이들을 떨어뜨리고 바지 속에서 오물을 쏟아내기 시작했다.

아크가 아무렇게나 벽으로 내던진 남자의 시체는 장난감 인형처럼 바닥에 웅크렸다.

남자의 팔에서 풀려난 소녀들은 목을 누르고 한바탕 기침을 하더니, 잠시 호흡을 가다듬은 후 약간 겁에 질린 눈동자로 아크를 올려다보며 덜덜 떨었다.

"잠깐만 눈을 감거라. 무서운 일은 금방 끝날 테니까."

"쿙."

아크가 아이들의 부드러운 머리를 살짝 쓰다듬으면서 말을 건네자, 대여섯 살 정도의 두 소녀는 가면의 깃털 장식 틈으로 엿보이는 폰타를 신기하다는 듯이 쳐다보았다. 곧이어 조그맣게 고개를 끄덕인 소녀들은 작은 손바닥으로 저마다 두 눈을 가린 채 그 자리에 조용히 앉아서 기다렸다.

"빌어먹을! 무슨 짓을 한 거냐!?"

일행을 에워싼 남자들은 조금 전만 해도 여유로운 미소를 지었지만, 뒤돌아보고 나서야 동료가 죽은 사실을 알아차리더니 동요하는 기색을 감추지 못하며 당황했다.

그 틈을 파고들고 남자들에게 달려간 아크는 단숨에 거리를 좁혔다.

아크가 힘을 적절히 조절하면서도 휘두른 주먹은 남자

들의 얼굴이나 가슴 부위 등에 작렬했고, 뼈를 부수는 소리를 울리는 한편 그들의 비명이 주위로 메아리쳤다. 그 기회를 놓치지 않은 아리안과 치요메도 참전하여, 수십 초도 지나지 않아 그곳에는 머리와 가슴이 변형된 다수의 남자들이 나뒹굴었다.

끔찍하게 죽인 시체보다 때려 죽인 시체가 그나마 낫다고 생각했는데 딱히 그렇지도 않은 듯싶었다.

약속을 지킨 아크는 두 눈을 꼭 가린 소녀들 곁으로 돌아가서 놀라지 않도록 말을 걸었다.

"그만 눈을 떠도 괜찮다. 무서운 아저씨들은 없어졌으니까."

새의 깃털로 장식된 섬뜩한 가면을 쓴 인간이 할 말은 아니군——아크가 내심 혼자 그렇게 자조할 때 아리안의 목소리가 뒤에서 들려왔다.

"아크, 여기도 끝났어요. 이제 이 안쪽만 남았네요."

숨통을 끊은 남자를 그대로 내버려둔 아리안은 치요메가 주워준 자신의 검을 허리에 차면서 안쪽 대문으로 시선을 던졌다.

"마지막은 이곳을 제압한 다음 전이마법으로 탈출하면 되겠군."

치요메는 계획의 순서를 확인하는 아크의 말에 고개를 끄덕였다. 그리고 머리 위의 검은 고양이 귀를 움직여 문 너머의 기척을 살피듯이 쫑긋거렸다.

"맞은편에서 기척들이 많이 느껴지는군요."

살짝 경계하는 목소리를 낸 치요메가 안쪽의 커다란 문을 살며시 밀었다.

그 안은 조금 깔끔한 저택 내부 같은 분위기를 풍겼는데, 돋보이는 실내 장식이며 커다란 테이블과 의자 등이 즐비했다.

손님과의 상담을 매듭짓기 위한 방인지도 모른다.

방금 구해준 소녀 두 명이 주변을 둘러보는 일행의 옆을 잔달음으로 지나쳐, 측면에 설치된 문을 열고 거리낌 없이 들어갔다.

치요메는 두 소녀를 쫓았고, 아크와 아리안도 그 뒤를 따랐다.

잠시 복도를 나아가 또 하나의 문을 열자, 방 안의 시큼한 냄새가 코를 찔렀다.

습기를 띤 공기와 풀이 시든 듯한 악취를 뒤섞은 실내였다. 많은 산야의 민족 남녀들이 거의 알몸으로 쇠사슬에 매인 광경이 눈에 들어왔다.

그중에는 불룩한 배를 끌어안은 임신부 여성도 다수였는데, 일행을 쳐다보는 시선의 대부분은 겁에 질린 느낌이었다.

일행이 구해준 두 소녀는 배가 불룩한 누더기 차림의 여성에게 달려가서 말없이 서로를 껴안고 뺨을 비벼대며 눈물을 글썽였다.

이 방과 여성들의 모습을 보는 순간 저절로 그 목적이 떠올랐다.

――이곳은 수인의 번식시설이리라.

수인을 번식시켜서 태어난 어린아이를 노예로 판다――과연 그런 짓을 해서 채산이 맞을지 몹시 의문이지만, 에츠아트 상회의 규모와 이 좁은 공간을 둘러본 추측으로는 아마 실험적인 시설인지도 모른다.

다만 보는 입장에서는 그다지 기분 좋은 곳이 아니라는 점만큼은 확실하다. 아리안과 치요메도 그 참상에 무심코 얼굴을 찌푸렸다.

"아리안 양, 이들이 몸에 걸칠 만한 걸 부탁하겠소."

"……네, 알았어요……."

이 광경에 할 말을 잃은 아리안이 발길을 돌려 방을 나갔고, 여성들이 입을 만한 옷을 찾아다녔다.

치요메는 잠깐 미간을 찌푸리며 눈을 감았지만, 이윽고 마음을 진정시켰는지 평소의 억양이 없는 말투를 되찾았다.

"저는 자물쇠 따는 기술도 일단 익혔으니, 다들 여기에서 빨리 내보내죠……."

"그렇군."

치요메는 쇠사슬로 이어진 여성의 족쇄 앞에 무릎을 꿇었다. 그러고는 품에서 작은 금속제 쇠붙이를 꺼내어 열쇠 구멍에 대고 만지작거리자, 몇 초 후에는 짤가닥하는 소리를 내며 족쇄가 벗겨졌다.

아크도 치요메를 따라 근처의 개 귀를 지닌 남자에게 채워진 족쇄의 쇠사슬을 양손에 쥐고 좌우로 힘을 주어 잡아 뜯었다. 풀려난 남자는 그저 눈을 휘둥그레 뜬 채 눈앞에 벌어진 일을 바라볼 뿐이었다.

마침내 방에 있던 모든 자들의 수갑과 족쇄를 떼어 냈을 무렵 아리안이 돌아왔다.

"옷은 별로 없었어요……. 미안하지만 이걸로 참아야겠네요."

아리안이 손에 든 천 뭉치를 가리켰다.

아크가 펼쳐보자 한 장의 커다란 천이었다. 침대 시트나 커튼 같았지만, 아무것도 두르지 않은 알몸으로 어슬렁거리느니 이게 훨씬 나을 터다.

아크는 아리안과 협력해서 천 뭉치들을 여성들에게 나누어주었다.

"아크 님, 제일 먼저 이들을 성 밖으로 탈출시키죠."

"으음, 그럼 아까 봤던 홀을 기점으로 삼도록 하지."

치요메는 아크의 말대로 방에 있던 산야의 민족을 데리고 홀의 한 장소에 모았다.

그들은 이제부터 어떻게 될지 몰라서 조금 웅성거렸다.

중심에 선 아크는 준비를 다 마쳤는지 확인하고 약간 기합을 넣어 마법을 발동시켰다.

"【게이트】."

마법이 발동하자 여느 때보다 큰 빛의 마법진이 홀 바닥에 전개되면서 어슴푸레한 실내를 비추었다.

그 장면을 목격한 산야의 민족의 몸이 굳었다. 그들은 경계하기 위해서인지 머리에 달린 짐승 귀를 쫑긋거리며 뭔가를 말하려 했다.

그러나 어느덧 주변의 경치가 어두워지자마자, 달빛을 받는 초원 위에 전원이 우두커니 서 있었다.

바람이 풀을 물결처럼 흔들어 벌레 소리를 옮겨 왔다. 조금 떨어진 남쪽 방향에는 왕도 올라브의 자태가 그림자 같이 흐릿하게 펼쳐졌다.

한낮에 노점에서 가면을 구입한 후 미리 조사하러 왔던 탈출 장소다. 대낮과 달리 왕도의 전경은 잘 보이지 않지만, 그래도 다른 도시보다는 빛이 많다.

주위에 있던 산야의 민족은 비로소 사태를 알아차렸는지, 기뻐하는 자며 눈물을 머금은 자 또는 치요메에게 설명을 구하는 자 등 다양한 반응을 나타냈다.

다만 온몸이 검정 일색의 외투 차림에 섬뜩한 가면을 쓴 아크 곁에는 기묘한 공간이 생성되어서 아무도 말을 걸지 않았다.

그때 토끼귀를 가진 여성이 아크가 구해준 두 소녀를 데리고 조용히 다가왔다. 아이들의 모친인 듯한 여성은 눈가에 눈물을 글썽이는 표정으로 머리를 숙였다. 그러면서 약간 흐느껴 우는 목소리로 정중하게 감사하다는 인사를 했다.

"으음, 딸아이들을 소중히 돌보시오……."

아크는 섬뜩한 가면을 쓴 채 무겁게 고개를 끄덕였다. 그러자 이 집단을 향해 몇 개의 그림자가 초원 속에서 은밀하게 접근했다.

달빛뿐이어서 그다지 또렷하게 보이지는 않았지만, 치요메와 똑같은 닌자 복장으로 몸을 감싼 자들이었다. 그들의 머리 위에는 역시 마찬가지로 고양이 귀가 달렸다.

대표로 접촉하여 뭔가 대화에 몰두한 치요메는 곧 이야기를 마쳤는지 뒤돌아섰다. 그러고는 언제나처럼 억양이 없는 말투로 주위의 모두에게 들리도록 알렸다.

"저들이 지금부터 숨겨진 마을로 안내할 겁니다. 그들의 지시에 따라주십시오."

산야의 민족은 그 목소리에 서로 얼굴을 마주본 다음 고양이 닌자들의 뒤를 줄줄이 쫓아가기 시작했다.

"나머지는 저들에게 맡기죠. 저희는 돌아가는 대로 다른 이들을 구출합니다."

"알았소. 그럼 전이하지!"

전이마법인 【게이트】를 발동시킨 아크는 아까 기억한 에츠아트 상회의 안쪽 홀을 좌표로 삼았다.

조금 작게 전개된 마법진이 빛을 뿜는 순간 일행은 좌표로 지정한 홀 중앙에 돌아왔다. 마침 산야의 민족 몇 명이 무기를 손에 들고 뭔가를 찾듯이 주변을 뒤지는 중이었다.

"우옷!? 누구냐!"

그들은 홀 중앙에 세 명의 수상한 인물들이 불쑥 나타나자, 다들 일제히 놀란 목소리로 외치고 경계하는 표정을 지었다. 그러나 산야의 민족을 감옥에서 풀어주러 돌아다닌 삼인조라는 사실을 깨닫고 금세 경계심을 누그러뜨렸다.

"미안하다, 당신들이었군. ……그런데 여기 갇힌 동포들을 못 봤나?"

늘어진 개 귀를 지닌 중년 남자 한 명이 대표로 나서더니, 자신들이 찾는 대상들의 소재를 물었다.

아무래도 그들도 조금 전에 갇혀 있던 산야의 민족을 구하러 달려온 듯싶었다.

"다들 한발 먼저 성 밖으로 탈출시켰습니다. 지금은 저희 동료들과 숨겨진 마을로 향하고 있을 겁니다."

치요메는 입을 가린 마스크를 내리고 짤막하게 대답했다.

그 대답을 들은 주위의 남자들이 가슴을 쓸어내리는 듯한 표정을 지은 반면, 개 귀를 지닌 남자는 놀란 얼굴로 눈썹을 찌푸렸다.

"그럴 리가!? 이토록 짧은 시간에 어떻게!?"

그러나 그 질문에 치요메는 대답하지 않았고, 감옥에서 풀려난 자들의 상황을 되물었다.

"당장 자세한 얘기를 할 겨를은 없습니다. 구출작업과 위병들, 바깥 상황은 어떤가요?"

"감옥에서 전부 나왔지만, 쇠사슬을 푼 이들은 절반쯤이다. 그리고 위병들은 이제 대부분 건물 주위의 포위를 굳힐 뿐이다."

개 귀를 지닌 중년 남자는 치요메가 묻는 말에 이맛살을 찡그리면서도 간결하게 답했다.

고개를 가볍게 끄덕인 치요메는 시선을 아크에게 돌리며 재촉했다.

그 시선에 아크도 고개를 끄덕이고서 또 방금처럼 【게이트】의 마법을 발동시켰다.

일행은 초원으로 확 뒤바뀐 경치에 동요하는 남자들을 치요메의 동료에게 맡긴 채 즉시 되돌아왔다. 그 후 정면의 대문을 열고 감옥이 늘어선 방으로 다시 들어갔다.

그곳에는 감옥을 나온 다수의 산야의 민족이 모여 있었다. 자신들에게 채워진 족쇄의 쇠사슬을 끊으려는 자나 이따금 접근하는 위병들을 격퇴하는 자 등으로 붐볐다.

이미 건물 내에 남겨진 이들은 산야의 민족뿐이었다. 노예상회의 인간이나 위병들의 모습은 거의 없었다.

위병들은 산발적인 공격을 하러 오는 듯했지만, 금방 물러나는 모습을 보건대 바깥에 대기하는 증원부대의 척후일까——그렇다면 머지않아 총력전이나 지구전으로 바뀌리라.

별로 시간도 남지 않은 까닭에 집단 속으로 끼어들어 【게이트】를 발동시킨 아크는 허둥대는 산야의 민족을 그대로 초원에 옮겨놓았다.

전이마법을 여러 번 되풀이하고 나서야, 에츠아트 상회에 사로잡힌 백 명 남짓한 산야의 민족의 탈출이 무사히 끝났다.

다만 모두 갑작스러운 일에 혼란스러워하거나 경악하고 고마워했다. 자신을 둘러싼 그들에게 일일이 맞장구를 치던 아크는 차라리 【게이트】를 써서 감옥 통째로 먼저 초원까지 이동했다면 빨랐으리라 중얼거렸다.

그러나 상회 내의 사라진 감옥이 이런 장소에서 발견되었다가는 심각한 사태를 불러일으킬 가능성도 있기 때문에 아쉽지는 않았다.

"마무리 수순만 남았네요."

그런 헛된 공상을 재검증하는 아크 옆에서 아리안이 왕도의 방향을 바라보며 혼잣말을 했다.

그 말에 고개를 끄덕인 아크는 머릿속의 쓸데없는 생각을 떨쳐냈다.

"그럼 잠시 다녀오겠소."

아크는 【게이트】를 발동시키고 혼자 에츠아트 상회로 돌아갔다.

상회 안에는 더 이상 아무도 없었다. 건물 전체는 불길하게 여겨질 정도로 쥐 죽은 듯이 적막했다.

아니다——마지막 한 명이 어둠 속에 우뚝 선 모습이 보였다. 장신의 거구, 철저하게 단련한 강철 근육을 두른 복면의 고양이 귀 닌자——고에몬이었다.

석상처럼 우두커니 서 있는 고에몬은 전이마법에 의해 나타나는 아크를 살짝 시선만 움직여 쳐다보고 머리 위의 고양이 귀를 쫑긋거렸다.

"……손님이 왔다."

그 말만 내뱉은 고에몬이 시선을 건물 정면으로 돌렸다.

이윽고 건물 내에 우르르 밀려드는 병사들의 발소리가 멀리서 울려왔다. 그 때문에 첫 번째 마법 폭주로 약간 위태로워진 건물이 비명을 지르듯이 삐걱거렸고, 천장에서 흙먼지가 떨어져 내렸다.

얼마 지나지 않아 정면 통로를 가득 채운 무장한 병사들이 대방패와 불을 들고 나타났다. 병사들은 모든 것을 뭉개버릴 기세로 아크와 고에몬에게 돌진했다.

바깥의 부대는 자신들이 마법을 쓸 수 있다는 사실을 파악하지 못한 걸까——이렇게 비좁은 장소에서의 밀집대형은 단순한 마법 표적에 불과하다.

아니, 오히려 실내에서는 섣불리 위력이 큰 마법을 쓰지 않는다는 생각이 일반적이다. 마법을 쓴 본인이 건물을 무너뜨리면 자신도 휘말리게 된다.

그러자 옆에서 잠자코 그 모습을 지켜보던 고에몬이 서서히 자세를 취했다.

양팔을 치켜들어 상완이두근을 부풀린 후 다시 양팔을 내리며 대흉근에 혈관을 띄어 올렸다. 여태껏 거의 표정을 바꾸지 않았던 고에몬이 눈을 가늘게 뜨고 마스크 아래로 커다란 미소를 지었다.

"……아크 님, 조금 전의 그걸 하겠다."

그걸 하자는 게 무엇인지는 이 자리에서 되물을 필요도 없다.

"좋소, 고에몬 공. 한번 커다란 놈으로 가지."

아크의 대답을 들은 고에몬은 점점 짙은 미소를 띠며 근육을 팽팽하게 부풀렸다.

상당히 기분 나쁘게 웃는 얼굴이다.

『토둔, 암아초권!!』

고에몬은 양팔의 토시를 맞부딪쳐 소리를 낸 다음 주먹을 지면에 내리꽂았다. 돌바닥이 부서지고 땅을 가르듯이 빠르게 솟아나는 바위의 엄니가 통로를 가득 메운 병사들을 덮쳤다.

"【록 팽】!!"

고에몬의 인술을 뒤쫓는 것처럼 아크도 중급 범위 마법을 발동시켰다. 그러자 건물의 돌바닥을 찢으며 날카롭고 두터운 엄니 같은 바위들을 몇 개나 생성하더니, 그 기세로 천장을 잇달아 뚫으면서 병사들을 향했다.

마법과 인술이 병사들에게 육박하는 한편 서로 뒤얽혔다.

대열을 짠 병사들이 그에 맞서듯이 대방패를 내밀며 밀집대형을 취했다——그 바로 앞에서 교차한 마법과 인술은 융합하는 것처럼 굽이치고 단숨에 팽창했다. 천장을 꿰뚫는 거대한 바위기둥이 우뚝 솟아나면서 무수한 가시가 건물 벽과 바닥을 가차 없이 무너뜨리는 형태로 쑥쑥 자라났다.

그 공격은 건물을 차례차례 붕괴시켰고, 방어태세의 병사들을 흩뜨려 나갔다. 요란한 땅울림과 파쇄음이 주변 일대의 공기를 떨리도록 하면서 건물 전체를 삐걱거리게 만들었다.

마침내 건물이 자체 무게를 버틸 수 없게 되었는지, 삐걱삐걱하는 소리가 커지며 둑이 터진 듯이 무너져 내리기 시작했다.

붕괴는 도미노를 연쇄적으로 쓰러뜨리는 것처럼 에츠아트 상회에 이어진 건물 전체를 끌어들이면서 아크와 고에몬을 향해 다가왔다.

"철수하겠소, 고에몬 공!"

아크의 외침을 들은 고에몬도 시선을 마주치고 고개를 끄덕였다.

아크가 붕괴 현장을 마지막으로 확인한 후 【게이트】를 재빨리 전개시키자 순식간에 경치가 뒤바뀌었다. 어느새 눈앞에는 왕도 밖의 초원 풍경이 펼쳐져 있었다.

붕괴할 때 울려 퍼진 굉음에 둘러싸인 공간이 갑자기 초원지대의 적막이 가득한 땅으로 변한 탓에 약간 귀울음이 남았다.

그 귀울음을 떨쳐내듯 머리를 흔든 아크는 건물이 무너지면서 뒤집어쓴 흙먼지를 손으로 털어냈다. 그러자 뒤에서 치요메가 말을 걸었다.

"아크 님, 애써 주셔서 감사드립니다."

아크가 뒤돌아서자 치요메와 그녀의 동료인 닌자 몇 명이 자신을 향해 서 있었다. 그중에는 고에몬과 아리안의 모습도 보였다.

고에몬은 투박한 팔을 내밀며 묵묵히 악수를 청했다. 아크도 그저 고개만 끄덕이고 악수를 나누었지만, 그 후 고에몬은 잠자코 오른쪽 상완이두근을 부풀려 보여 주었다.

의미는 알 수 없었지만 아크도 일단 상완이두근을 강조하는 자세를 취하자, 고에몬은 흡족한 듯이 고개를 끄덕이며 "또 만나지."라는 말만 남기고 떠났다.

아크는 가면을 벗고 그 뒷모습을 지켜보았다. 이때 깃털 장식 속에 몸을 파묻은 폰타가 땅바닥에 떨어져서 "큐우~

웅"하고 살짝 원망스럽다는 목소리로 울었다.

"오오, 미안하구나, 폰타."

"아크는 정말 몹쓸 사람이구나아~."

아크가 폰타에게 고개를 숙이고 사과하자, 옆에서 나타난 아리안이 폰타를 안아 올려 뺨에 가까이 갖다 대며 조그맣게 중얼거렸다.

——아리안은 들리지 않을 거라고 생각하는 듯하지만, 이 몸은 해골이면서도 귀가 밝다.

"아리안 님, 아크 님, 저희에게 협력해 주셔서 진심으로 감사드립니다."

치요메는 아크의 어색한 심정을 아랑곳하지 않고 조금 밝은 목소리로 고맙다는 인사를 했다.

"신경 쓰지 말아요, 우리한테도 목적이 있었으니까."

아리안은 폰타를 안은 채 만족스러운 표정으로 말했다.

"그렇소, 나도 바라는 게 있기에 도와준 것이오. 그보다 이제 어디로 갈 건가?"

어쨌든 이번 일은 치요메로부터 정보제공이라는 보수를 받는다는 형식으로 거들었다.

치요메는 돌아서서 밤의 지평선에 가로놓인 검은 산맥을 올려다보았다.

"저희는 칼카트 산악 지대 깊숙이 자리 잡은 숨겨진 마을로 갑니다."

"남대륙으로 건너면 당신들의 동포가 만든 커다란 나라도 있잖아요?"

아리안은 이곳 북대륙과는 다른 대륙의 이야기를 꺼냈지만, 몸을 돌린 치요메는 다소 쓸쓸한 표정으로 눈꼬리를 내렸다.

"네. 다만 적지 않은 인원이 바다를 건너기도 어렵고, 여기 기후가 마음에 든 이들도 많으니까요."

확실히 현재 칼카트 산악 지대를 향해 걷는, 왕도에서 구출한 산야의 민족은 어느새 200명 이상으로 불어났다.

아마 에츠아트 상회 이외의 장소를 동시 습격한 곳에서 빠져나온 자들도 합류했으리라.

더구나 지금부터 가려는 숨겨진 마을에도 상당한 수의 동포들이 살고 있을 터다. 교통수단이 한정된 데다 용병단의 노예사냥을 피하면서 이주하기란 여간해서는 무리다.

"하다못해 사당으로 이어진 길을 알면 좋겠는데……."

치요메는 동포들을 바라보면서 혼잣말을 흘렸지만, 앞날의 불안을 떨치려는 듯이 머리를 흔들고 시선을 아크와 아리안에게 돌렸다.

"아니, 그보다도 두 분에게 약속한 보수를 드려야겠군요."

치요메는 살짝 자세를 바로잡더니, 조용히 화제를 바꿨다.

그 말에 아크와 아리안의 시선이 자연스럽게 치요메의 눈동자를 향했다.

"두 분이 찾는 드라스스 드 발리시몬이라는 이름을 가진 자는 신성 레브란 제국 소속의 자작입니다."

초원을 달리는 바람 소리가 더욱 커지면서 아크의 외투를 크게 펄럭였다.

——아무래도 로덴 왕국 내에 국한된 문제로 끝나지는 않을 듯싶다.

종장

로덴 왕국 남동쪽에 위치한 린부르트 대공국.

원래는 로덴 왕국의 지방영지에 불과했다. 그러나 600년 전쯤 엘프족과의 전쟁 때 티시엔트 공작가와 그 일파가 로덴 왕국을 떠난 후 이 땅에 린부르트 대공국을 일으켰다. 당시 그들은 엘프족과의 융화를 호소하고 있었다.

그 무렵 로덴 왕국은 린부르트 대공국에게 별로 좋은 감정을 보이지 않았지만, 엘프족과의 전쟁에서 패전하여 몹시 피폐해진 까닭에 불평을 내뱉을 수는 있어도 힘으로 누를 만한 상황은 아니었다.

그리고 린부르트 대공국은 티시엔트 공작가가 당초부터 주장한 대로 엘프족과의 융화를 밀어붙여, 지금에 와서는 그들과 유일하게 교역을 하는 인간족의 국가가 되었다.

엘프족이 만들어내는 마도구 등은 인간족의 물건과는 일선을 긋는 성능을 자랑하기 때문에 모든 사람은 그들의 물품을 원했다.

애당초 로덴 왕국이 엘프족과 전쟁을 시작한 계기도 고성

능의 마도구나 마도기술을 얻기 위해서였다. 그러나 소수민족인 엘프족이 이끄는 캐나다 대삼림 세력이 레브란 제국에 이은 대국인 로덴 왕국을 상대로 압도적으로 승리하여 막을 내렸다.

로덴 왕국과 마찬가지로 엘프족의 기술을 탐낸 다른 국가들도 이 결과에 경악할 수밖에 없었고, 이후 무력을 통한 어설픈 약탈을 포기하는 대신 교역에 따른 거래를 받아들여야 했다.

그러나 정작 엘프족은 캐나다 대삼림에 틀어박힌 채 교역창구를 린부르트 대공국에만 두었다. 따라서 엘프족의 마도구를 타국에 독점적으로 판매하게 된 린부르트 대공국은 막대한 부를 얻었고, 소국이면서도 그 힘은 비약적인 성장을 이루었다.

수도인 이곳 린부르트에는 동쪽의 알드리아만(灣)을 바라보는 거대한 항구를 건설하여, 북대륙 각국의 배들을 맞아들인 덕분에 거리도 몹시 활기로 넘쳐흘렀다.

그도 그럴 것이 린부르트는 로덴 왕국의 왕도인 올라브보다 인구가 많았고, 또한 린부르트가 사들인 엘프제 마도구를 구하러 온 여러 나라의 상인이나 그 물품을 옮길 선원 등이 수없이 드나들어서 제국의 제도를 뛰어넘을 만큼 활기를 띤다는 말도 들렸다.

그리고 타국에서는 그 자취를 감춘 아득하게 오래된 엘프족을 유일하게 볼 수 있는 인간족의 도시이기도 하다.

그처럼 생기 가득한 린부르트의 가도에 100명 이상의 대공국군이 질서정연하게 늘어섰고, 그들을 따라가는 형태로 이 나라에서는 볼 수 없는 무장 차림의 부대와 검은 사두마차의 집단이 거리를 거쳐 곧장 린부르트 성을 향했다.

대공국군을 뒤따르는 커다란 검은 마차에 탄 인물은 로덴 왕국 제2왕녀, 유리아나 메롤 메리사 로덴 올라브이다.

길게 늘어뜨린 짙은 노란색 금발은 머리끝이 약간 곱슬졌고, 단정하면서 하얀 얼굴에는 사랑스러운 갈색 눈동자가 자리 잡았다.

마차 창문에서 보이는 린부르트의 떠들썩한 거리는 유리아나 왕녀의 큰 눈동자에 비친 채 천천히 흘러갔다.

아네트 산맥 기슭의 습격 이래 열흘 가량이 지났다.

습격을 받은 지점에서 재빨리 떠난 유리아나 왕녀 일행은 새로운 추격을 경계하고 주요 도시를 피하면서 린부르트로 나아갔다. 그러나 로덴 왕국과 린부르트 대공국을 가르는 국경선이 된 리브루트강을 예정보다 조금 늦게 건넜다.

유리아나 왕녀 일행은 린부르트 대공국에 도착하자마자, 주변 영지를 다스리는 불라트 후작의 거성으로 향하여 이번 사건의 경위를 짤막하게 이야기하고 보호를 요청했다.

30명 남짓까지 줄어들은 호위병들이 린부르트로 들어온 시점에서 상당히 지쳤기 때문이다.

지난번 습격 때 받은 상처는 신의 기적 덕택에 거의 보이지 않았지만, 많은 말을 잃고 추격을 경계하여 최소한의 야영만 유지한 강행군은 눈에 띄게 피로를 축적시켰다.

그 모습을 본 불라트 후작은 병사들을 치하하고 유리아나 왕녀 일행을 자신의 거성에 머무르도록 했다. 그동안 그는 수도 린부르트에 있는 세리아나 왕비에게 사자를 보냈다.

유리아나 왕녀 일행이 불라트 후작의 거성에 머문 지 사흘째 되던 날, 린부르트로부터 당장 자신들을 맞이할 병사들을 보내 준다는 대답을 지닌 사자가 돌아왔다.

그 후 불라트령에 찾아온 린부르트 대공국군을 따라가는 형태로 유리아나 왕녀 일행은 린부르트 대공국의 수도까지 다다른 것이다.

마침내 유리아나 왕녀를 태운 마차는 린부르트 중앙——대공이 지내는 거성과 이어진 커다란 석교에 접어들었다.

거성 둘레에 설치된 해자는 바다에서 끌어온 물로 가득 차 있었다. 그리고 그 해자를 건너는 다리에서는 성 주위에 낚싯줄을 드리우고 느긋하게 낚시를 즐기는 사람들의 평화로운 광경이 보였다.

이윽고 다리를 건너 성벽 내로 들어가자, 눈앞에는 린부르트 대공국을 다스리는 대공의 하얀 궁전이 우뚝 솟아 있었다. 여러 개의 첨탑을 소유하고, 전체적으로 우아한 조각을 새겨서 장엄한 분위기를 지닌 그 궁전은 이 나라의 힘과 부를 나타냈다.

"이전과 변함없이 아름다운 건물이네요……."

시녀 페르나가 마차의 창문을 통해 올려다보며 중얼거렸다.

그 말에 묵묵히 고개를 끄덕인 유리아나 왕녀는 궁전 입구로 시선을 옮겼다.

그러자 이 하얀 궁전의 입구인 대계단이 시야에 들어오기 시작했고, 그곳에는 그리운 얼굴의 인물이 멋진 갑옷을 걸친 근위병들의 보호를 받듯이 서 있었다.

천천히 궁전의 커다란 앞뜰로 나아간 마차는 정면의 대계단 바로 앞에서 멈춰 섰다.

마차 문을 열려는 마부를 기다리지도 않고 마차에서 뛰어내린 유리아나 왕녀는 그 반가운 인물에게 달려갔다.

"메리아 언니!"

"무사했구나, 메롤!"

유리아나 왕녀가 메리아라고 부른 그 인물도 그녀에게 달려와서 살짝 몸을 끌어안았다. 그러고는 눈가에 눈물을 글썽거린 채 어릴 적부터 부른, 꿈에 그리던 여동생의 이름을 입 밖에 내었다.

유리아나처럼 짙은 노란색 금발을 예쁘게 묶어서 땋아 올렸고, 갈색 눈동자에는 자애로 넘치는 눈빛이 깃들어 있었다. 푸르스름하고 매력적인 드레스를 두르고 유리아나 왕녀를 끌어안은 여성은 린부르트 대공국에 시집을 온 친언니, 세리아나 메리아 드 올라브 티시엔트였다.

"살아 있다니 정말 다행이구나……."

"걱정을 끼쳐서 죄송해요, 메리아 언니……."

유리아나는 그 말에 눈시울을 붉히면서 언니의 온기에 얼굴을 파묻었다.

"네가 로덴에서 이복 남동생 다카레스의 손에 죽었다는 기별을 받았을 때 난 눈앞이 캄캄해져서 심장이 멎는 줄 알았단다……."

언니인 세리아나도 여동생의 머리를 다정하게 쓰다듬으며 그 보고를 들은 당시의 심정을 털어놓는 한편 유리아나의 몸을 꼭 껴안고 눈가에 눈물을 머금었다.

"언니, 그게 대체 무슨 소리예요!?"

유리아나는 언니 세리아나 왕비의 이야기에 고개를 홱 들고 물었다.

그 질문에 세리아나는 잠시 머뭇거리듯이 눈썹을 찌푸렸지만, 요 근래 알게 된 로덴 왕국의 경위를 유리아나에게 들려주었다.

"……얼마 전 올라브에서 큰 혼란이 벌어졌더구나. 그 일을 꾸민 다카레스가 혼란을 틈타 섹트를 죽이려고 한 모양이야. 결국 섹트는 부상을 입었지만, 자신을 해치려는 다카레스를 죽이고 겨우 목숨을 건진 듯싶어…….”

“……그런가요. 하지만 제가 죽었다는 얘기는 왜 나온 거죠?”

“다카레스를 죽였을 때 네가 늘 목에 건 어머니의 목걸이를 품속에 지니고 있었대. 섹트가 캐물었더니 다카레스는 널 습격한 건 마르도일러 대장군이 실행했다는 말을 흘렸나 봐.”

유리아나는 세리아나의 이야기를 들으며 자신의 앞가슴을 내려다보았다.

몸에서 한시도 떼지 않은 어머니의 유품인 목걸이. 되살아난 후 아무리 찾아도 발견하지 못한 유리아나는 언제 쫓아올지 모르는 추격자들 때문에 어쩔 수 없이 그 자리를 떠났던 것이다.

그런데 습격자에게 빼앗긴 목걸이가 다카레스의 품속에 있었다니. 기묘한 안도감과 격렬하게 치밀어 오르는 분노를 느낀 유리아나는 자신의 마음속에서 감정의 파도가 휘몰아치는 느낌이 들었다.

“……그래서 마르도일러 대장군은 어떻게 되었나요?”

어수선한 감정들을 억누른 유리아나는 애써 평정을 유지하고, 자신의 암살에 관여한 마르도일러 대장군의 일을 언니에게 물었다.

“그때 왕도를 혼란에 빠뜨린 원인이기도 한 수인들을 선

동한 혐의로, 그 자리에서 아들인 세트리온 장군에게 쓰러졌다고 하구나……. 일단 섹트의 생명을 구한 공적도 있으니 올스테리오 공작가에는 관대한 처분을 내린다지만.”

그 이야기를 들은 유리아나는 복잡한 심정을 숨기듯이 고개를 숙였다.

그러나 유리아나의 머리를 살짝 부드럽게 어루만진 세리아나는 자신의 풍만한 가슴에 여동생을 꽉 껴안고는 귓가에 조용히 속삭였다.

“……네가 살아 있었어, 난 그것만으로도 충분하단다.”

그 말을 듣는 순간 가슴 속에 소용돌이치던 감정이 거짓말처럼 사라졌다. 뜨거워진 가슴과 눈시울을 감추듯이 유리아나는 몹시 사랑하는 언니의 상냥하고 포근한 몸에 얼굴을 파묻었다. 그렇게 한동안 언니의 온기를 오랜만에 즐긴 유리아나는 얼마 후 고개를 들고 세리아나를 올려다보았다.

“고마워요, 메리아 언니. 하지만 섹트 오라버니를 이대로 두면, 로덴 왕국은 서 레브란 제국의 속국으로 전락할 거예요. 아버지께 제가 무사하다는 사실을 전하고, 이 상황에서 섹트 오라버니에게 왕위를 계승하지 않도록——.”

세리아나는 여동생 유리아나가 점점 흥분해서 내뱉는 말을 끊듯이 고개를 가로저었다. 그리고 당장 움직이면 어째서 위험한지 그 이유를 들려주었다.

“당분간 이 나라에 몸을 숨기렴. 신중한 섹트는 왕위계승자를 자신 혼자라고 여기는 현재로서는 굳이 왕위계승을 서두르지 않을 거야. 그보다 지금 로덴으로 돌아갔다가는 정말 네가 살해당할지도 몰라. 섹트는 이번 일을 다카레스의 음모라고 했지만, 본인이 뒤에서 조종했을 수도 있어. 안 그래도 다카레스의 파벌이 공중에 뜬 꼴인데, 네가 왕궁에 돌아가면 그들이 널 추대하지 않는다고도 단정할 수 없잖아――그걸 경계한 섹트의 파벌이 계략을 꾸밀 가능성이 높아, 그렇지?"

유리아나는 언니가 순수하게 여동생을 걱정하는 표정을 짓자 아무 말도 못하게 되었다. 그러나 왕족인 자신이 이대로 도망쳐서는 안 된다고――아직 소녀처럼 앳된 모습이 남아 있는 유리아나였지만, 그 의지만은 굽히지 않겠다는 듯이 언니를 굳세게 마주보았다.

세리아나는 여동생의 태도에 약간 난감해하면서도 먼저 해야 할 게 있다고 알려주었다.

"그럼 우선 아버지께 부탁받은 일을 하렴. 그걸 잘 마무리 짓는다면 왕궁에 돌아갈 때 네게 큰 힘이 되어줄 거야."

언니의 그 말에 고개를 힘차게 끄덕인 유리아나는 궁전의 북쪽에 펼쳐진 캐나다 대삼림 방향으로 시선을 돌렸다.

"그러네요. 일단은 엘프족과의 회담――앞으로 우리 나라와의 친선을 의논할 자리를 마련하기 위해서는 반드시 형부님의 힘을 빌려야겠죠."

그렇게 말하고 뒤돌아선 유리아나의 눈동자에는 강한 결의의 빛이 엿보였다.

미소를 지은 세리아나 왕비는 당찬 유리아나 왕녀의 얼굴을 눈부시다는 듯이 눈을 가늘게 뜨고 바라보았다.

북대륙 북동부에 위치한 신성 레브란 제국.

그 광대한 영토의 중앙에 자리 잡은 제도 하바렌은 인구 8만 명을 넘는 대도시다. 드넓은 평원에 만들어진 도시는 아름다운 원형으로 펼쳐졌고, 한복판에 우뚝 솟은 황제의 거성을 중심으로 대로가 바퀴살처럼 뻗어나갔다.

그 제도의 중추에 쌓아올린 황제의 거성, 시그웬사 성의 건축 양식이 우아하지 않고 투박한 이유는 오래전 레브란 제국 시대에 동쪽으로 영지를 넓힐 때 지어진 성채였기 때문이다.

보통은 황제가 집무실로 사용하는 시그웬사 성의 거실.

한 남자가 이 나라의 주인에게만 허락된 의자에 당당히 앉아 있었다. 또렷한 이목구비를 가진 여전히 청년 같은 젊은 남자의 검붉은 머리는 약간 곱슬거렸고, 단단한 몸에 걸친 군복은 꾸미지 않았다. 그의 이름은 도미티아누스 레브란 바레티아페르베. 동쪽의 대국, 신성 레브란 제국을 다스리는 젊은 황제다.

그가 한쪽 팔을 괴면서 집무 책상 위에 놓인 제국 주변의 지도를 묵묵히 바라볼 때 방문을 두드리는 소리가 들렸다.

"들어와."

그의 집무실에는 시종도 전혀 없는데다 이 방을 찾아오는 사람도 정해진 탓인지, 거친 말투로 문 너머의 상대에게 입실을 허락했다.

이윽고 문이 열리더니 황제보다 화려한 옷으로 몸을 감싼 뚱뚱한 남자가 들어왔다. 코 밑에 있으나 마나한 콧수염을 기른 남자는 불룩한 배를 출렁이며 싱글벙글거렸지만, 미소를 띤 그의 얼굴에서는 수상쩍은 분위기만 감돌았다.

언뜻 부유한 상인처럼 보이는 남자는 이곳 신성 레브란 제국의 정무를 총괄하는 대법관, 베르모아스 드 라이젤이었다.

"무슨 일이냐? 베르모아스."

황제는 미심쩍은 웃음을 짓는 베르모아스를 향해 흘끗 시선을 던지며 무뚝뚝하게 물었다.

"네, 폐하. 실은 조금 전, 로덴에 보낸 자로부터 서한이 도착해서. 차기 왕위계승자가 섹트 제1왕자로 거의 결정되었다는 소식입니다."

"뭐라고!?"

황제의 물음에 베르모아스 대법관은 대수롭지 않다는 듯이 대답했다.

그러나 그 대답을 들은 도미티아누스 황제는 도저히 그답지 않은 말투로 되묻더니, 눈앞에서 싱글벙글하는 대법관을 노려보았다.

평소부터 꺼려하는 상대에게 자신의 마음에 들지 않는 정보를 얻는 것만큼 불쾌한 경험은 없다. 그 때문에 황제는 감정을 숨기려고도 하지 않은 채 노골적으로 언짢은 태도를 취했다.

그러나 당사자인 베르모아스 대법관은 그런 반응에 익숙한지, 딱히 신경 쓰는 기색도 없이 방금보다 더욱 짙은 미소를 띠고 고개를 끄덕여 보였다.

"네. 아무래도 다카레스 왕자가 유리아나 왕녀와 섹트 왕자를 제거하기 위해 움직였던 모양입니다. 그 결과, 왕녀는 다카레스 왕자의 모략에 걸려 사망했고, 다카레스 왕자는 도리어 섹트 왕자에게 살해당했다는군요."

"뭐냐 그게!? 멍청한 다카레스 녀석은 왜 그딴 무모한 계획을 실행한 거냐! 난 사전에 아무런 얘기도 듣지 못했단 말이다!"

얼굴을 잔뜩 찌푸린 도미티아누스 황제는 이미 이 세상에 없는 다카레스 왕자에게 내뱉듯이 불평을 쏟아냈다.

"어쨌든 얼마 전에 디엔트 후작이 암살되었다고 하던데.

뿌리째 흔들린 파벌의 재력을 재정비하느라 초조했던 걸까요? 하하하."

베르모아스 대법관은 그렇게 말하면서 몹시 우습다는 듯이 배를 출렁거렸다.

"엘프의 공급원인가……. 그보다 차기 왕위를 섹트가 잇게 되면, 서쪽 녀석들과 끈끈한 결속을 다져서 점점 남쪽에 손을 댈 수 없겠군……."

도미티아누스는 집무 책상 위의 지도를 노려보며 팔짱을 끼더니 혼자 신음을 흘렸다.

"배치 중인 마수부대를 실지운용 시험을 겸해 북부의 웨트리아스에 진군시키는 건 어떻습니까?"

똑같이 지도를 들여다본 베르모아스 대법관이 슬쩍 서 레브란 대제국 북부의 웨트리아스 성채를 가리키며 말하자, 도미티아누스도 고개를 끄덕이고 이후의 방책을 짜기 위해 머리를 빠르게 굴렸다.

"……그렇군. 서쪽 놈들도 웨트리아스에서 마수의 피해를 입으면, 남쪽에 주둔한 군의 일부를 북부로 불러들일 수밖에 없을 테지. 그때는 마수만 움직이고 이쪽의 동태를 들키지 마라."

지도에 시선을 고정시킨 도미티아누스가 다음 지시를 내리자, 앞에 있던 베르모아스가 살짝 고개를 끄덕였다.

"웨트리아스를 어느 정도 들쑤신 뒤에는 '풍요의 마결

석' 의 먹이도 시험해 둘까……."

"……알겠습니다. 마법원(魔法院)에는 제가 말씀을 전하지요."

대법관이 그 커다란 배를 굽혀서 정중하게 대답했다. 이때 도미티아누스 황제는 문득 뭔가를 떠올렸다는 듯이 고개를 들어 의심스러운 얼굴의 베르모아스에게 물었다.

"그나저나 훔바 녀석은 어쩌고 있나?"

"그 분은 지금 화룡산맥 부근의 라이브니차령(領)에 가 있습니다. 그 주변은 특히 강력한 마수가 출몰하니까요. 바로 며칠 전의 보고로는 머리 다섯 개의 히드라를 포획하는 데에 성공했다고……."

베르모아스 대법관의 말에 도미티아누스 황제는 두 눈을 휘둥그레 뜨며 놀란 목소리를 냈다.

"그거 대단하군! 머리 다섯 개의 히드라 정도면 상당한 거물이다. 장기말로 길들일 경우 그놈 혼자 도시 하나를 점령하는 건 일도 아니야."

이들의 화제에 오른 히드라란 늪지대나 습지에 서식하는 네 발 달린 거체의 대형마수다. 그 커다란 몸에서 뻗어 나온 긴 뱀 머리를 여러 개 지닌 점이 특징이다. 해를 거듭할수록 머리의 수를 늘리고 그에 따라 위협의 수준은 비약적으로 높아진다고 한다.

히드라의 뛰어난 자기재생 능력과 물의 마법을 다루는 힘은 인간에게는 그야말로 재앙이나 다름없다.

“하지만 현재 훔바 님의 힘으로 복종시켰지만, 기존에 쓰던 『엔브로이 링(사역의 쇠고리)』의 크기로는 히드라에게 채울 수 없다고 합니다. 더구나 완전히 제어하기 위해서는 머리 개수만큼 필요하다더군요.”

그쯤에서 말을 끊은 베르모아스 대법관은 황제를 향해 어떻게 할지 눈으로 물었다.

“그런가. 그럼 마법병원(魔法兵院)에 알려서 특별제 『엔브로이 링』을 준비시켜야겠군……. 예전부터 써온 『엔브로이 링』도 앞일을 대비하여 증산하게끔 말해 둬라. 마수부대의 활약 여하를 보고, 훔바 녀석을 더욱 부려 주지.”

도미티아누스 황제는 입가를 씩 올리며 웃었다.

번외편 라키의 행상기2

불그스름하게 물들어가는 하늘 아래, 황량한 대지에 부는 바람이 메마른 소리를 내며 귓가에 닿았다. 서쪽에 펼쳐진 검붉은 대지의 히보트 황야는 점점 붉은색을 띠었고, 동쪽의 칼카트 산악 지대와 그 기슭의 숲이 노을빛으로 번지는 광경이 보였다.

그 사이의 비좁은 평야를 지나는 황폐한 가도 위에 한 마리의 말이 이끄는 짐마차가 나아가고 있었다.

마부석에는 갈색 곱슬머리의 남자가 기분 좋게 콧노래를 부르면서 고삐를 쥐었다.

20대 안팎의 남자는 옷차림은 깔끔했지만, 별로 부유하게 보이지는 않았다. 사람 좋은 듯한 그 청년이 모는 짐마차에 실린 여러 가지 짐을 보면, 누구나 그가 어설픈 행상인이라는 사실을 알 수 있다.

마부석에 앉은 그 행상인의 짐마차 옆에는 동년배인 건장한 체격의 청년 한 명이 그를 따라가듯이 걸었다.

단련한 신체를 단단히 감싼 가죽 갑옷, 허리에 찬 투박한 검, 등에 멘 작은 방패를 통해 이 청년이 용병의 부류임을 짐작할 수 있다. 짧게 깎은 금발을 아무렇게나 긁으면서 주변을 살피듯이 걷는 그 청년은 스스럼없이 마부석의 청년에게 말을 걸었다.

"야, 라키. 이제 곧 날이 저물 텐데, 우라 마을은 거의 다 왔지?"

용병 청년에게 라키라고 불린 행상인 청년은 짐마차를 몰면서 마찬가지로 주위를 둘러보았다. 그는 경치와 자신의 기억을 머릿속에서 서로 비교하며 고개를 끄덕여보였다.

"그러네, 얼마 안 남았어. 그보다 벨도 짐마차에 타는 게 어때?"

"이미 이것저것 싣고 쓸데없는 짐까지 얹었다고. 무게를 더 늘렸다가는 말이 뻗어버릴 걸?"

벨이라고 불린 용병 청년은 발걸음도 가볍게 마차를 앞지르더니, 뒤돌아서서 라키에게 너스레를 떨며 웃었다.

벨의 그 말에 반응한 이는 짐마차 뒤에서 멍하게 꾸벅꾸벅 졸던 한 명의 여성이었다.

"잠깐만, 벨. 그 쓸데없는 짐이라는 게 설마 나를 두고 하는 말은 아니겠지?"

세미롱의 밤색 머리를 뒤로 묶은 그 여성은 남자처럼 움직이기 쉬운 옷차림이었다. 짐마차의 짐칸에서 몸을 쑥 내민 그녀는 눈썹을 찌푸리며 앞쪽의 벨을 노려보았다.

"난 딱히 레아 네 얘기를 하지 않았는데~? 찔리기라도 하냐?"

"뭐라고오?"

벨이 심술궂게 웃으며 놀리자, 레아라고 불린 여성도 험상궂은 목소리로 대꾸했다.

"그만그만! 벨하고 레아도 싸우지 마. 그보다 마을이 보이기 시작했어."

평소처럼 벨과 레아의 말다툼이 벌어지는 모습을 본 라키는 익숙한 어조로 두 사람을 말린 후 짐마차가 나아가는 가도 전방에 마을이 나타났다고 알려주었다.

벨과 레아는 시선을 앞쪽으로 돌렸다. 시야 끝에 마을을 둘러싼 담이 조그맣게 보였다.

"겨우 도착했구나. 칼카트 동쪽이랑 서쪽이 왜 이렇게 경치가 다르냐."

"정말이야. 오늘 아침에 넣어온 물이 벌써 텅 비어 가. 해가 지기 전에 마을로 서둘러야겠어."

마차 앞을 걷는 벨은 한숨을 내쉬면서 푸념을 늘어놓았다. 그러자 짐칸 위의 레아도 맞장구를 치듯이 말하고 나서, 손에 든 수통을 흔들어 가벼워진 상태를 확인했다.

루비에르테에서 왕도를 향하려면 크게 두 가지 길이 있는데, 칼카트 산악 지대 동쪽을 지나는 가도를 가거나 서쪽의 가도를 거쳐야 한다.

동쪽은 커다란 라이델강이 흐르고 비옥한 대지가 펼쳐진다. 그 때문에 마을과 도시의 수도 많아서 가도를 오가는 사람 역시 그에 비례한다.

반면 지금 라키 일행이 가는 서쪽의 가도는 동쪽 가도보다 짧은 거리여서 왕도에 빨리 도착할 수 있다. 그러나 황량한 대지가 펼쳐지고 농지에 적합한 장소도 적은 까닭에 쉴 만한 마을과 도시의 수가 많지 않다.

자연히 마을과 마을 사이의 거리는 멀고, 나라가 관리하는 가도인데도 지나다니는 사람이 뜸하다.

살아가기에는 몹시 혹독한 환경이다 보니 동물은 별로 없고, 그 동물을 먹이로 삼는 마수도 눈에 띄지 않는 것처럼 느껴진다. 그러나 실제로는 칼카트 산악 지대에서 그 기슭의 숲까지 내려오는 마수나 히보트 황야의 깊숙한 곳에서 나타나는 강인한 마수가 가도 근처에 드물게 보인다. 따라서 동쪽보다 위험하여 마음을 놓지 못하는 여정이기도 했다.

다만 동쪽 가도에 빈번히 출몰하는 도적이 서쪽 가도에는 좀처럼 모습을 드러내지 않아서 그나마 위안이 된다고 할까.

마을이 가까워지면서 주위의 경작지에는 콩이나 잡곡 등 비교적 건조에 강한 종의 밭이 드러났다. 그 둘레에는 빈 수로와 흙부대를 겹겹이 쌓아, 인간의 영역을 간신히 사수하는 현실이 엿보였다.

가도를 벗어나 그런 밭으로 둘러싸인 샛길을 지나자 이윽고 마을 입구에 이르렀다.

입구 근처에 있던 마을 사람들은 드물게 찾아온 외지인을 조금 멀리서 바라보며 서로 속삭이는 듯했지만, 딱히 배타적인 분위기는 아니었다.

오히려 가도를 지나는 보기 드문 행상인의 짐마차에 실린 물품을 흥미진진하게 여겼다.

"먼저 촌장님한테 인사를 해야겠지."

라키는 짐마차의 방향을 촌장의 집으로 돌렸다.

주민들의 수가 300명도 넘지 않을 듯한 작은 마을에는 여관이 거의 없다. 그래서 그곳의 촌장에게 인사를 하고 빈 집이나 촌장댁에서 신세를 지는 것이 일반적이다.

라키는 서쪽 가도를 이용할 때마다 이 우라 마을을 몇 번 방문했기 때문에 촌장과는 아는 사이였다.

촌락 중앙 부근. 이 마을에서 유일하게 2층 건물인 가옥 앞에 짐마차를 세운 라키가 가볍게 문을 두드리자, 안에서 고령의 여성이 대답을 하며 문을 열었다.

"오랜만입니다, 반다 씨. 촌장님은 댁에 계십니까?"

정중하게 머리를 숙인 라키는 출입문에 얼굴을 내민 조금 여윈 노파에게 웃어 보였다.

반다라고 불린 그 노파는 약간 놀랐는지 두 눈을 휘둥그레 떴지만, 금세 라키에게 미소를 지었다.

"아이고, 오랜만일세, 라키 총각. 이런 때에 올 줄은 몰랐는데."

"반다 할머니, 오랜만이야."

"오랜만입니다."

라키의 뒤에서 얼굴을 보인 벨과 레아도 반다라고 불린 노파에게 인사하자, 그녀는 눈을 가늘게 뜨며 마찬가지로 웃어 주었다.

"벨 총각도 레아 처녀도 여전히 건강하구만."

반다는 우라 마을의 촌장인 벤트와 긴 세월을 함께 산 부인이다. 벨과 레아도 늘 라키의 호위로 따라온 까닭에 어느새 친숙해졌다.

네 사람이 잡담을 나누기 시작할 즈음 반다의 어깨 너머로 목소리가 들려왔다.

"임자, 계속 문 앞에서 떠들지 말고 사람들을 안으로 들여보내. 라키 총각, 짐마차는 항상 두던 곳에 놓게."

집 안에서 나타나 라키에게 말을 건 노인은 옅은 백발이었지만, 햇볕에 그을린 얼굴은 날카롭고 사나웠으며 몸도 기력이 정정했다.

가혹한 환경에 몸을 맡긴 그는 50세를 넘는 나이인데도 노인 특유의 연약함이 눈곱만큼도 느껴지지 않는다.

그가 바로 이 우라 마을의 촌장인 벤트다.

촌장댁 옆의 헛간에 짐마차를 넣은 라키와 벨이 말을 마구간에 들인 후 돌아오자 레아와 반다, 그리고 촌장 벤트가 이야기를 하는 중이었다.

촌장댁은 2층으로 올라가는 계단 옆에 식당을 겸한 거실과 주방, 그 곁에는 방이 하나 있는 구조다.

그 거실의 테이블을 둘러싸고 의자에 앉은 그들 세 사람은 나무 그릇으로 물을 마셨다.

"라키 총각, 자네는 브란베이나를 지날 생각으로 북쪽에서 내려온 겐가?"

마침 거실에 들어온 라키에게 의자를 권하면서 촌장 벤트가 약간 굳은 표정으로 물었다.

라키는 조금 의아하다는 듯이 그 질문에 고개를 끄덕였다.

"네, 평소처럼 그럴 셈입니다."

라키의 대답을 들은 촌장 벤트와 옆자리의 반다가 둘이서 똑같이 눈썹을 찌푸렸다. 브란베이나는 칼카트 산악 지대 서쪽을 통과하는 가도를 따라 자리 잡은 도시들 가운데 가장 크다. 라키가 우라 마을을 거치기 전이나 거치고 나서 반드시 들르는 곳이기도 하다.

라키뿐만이 아니라 서쪽 가도를 이용하는 대부분의 사람들이 일단 브란베이나를 향한다.

"브란베이나가 잘못되기라도 했습니까?"

라키가 브란베이나에 무슨 일이 생겼는지 물었지만, 벤트는 부정하는 의미로서 고개를 가로저었다.

"이것 참. 실은 요 근래 브란베이나로 향하는 가도 근처에 고블린이 출몰해서 말이지……."

벤트가 무거운 어조로 한숨을 쉬면서 꺼낸 이야기에 라키를 비롯한 벨과 레아도 고개를 갸웃거렸다.

"고블린 따위야 대단한 놈들도 아니고, 마을 남자를 모아서 퇴치하면 끝나지 않나?"

제일 먼저 그 의문을 입 밖에 내뱉은 이는 벨이었다. 애당초 고블린 한 마리의 힘은 형편없기 때문에, 딱히 상설 무기를 갖추지 않은 이런 마을에서도 금속 부위를 단 농기구만으로 간단히 쓰러뜨릴 수 있다. 작은 마을에서 금속제품은 귀중품이기는 하지만, 고블린을 격퇴할 목적이라면 곤봉으로도 충분한 까닭에 심각해질 우려는 적다.

"그게 100마리 정도의 집단일세. 그러다 보니 힘에 부치는 형편이네……."

"100마리!?"

촌장 벤트의 말에 놀란 목소리를 지른 사람은 레아였다. 고블린 집단이란 규모가 크더라도 대개는 30~40마리까지이고, 그 이상의 수로 불어나는 경우는 거의 없다. 그 점은 용병이 직업이어서 고블린 등의 마수를 접할 기회가 잦은 레아와 벨이 잘 알고 있었다. 그래서 고블린의 수에 경악한 감정을 숨기지 못했던 것이다.

"뭔가에 쫓겨서 왔을지도 모르겠군요……. 고블린 이외

에는 어떻습니까?"

라키는 잠시 생각에 잠기고 나서 고개를 들어 벤트에게 물었다.

"아니, 고블린뿐일세. 그 밖에는 눈에 띌 만한 마수는 없네."

"하지만 만약 뭔가를 피해서 도망쳐 온 거라면, 당분간 원래 장소로는 돌아가지 않겠군……."

벨이 팔짱을 끼고 중얼거리면서 천장을 올려다보자, 라키도 동의한다는 듯이 고개를 끄덕였다. 촌장 벤트도 팔짱을 끼고는 미간을 찌푸리며 한숨을 내쉬었다.

"원래는 브란베이나에 가서 용병을 고용하고 퇴치해야 하는데, 애석하게도 가도 부근에 나타나니 말일세……."

"이쪽 가도를 이용하는 사람이 적어서, 고블린을 처리할 때까지 기다린다면 상당히 시간이 걸리겠네……."

레아는 한숨을 토해 내고, 손 안의 나무 그릇을 만지작거렸다.

"그래서 세 사람한테 상담할 일이 있네. 벨 총각과 레아 처녀에게 고블린 퇴치를 의뢰하고 싶은데 부탁해도 되겠나? 물론 보수는 확실히 줌세, 라키 총각에게는 좀 미안하네만……."

촌장 벤트는 몹시 진지한 얼굴로 세 사람에게 머리를 숙였다.

벨과 레아의 시선은 자연스럽게 라키를 향했고, 어떻게 할지를 눈짓으로 물었다. 두 사람의 고용주는 현재 라키이므로, 벨과 레아 둘이서만 결정할 수도 없기 때문이다.

"어차피 우리도 브란베이나에 가기 위해서는 고블린을 저대로 놔두지도 못하니까……."

라키는 어깨를 축 늘어뜨리며 한숨을 뱉었다.

"오오! 고맙네, 라키 총각!"

벤트는 고개를 들더니 활짝 웃으며 라키에게 고맙다는 인사를 했다. 그러나 두 사람의 대화에 참견을 하고 끼어든 이는 의외로 벨이었다.

"쓰러뜨리는 건 좋은데 20마리 정도라면 모를까, 100마리를 상대로 검을 휘둘렀다가는 내가 먼저 뻗어 버릴 걸?"

벨은 최근에 새로 바꾼 자신의 검을 보면서 눈꼬리를 내렸다. 고블린 100마리를 벨 혼자 전부 베지는 않겠지만, 벨과 레아 둘이서 단순 계산만으로 각각 50마리씩 맡는다고 해도 엄청난 수라는 사실은 분명하다. 그만한 수의 고블린을 벨 경우 검은 필연적으로 무뎌진다. 제대로 무기를 벼리는 시설이 없는 마을에서 마모된 상태의 검을 지닌 채 브란베이나에 향하는 것은 위험한 일이기도 하다.

"괜찮아, 나한테 한 가지 생각이 있어. 그래서 드리는 말씀인데, 벤트 씨가 어떤 상품을 사 주셨으면 싶습니다."

라키는 평소처럼 미소 띤 얼굴로 벤트에게 시선을 던졌다.

다음 날, 해가 높이 떠서 곧 대낮이 되려는 시간.

마을에서 조금 떨어진 가도 옆, 황야에 있는 언덕에는 열 명 가까운 마을 사람이 바위 그늘 등에 숨어 숨을 죽였다. 약간의 높이가 있는 계곡 형태를 띤 언덕 중앙의 막다른 곳에는 미리 간단한 사다리를 세워 놓았다. 계곡은 별로 깊지 않았는데, 기껏해야 4m 남짓한 정도였다. 사다리 밑, 계곡 바닥에는 마른 나무와 마른 풀이 깔려 있었다.

언덕 위에 몸을 감춘 사람들은 저마다 곁에 질항아리를 준비했고, 적당한 크기의 돌과 바위도 쌓아 두었다. 마을 사람 중에는 촌장 벤트와 레아의 모습도 보였다.

쨍쨍 내리쬐는 태양과 그 햇빛을 반사하는 건조한 대지 사이에서 숨을 죽이는 자들의 목덜미에 땀이 배었다.

레아는 계곡 입구의 상황을 살피듯이 목을 길게 뽑은 후 누군가의 모습을 찾는 것처럼 응시했다.

곧이어 레아는 입구가 있는 방향에서 보이기 시작한 한 인영을 재빨리 발견했다.

"왔다."

주위의 마을 사람들은 레아의 그 한마디에 긴장감이 팽팽해졌다.

계곡 입구에 요란한 발소리를 울리며 헐레벌떡 나타난 이는 라키였다. 평소에 몸을 격렬히 움직일 일이 별로 없기 때문인지, 그의 달리는 모습을 썩 보기 좋지는 않았다.

그리고 그처럼 필사적으로 뛰어오는 라키의 뒤에는 부자연스러운 흙먼지가 일어났다. 다만 그 흙먼지를 일으키는 주체는 라키가 아니라 그를 뒤쫓는 녹색의 집단이었다.

녹색 피부, 새우등 같은 자세의 1m 남짓한 신장, 가느다란 팔다리, 이상할 만큼 부풀어 오른 배. 얼굴에는 크게 솟아난 뾰족한 귀와 뒤룩거리는 커다란 눈이 달린데다, 귀밑까지 찢어진 입에서는 불쾌한 울음소리를 냈다. 그러는 한편 손에는 단순한 곤봉을 쥐고 있었다.

이 대륙 전토, 어디에서나 볼 수 있는 전형적인 고블린이었다. 그러나 그 수는 대충 수십 마리에 달해서, 100마리도 될 법한 집단이었다. 제각기 '게갸게갸' 라고 귀에 거슬리는 울음소리를 내며 손에 든 곤봉을 치켜든 채 라키를 쫓아오는 중이었다.

라키는 계곡 입구에 쌓은 돌담을 넘더니, 그대로 숨을 헐떡거리면서 안쪽 깊숙이 피했다. 뒤이어 수많은 고블린도 돌담을 뛰어넘어 라키를 쫓았다.

"라키! 서둘러!"

레아가 언덕에서 일어나 라키에게 소리를 질렀다.

거친 숨을 내뱉으며 계곡 안으로 뛰어든 라키는 그곳에 세워진 사다리를 붙들고 재빨리 올라와 언덕 위에 굴렀다. 옆에서 대기하던 마을 사람 두 명이 사다리를 얼른 끌어올리자, 계곡 바닥에는 라키를 뒤쫓은 고블린들이 차례차례 모여들었다.

갈 곳을 잃은 고블린들은 위에서 내려다보는 라키와 레아를 향해 곤봉을 들어 올리고 귀에 거슬리는 목소리로 울부짖었다.

"지금이에요!"

몹시 지쳐서 완전히 뻗은 라키를 곁눈질하며 레아가 마을 사람들에게 외쳤다. 그러자 언덕에 있던 촌장 벤트와 마을 사람들이 일제히 자신들의 옆에 둔 질항아리를 들어 계곡 바닥의 고블린들을 겨냥해 던졌다.

질항아리는 고블린의 머리 등에 부딪치더니, 간단히 깨지면서 내용물을 쏟아냈다. 질항아리에 맞은 고블린이나 액체를 뒤집어쓴 고블린은 다같이 분노했고, 계곡 바닥에서 더욱 귀에 거슬리게 고래고래 소리를 질러댔다.

레아는 고블린들의 반응을 무시하고 오른손을 쳐들어 또랑또랑한 목소리로 입을 열었다.

『——불꽃을 두른 돌이여, 적을 모조리 없애라. 파이어 불릿——』

레아가 올린 손 앞의 공중에 생성된 주먹 크기의 화염 덩어리 두 개가 엄청난 기세로 발사되었다.

하나는 계곡 입구 근처에 있는 액체투성이의 고블린을 맞추었고, 다른 하나는 계곡 바닥에 깔린 마른 풀 위로 떨어졌다. 다음 순간, 파이어 불릿에 직격한 고블린의 상반신은 불덩이가 되었다. 그 고블린은 이리저리 뒹굴며 발버둥치기 시작했다. 곧이어 계곡 바닥에 깔린 마른 풀은 눈 깜짝할 사이에 고블린들의 발밑을 불바다로 바꾸었다. 그러자 이번에는 잇달아 다른 고블린들에게도 불이 옮겨 붙어 계곡 바닥은 아비규환의 양상을 띠었다.

"지금입니다! 돌도 던져주십시오!"

겨우 한숨을 돌린 라키가 언덕 위에서 계곡 바닥을 노리고 손에 든 돌을 아래로 던져 보였다. 사람 머리만 한 돌은 고통에 몸부림치던 고블린 한 마리의 머리를 함몰시켰다. 털썩 쓰러진 고블린은 불바다 속에 가라앉아 불을 활활 타오르게 하는 장작으로 탈바꿈했다.

그 광경을 본 마을 사람들도 퍼뜩 제정신을 차린 후 미리 준비한 돌과 바위를 계곡 바닥을 향해 연달아 던졌고, 레아도 다시 마법을 발동시켜 계속 다른 고블린들을 불덩어리로 만들었다.

불바다에서 벗어나려는 고블린들은 몸에 불이 붙은 상태로 계곡을 뛰쳐나가려고 했다. 그러나 계곡 입구에 쌓인 돌담과 부딪친 고블린들은 뒤쪽에서 도망쳐온 다른 고블린들에게 짓밟혀 숨이 끊어졌다. 한편 벨은 돌담을 운좋게 빠져나온 고블린들을 가로막아 섰다. 벨이 손에 거머쥔 검을 한 번 휘두르자, 고블린들은 맥없이 죽어나갔다.

그렇게 십수분의 시간이 흘렀고, 그곳에는 말없는 고블린들의 시체와 화염에 그을린 채 불타는 고깃덩어리들이 굴러다닐 뿐이었다.

"아무래도 잘 끝난 모양이네……."

언덕 위에서 크게 숨을 내쉰 라키는 그 자리에 주저앉아 이마의 땀을 닦았다.

"라키 총각, 이번에 많은 신세를 졌네. 브란베이나의 영주님께 말하면 돈을 내주실 테니, 정확히 보수를 청하게."

벤트가 미소를 띠고 라키에게 손을 내밀었다.

"그렇군요. 마른 풀에 배어들게 하거나 던지는 데에 쓴 기름 대금, 벨과 레아의 고용료, 하지만 제 미끼료는 싸게 해 드리죠. 4소크, 금화 네 개 정도겠네요."

라키는 벤트가 내민 손을 마주 잡고, 고블린 퇴치의 보수 요금을 알려주며 웃었다.

그날은 우라 마을에서 잠시 장사를 한 뒤 다시 하룻밤을 묵었다. 라키 일행은 이튿날 아침 일찍 촌장 벤트에게 이별을 고하고 다음 목적지인 브란베이나를 향해 짐마차를 달렸다.

저녁을 조금 앞둔 무렵, 가도 옆에 언덕이 보이기 시작했다.

언덕 정상에는 석조 방벽으로 둘러싸인 도시가 시야에 들어왔다. 약간 높은 상자 형태를 띤 건물 몇 개가 방벽 안쪽에 엿보였다. 단조로운 외관은 도시라기보다 요새 같은 모습이었다. 계단식 밭으로 가꾼 언덕의 경사면은 검붉은 경치 속에서 유일하게 짙은 녹색을 드러냈다.

가도를 벗어나 언덕에 난 길을 올라간 일행은 도시문에 있는 위병에게 인사를 했다. 라키가 위병에게 상인조합가맹의 철제 행상인통행증을 보여주었더니 그대로 쉽게 들여보냈다.

라키가 모는 짐마차는 도시문을 지났고, 벨과 레아도 그 뒤를 따라 들어갔다.

"후우, 겨우 브란베이나까지 왔군. 왕도에 도착하려면 이제 얼마 안 남았구나……."

"그러게, 여기서부터 왕도는 사나흘 걸리려나?"

벨이 기지개를 켜며 입을 열자, 옆에 있던 레아도 맞장구를 쳤다.

"루비에르테에서 사들인 물건도 그동안 대부분 잘 팔렸어. 이대로 짐칸을 가볍게 비우고 왕도까지는 속도를 좀 높일까."

라키는 짐마차를 오늘 묵게 될 여관으로 몰면서 이후의 계획을 말했다. 뒤에서 따라오던 두 사람은 찬성이라는 듯이 손을 들었다.

"그건 그렇고 전에 왔을 때보다 용병들이 더 눈에 띄지 않아……?"

머리 뒤로 깍지를 낀 벨은 거리 주위에 시선을 던지며 중얼거렸다. 고개를 끄덕이고 대답한 라키도 주변을 둘러보았다.

"고블린을 쫓아낸 마수나 뭔가를 사냥할 목적일까……? 여관 주인에게 사정을 살짝 묻는 게 나을지도 모르겠어."

마침내 늘 브란베이나에서 이용하는 여관에 도착하자, 짐마차를 헛간에 넣은 라키는 말을 벨에게 건네며 마구간에 맡기도록 부탁했다.

그 사이에 라키는 여관의 숙소를 잡으러 갔고, 정보를 얻기 위해 주인과 대화를 나누었다.

그 후 여관의 숙소로 올라가려던 라키가 계단을 향할 때 벨이 마구간에서 돌아왔다.

"오오, 라키. 뭐라도 알았냐?"

"아, 응. 요즘 이 부근에서 샌드 와이번 무리가 출몰하나 봐."

라키는 방금 여관 주인으로부터 들은 이야기를 벨에게도 말했다.

"그래서 그렇군. 샌드 와이번 가죽은 꽤 고급품이니까……. 그럼 잠시 이 도시에 발이 묶인다는 건가?"

와이번 같은 마수가 무리를 지어 도시 근처를 배회한다면, 벨과 레아 둘만으로는 힘에 부치는 사태다.

벨은 호위로서 길을 떠나는 도중의 위험성을 우려하듯이 눈썹을 찌푸리며 라키에게 시선을 돌렸다.

"아니, 샌드 와이번은 낮에는 별로 활동하지 않아. 아마 점심 때 도시를 나서면 마주치지 않고 다음 마을까지 갈 수 있을 거야."

"오, 그럼 내일은 늦잠 자도 되겠군! 야호!"

라키의 말을 들은 벨이 조금 전의 진지한 얼굴에서 돌변하여 양손을 들고 기뻐하며 웃었다.

"그래그래, 오늘은 레아를 데리고 이제 저녁이라도 먹으러 가자."

벨을 달랜 라키는 레아의 방으로 발걸음을 옮겼다.

이튿날, 어느덧 해가 한복판에 떴을 무렵. 라키가 모는 짐마차는 브란베이나를 떠나 잠깐 가도를 나아가는 중이었다. 여기저기 머리를 쑥 내민 검은 바위산이 검붉은 대지에 펼쳐졌다. 그처럼 삭막한 풍경 속에서 그것을 발견한 사람은 주위를 경계하며 짐마차의 옆을 걷던 벨이었다.

멀리서 봤을 때 처음에는 길에 엎드려 사냥감을 기다리는 마수로 착각했다. 그러나 서서히 거리가 좁혀지자, 벨은 놀란 표정을 지었다.

"어이, 라키. 저기 쓰러진 거 샌드 와이번 아니야?"

벨이 가리킨 가도 옆의 황야나 바위산 위에는 날개 달린 마수가 여러 마리 쓰러져 있었다. 날개는 컸지만, 몸 자체는 별로 크지 않은 편이었다. 도마뱀 같은 몸과 새를 닮은 머리가 약간 긴 목을 통해 이어졌다. 또한 전체적으로 황토색인 겉가죽에는 곳곳에 줄무늬가 보였다. 그 모습은 이곳 히보트 황야에서 가끔 마주치는 샌드 와이번의 특징이었다.

눈에 띄는 주변의 시체만 해도 여덟 마리였다. 그만한 수의 샌드 와이번이 두드러지게 커다란 상처도 없이 깨끗한 상태로 길가에 버려졌다.

"정말이네. 전부 샌드 와이번 같아……."

라키는 짐마차를 멈추고 자세히 살폈다.

"이거, 죽은 지 얼마 안 되었는데?"

가까이 확인하러 간 레아는 샌드 와이번을 바라보면서 고개를 갸웃거렸다.

"전부 마석이 뽑혔군……. 그 말은 인간의 짓이라는 건데. 하지만 이 녀석은 마석보다 가죽이 가치 있는데 왜 놔뒀지?"

이리저리 꼼꼼하게 관찰하던 벨은 샌드 와이번의 앞가슴에 뚫린 구멍을 응시하며 고개를 갸웃거리더니, 라키를 향해 어떻게 하겠냐고 묻듯이 시선을 돌렸다.

마부석에서 내린 라키도 샌드 와이번의 가죽 상태를 알아보기 위해 다가갔다. 군데군데 불에 타서 눌은 자국도 남았지만, 비교적 가죽에는 손상이 적었다. 화살에 맞은 상처나 검에 베인 상처가 없다면, 마법에 의해 죽었으리라.

샌드 와이번의 가죽은 무두질했을 때 와이번에 비해 강도가 특별히 높지도 않다. 딱딱한 와이번의 가죽하고는 달리 매끄러운 감촉과 비교적 구하기 어려운 점 때문에 가격이 비쌀 뿐이다.

이만큼 양호한 상태인 한 마리 분량의 가죽을 팔면 매우 고가에 팔릴 터다. 더구나 이 강력한 마수를 여러 마리 죽이기 위해서는 나름대로 전력을 갖춘 인원이 필요하다. 그만한 인원이 있으면 와이번의 운반도 딱히 애를 먹지 않는다. 그런데 마석만 빼내고 내버려 두다니, 라키도 과연 무슨 이유일까 싶어서 고개를 갸웃거렸다.

"모처럼 버려진 건데, 왕도까지 가져가서 팔 수 있잖아?"

레아는 샌드 와이번을 발끝으로 툭툭 치면서, 생각에 잠긴 라키에게 말을 걸었다.

"그러네. 이 정도 매물은 한 마리당 60소크쯤 나갈지 몰라……."

"끝내준다! 금화 60개나 되냐……. 가죽으로 만들면 대체 얼마나 할까."

벨은 깜짝 놀란 표정으로 어깨를 움츠렸다.

라키는 짐마차의 짐칸에서 큼직한 손도끼를 꺼내 왔다.

"일단 필요 없는 고기 부위를 잘라내고 짐마차에 싣자."

"아, 나도 거들게!"

"난 망을 볼 테니까, 둘이서 수고해."

벨이 라키를 돕겠다고 나서자, 레아는 손을 흔들며 짐칸에 걸터앉았다.

"뭐, 짐칸에 싣더라도 세 마리 분량이 고작이겠네……."

아쉬워한 라키는 한숨을 내뱉었지만, 이제부터 향하는 왕도에서 벌어질 일을 상상하면 절로 얼굴에 떠오르는 웃음을 참기 힘들었다.

후기

이번에 '해골기사님은 지금 이세계 모험 중Ⅱ'를 구입해 주셔서 진심으로 감사드립니다. 하카리 엔키라고 합니다. 무사히 이 이야기의 2권이 발매된 것은 오로지 독자 여러분 덕분입니다.

이 자리를 빌려 다시 인사 말씀을 전합니다. 감사합니다.

그리고 지난번보다 더 여러모로 폐를 끼쳐드린 담당 편집자님, 입가의 미소를 지울 수 없는 일러스트를 그려주신 KeG님, 악착같이 틀리는 오자를 참을성 있게 지적해주신 교정자님 등에게 이번에도 많은 신세를 졌습니다. 감사드립니다.

그나저나 지난번과 이번에 둘 다 미리 정해진 페이지 수를 아슬아슬하게 채웠습니다. 본문이나 저자후기도 한 줄, 한 글자를 여러 번 썼다 지웠다 되풀이하다 보니, 좀 더 느긋하게 분량을 조절하고 싶은 요즘입니다.

전부 제 책임입니다. 하지만 아크 씨의 이야기가 앞으로도 이어진다면, 이후에는 그 부분을 각별히 신경 쓰려고 합니다.

그럼 이 이야기의 다음 권이 나와서 독자 여러분과 다시 만나기를 바라며 이만 줄이겠습니다.

2015년 9월 하카리 엔키

역자 후기

안녕하세요. 해골기사님 2권은 잘 읽으셨는지요.

역시 두께가 어마어마하네요. 이번 권에도 빠짐없이 작가님의 비유가 난무하는데 매번 수수께끼를 푸는 기분입니다. 특히 알송달송했던 건 '스티븐 킹의 모 소설'이었습니다. 스티븐 킹의 소설이 한 두 작품이 아닌데다 일일이 읽어볼 수도 없는 노릇이다 보니 좀 힘들었네요.

이런 비유는 정말 양날의 검 같습니다. 전부 알아듣는 분이 계시면 그 장면이 쏙쏙 들어오겠지만, 그게 아니라면 머릿속에 물음표를 띄우고 인터넷을 검색해야 하는 번거로움이 있습니다.

어쨌든 이제 아크 일행이 신성 레브란 제국으로 넘어가는 듯합니다. 앞으로 자주 보게 될지도 모르겠습니다. 그곳 황제님의 일러스트까지 나온 걸 보면 말이죠. 마지막에 라키 일행이 발견한 샌드 와이번은 아마도 아크 일행이 버리고 갔을 가능성이 크네요.

언젠가 이 두 일행이 서로 만나게 되기를 기대하고 있습니다.

이번 권에서 가장 기억에 남는 건 인간들이 산야의 민족을 노예로 삼아 번식 실험을 하는 장면이었습니다. 이름 모를 수인족의 두 소녀가 임신한 어머니에게 달려가 말없이 우는 모습에 코끝이 찡했네요. 아마 숨겨진 마을로 가서 잘 살 거라고 믿습니다.

그럼 전 다음 권에서 뵙도록 하겠습니다.

해골기사님은 지금 이세계 모험 중 Ⅱ

2017년 01월 23일 제1판 인쇄
2018년 12월 10일 5쇄 발행

지음 하카리 엔키 | **일러스트** KeG | **옮김** 이상호

펴낸이 임광순 | **제작 디자인팀장** 오태철
편집부 황건수 · 정해권 · 김동규 · 신채윤 · 이병건 · 이경근 · 이홍재
디자인팀 박진아 · 정연지 · 박창조 · 한혜빈
국제팀 노석진 · 엄태진

펴낸곳 영상출판미디어(주)
등록번호 제 2002-000003호
주소 21311 인천광역시 부평구 평천로 132 (청천동)
전화 032-505-2973(代) | **FAX** 032-505-2982

ISBN 979-11-319-5355-6
ISBN 979-11-319-5122-4 (세트)

영상출판미디어(주)

단행본 출간작 리스트
(주요 해외 라이선스 작품)

(오버로드) 1~10
· 마루야마 쿠가네 지음 · so-bin 일러스트

(이 세계가 게임이란 사실은 나만이 알고 있다) 1~6
· 우스바 지음 · 이치젠 일러스트

(방패 용사 성공담) 1~14
· 아네코 유사기 지음 · 미나미 세이라 일러스트

(흡혈희는 장밋빛 꿈을 꾼다) 1~4 (완)
· 사사키 이치로 지음 · 마리모 일러스트

(마법소녀 금지법) 1~2
· 이토 히로 지음 · koi 일러스트

(유녀전기) 1~6
· 카를로 젠 지음 · 시노츠키 시노부 일러스트

(이세계는 스마트폰과 함께.) 1~3
· 후유하라 파토라 지음 · 우사츠카 에이지 일러스트

(백마의 주인) 1~3
· 아오이 야마토 지음 · 마로 일러스트

(내가 마족군에서 출세하여 마왕의 딸의 마음을 사로잡는 이야기) 1~3
· 토오노 소라 지음 · 카미죠 에리 일러스트

(약속의 나라) 1~2
· 카를로 젠 지음 · 이와모토 에이리 일러스트

영상출판
미디어(주)

트랜드를 이끄는 고품격 장르소설

적은 마족? 용사? 쪼렙 소년이 출세가도를 달리는 이야기(예정).

내가 마족군에서 출세하여 마왕의 딸의 마음을 사로잡는 이야기 1-3

평범하게 학창생활을 보내던 마츠우라 나오야는 갑자기 이세계로 소환된다.
그리고 눈앞에 나타난 인물은 마왕 폐하의 딸인 마야 님.
칠흑의 의상을 입은 그녀는 말한다.

"너는 공주의 직속 군대에 배속된다. 제 몫을 충분히 하는 병사가 되어라."

마침내 최하급 '고기방패'(노예병사를 말함)로 1년을 살아남은 나오야는 본격적으로 마계에서 두각을 드러내기 시작하는데――(어디까지나 예정).

「소설가가 되자」의 인기작! 최강의 벼락출세 판타지, 등장!

토오노 소라 지음/카미죠 에리 일러스트/도영명 옮김

영상출판
미디어(주)

幼女戰記
1
幼女 1 戰記